À PROPOS DU *JEU DE LA PASSION*…

« NOIR ET MÉCHA[...] [...]ABLE.
SEAN ST[...] [...]RE. »

« [...] [...]
À L[...] [...] CONTE MORAL
ET UN RÉCIT DE SUSPENSE. STEWART EST,
DANS L'ÉCRITURE DE L'IMAGINAIRE,
LE TALENT LE PLUS PROMETTEUR DE CE PAYS. »
The Edmonton Journal

« À LA FOIS DIVERTISSANT ET INQUIÉTANT,
LE JEU DE LA PASSION EST
UN PREMIER ROMAN FANTASTIQUE D'UNE
NOUVELLE VOIX TALENTUEUSE. »
Charles de Lint

« CETTE SAGA CYBERPUNK D'UNE FEMME
DÉTECTIVE PRIVÉE DANS UN PROCHE FUTUR
HYPER-RELIGIEUX EST, TOUT SIMPLEMENT,
REMARQUABLE […] CE N'EST CEPENDANT PAS
UNE CHARGE AVEUGLE CONTRE LA RELIGION,
MAIS PLUTÔT UNE SUBTILE HISTOIRE
DE TENTATION ET DE MORT…
UN PEU COMME SI
FAUST AVAIT ÉTÉ RÉÉCRIT EN *WHODUNIT*. »
The Globe and Mail

LE JEU DE LA PASSION

DU MÊME AUTEUR

Passion Play, Edmonton : Beach Holme, 1992.
  Le Jeu de la passion. Roman.
    Lévis : Alire, Romans 068, 2003.
Nobody's Son, Toronto : MacMillan, 1993.
Resurrection Man, New York : Ace Books, 1995.
Clouds End, New York : Ace Books, 1996.
The Night Watch, New York : Ace Books, 1997.
Mockingbird, New York : Ace Books, 1998.
Galveston, New York : Ace Books, 2000.

LE JEU DE LA PASSION

SEAN STEWART

traduit de l'anglais
par
ÉLISABETH VONARBURG

ALIRE

Illustration de couverture
JACQUES LAMONTAGNE

Photographie
BIKO

Diffusion et distribution pour le Canada
Québec Livres
2185, autoroute des Laurentides, Laval (Québec) H7S 1Z6
Tél. : 450-687-1210   Fax : 450-687-1331

Diffusion et distribution pour la France
D.E.Q. (Diffusion de l'Édition Québécoise)
30, rue Gay Lussac, 75005 Paris
Tél. : 01.43.54.49.02   Fax : 01.43.54.39.15
Courriel : liquebec@noos.fr

Pour toute information supplémentaire
LES ÉDITIONS ALIRE INC.
C. P. 67, Succ. B, Québec (Qc) Canada G1K 7A1
Tél. : 418-835-4441   Fax : 418-838-4443
Courriel : alire@alire.com
Internet : www.alire.com

Les Éditions Alire inc. bénéficient des programmes d'aide à l'édition de la
Société de développement des entreprises culturelles du Québec (SODEC),
du Conseil des Arts du Canada (CAC) et reconnaissent l'aide financière du
gouvernement du Canada par l'entremise du Programme d'aide au développement de l'industrie de l'édition (PADIÉ) pour leurs activités d'édition.

Gouvernement du Québec – Programme de crédit d'impôt pour l'édition
de livres – Gestion Sodec.

Passion Play
© **1992** SEAN STEWART

Dépôt légal : 3e trimestre 2003
Bibliothèque nationale du Québec
Bibliothèque nationale du Canada

© **2003** ÉDITIONS ALIRE INC. pour la traduction française

10   9   8   7   6   5   4   3e MILLE

Pour Philip Freeman
et Dennis Kelley
et, bien sûr, Christine

*Nous avons été livrés en spectacle au monde,
aux anges et aux hommes.*
Corinthiens I, 4 :9

Quand j'essaie d'écrire, les mots demeurent inertes entre mes doigts : je me prends à parler avec la voix élégante et réfléchie de mon père. Mais ce que je veux, c'est crier à m'en faire exploser le cœur, crier comme un prêcheur pendant un service rédemptionniste. Je veux que Dieu m'accorde une voix qui fera voler en éclats le béton de ces murs, telles les murailles de Jéricho. Je veux dire ma damnation dans toutes les langues, je veux vous faire voir à tous qu'il ne s'agit pas seulement du meurtre de Jonathan Mask, mais de la loi, de Dieu et de la justice.

Et merde.

Les temps sont bien sombres, et nous parlons tous comme la Bible.

Le visage de Mask, je le voyais depuis mon enfance : sombre et austère, avec sa belle grande voix d'acteur semblable à celle de Dieu lui-même, qui énonçait les politiques de la Présidence rédemptionniste comme si elles étaient gravées sur des tablettes de glaise fraîchement rapportées du sommet de la montagne.

Cela semble étrange à dire d'une personne que je n'ai rencontrée qu'après sa mort, mais plus j'ai connu

Jonathan Mask, plus je l'ai détesté. Oh, c'était une éminence, un philosophe, un saint… un ange en flammes dans sa chute. Comme il doit avoir ri en enfer en voyant sa mort devenir un Jeu de la Passion à la télévision, dans chaque foyer, nuit après nuit, à la lumière dansante de la scène. Et lui l'étoile du spectacle, jusqu'à la fin.

Rutger White était son opposé en tout : un homme d'une sévère blancheur dont l'âme avait la rectitude et l'étroitesse d'un cercueil. Le Dieu du diacre White brûlait en lui comme la mèche d'un cierge immaculé.

Lorsque nous nous sommes rencontrés, il a pensé que j'étais une athée et j'ai pensé qu'il était le Diable. Mais il me semble à présent qu'il existait entre nous un courant de sympathie, une ténébreuse communion.

Mon nom est Diane Fletcher. Ma profession, c'est la chasse, mais ma véritable nature, c'est d'être une modeleuse. Les modeleurs sont liés à la structure même des choses, ils y sont forcés. Et maintenant, c'est mon tour d'être captive des rets dans lesquels Rutger White a été pris au piège. Pour six jours encore.

Du fin fond de l'enfer, Jonathan Mask est probablement en train de se moquer de nous deux.

Et il y eut un soir et il y eut un matin :
et ce fut le premier jour.

CHAPITRE 1

C'est la fin d'une terrible journée. L'appartement d'Angela Johnson résonne encore de terreur; des cris de sang s'étalent au travers de ses draps. Ces moments sont les pires pour les modeleurs, quand la souffrance, la frayeur ou la folie d'autrui chantent en nous comme les vibrations du courant dans un fil électrique.

Malade de sa peur, essayant de dissimuler la mienne, j'écoutais un policier me mettre au courant. Le mari s'était trouvé avec des amis. De façon surprenante, il avait laissé la porte déverrouillée…

La porte s'ouvre brusquement. La femme lève les yeux, surprise, effrayée. Des bruits de pas. Trop nombreux. Étendue sur son lit, elle tend la main pour prendre le contrôle à distance de la télévision, annule le son, se retourne pour faire face aux intrus. Parle-t-elle? Un bredouillement. Ils sont tous masqués. Des masques blancs. Chacun avec une brique ou un morceau de béton, aux angles droits lourds de culpabilité. Elle n'a pas besoin d'explication. Elle gémit et commence à implorer. Le meneur déclare : « Tu as commis l'adultère. » Elle pleure. « J'en suis tellement navré », ajoute-t-il à voix basse. Ils encerclent sa couche. Le meneur lève la main, hésite. Elle se protège

la figure d'un bras en poussant un hurlement aigu.
Le son le libère : sa main s'abat, brisant le poignet,
écrasant la joue avec le bord de la brique. Le sang
roule comme des larmes sur le visage de la femme.
Les autres s'y mettent. Personne ne répond à ses cris.
Les vigilantes *continuent de la frapper, réduisant ses*
bras et son visage à des esquilles d'os, pendant trente
longues secondes après qu'elle est morte. Puis ils
s'arrêtent brusquement sur un signe du meneur.
«Amen», dit-il enfin. Le regard de Rutger White est
ferme et clair. Ils respirent tous avec bruit.

« C'est le troisième cas cette année dans cette congrégation. Mais ces *vigilantes* ne dénoncent jamais personne », m'a dit, bien tranquille, le brigadier à la peau bien rose. « Vous ne trouverez jamais les meneurs.

— Je veux que vous m'ameniez monsieur Johnson pour interrogatoire. Et laissez le corps en place. »

Ça l'a choqué : « Seigneur Jésus ! Ce n'est pas… ce n'est pas…

— Pas bien, Brigadier ? »

Il a rougi avec un embarras irrité. « Vous serez une charmante petite épouse pour quelqu'un, un de ces jours », a-t-il marmonné.

Les flics n'aiment pas les chasseurs, en général. Et encore moins les chasseuses.

« Nous n'avons guère de temps, ai-je dit. S'ils apprennent qu'il y a un chasseur sur le coup, ils avertiront le meneur. Je veux son nom, et vite. Amenez-moi le mari. »

Johnson était maigre et nerveux comme un rat ; à mes yeux, c'était un désordre discordant de lignes brisées, brouillées par la peur et la confusion. Je lui ai demandé pourquoi il avait laissé la porte déverrouillée. Il a murmuré qu'il avait oublié. Comme des mouches attirées par le sang, ses yeux ne cessaient de revenir au cadavre de sa femme, une bosse dans le lit. Quelques mèches de cheveux blonds sortaient de sous les draps. Je lui ai demandé de nouveau pourquoi il avait laissé la porte déverrouillée.

Il s'est mis à me hurler des obscénités, en me vouant aux gémonies.

Le brigadier a regardé ailleurs en déglutissant quand j'ai tiré le drap pour découvrir ce qui restait du visage d'Angela Johnson. J'ai dû insister, le sang en train de se figer collait le tissu sur sa chair écrabouillée. Quelques heures plus tôt, une âme y résidait encore ; c'était quelqu'un qui pouvait rire, et jurer, et donner un coup sur la télé quand la réception était mauvaise. Ce corps était maintenant déserté, un édifice vide aux yeux condamnés par des briques.

J'ai demandé à monsieur Johnson pourquoi il avait laissé la porte déverrouillée.

« Oh, mon Dieu », a-t-il murmuré. Combien de fois avait-il embrassé cette face disloquée ? Combien de fois caressé ces cheveux sanglants ? « Oh, Seigneur, Seigneur. Il a dit que c'était juste… »

Rutger White a été nommément désigné. Il est coincé, maintenant, même s'il ne le sait pas encore. La chasse finira là, dans le carré du Cours Jéricho. Le meneur des *vigilantes* est un vieil ami de Joshua Johnson. Ils sont tous deux diacres dans une église rédemptionniste. Un pilier de la communauté, Rutger White, mais Johnson a accepté de témoigner contre lui.

Sera-t-il seul ? Est-ce que je me risque trop à l'arrêter sans auxiliaires ? Il pourrait avoir un *taser* acheté au marché noir, bricolé pour être mortel, ou plus vraisemblablement un de ces vieux revolvers : une arme brutale à la dure gueule noire.

Mon propre *taser* pèse son poids de culpabilité dans la poche de ma veste. Je passe le pouce sur le triangle froid de la touche pour m'assurer qu'elle n'a pas glissé vers le réglage mortel. Carré et triangle, tous deux des formes solides – mais le carré est statique, alors que les triangles doivent bouger. La touche étire sa pointe vers l'avant, impatiente d'aller jusqu'au bout de sa course. « Utilisez la crainte qu'ils ont de la charge mortelle, Fletcher, m'avait dit le capitaine French. Voilà un de vos outils. »

C'est différent pour les modeleurs.

Je règle le *taser* sur la charge paralysante.

Des immeubles d'habitation encadrent le Cours Jéricho sur trois côtés. Ce ghetto pue la pisse et le désespoir ; la pauvreté dessine ses motifs sur les fenêtres brisées et dans les nœuds noirs et enchevêtrés des graffitis. Un chien fouille dans des congères d'ordures. Espacées sur l'asphalte comme les empreintes d'un meurtrier, des flaques s'ensanglantent au soleil couchant tandis que le crépuscule tombe sur le dernier jour de liberté de Rutger White.

J'ai peur, cisaillée par des angles aigus de brasillements rouges : je pourrais vous en dire la forme, le goût et la couleur. La chasse déploie ses muscles en moi ; mon sang pétille comme de l'acide et, quand je cligne des yeux, ils sont durs et brûlants sous mes paupières.

Mon Dieu, c'est le sel de mon existence ! La plupart du temps, nous sommes tellement engourdis. J'aime le fourmillement de la peur, qui m'éveille à la vie comme un choc électrique. Le danger me rend translucide, l'asphalte qui s'émiette sous la semelle de mes bottes me transperce, la puanteur, la lueur crépusculaire.

Un homme ouvre une porte d'un coup de pied, passe près de moi en titubant. Son manteau à bon marché a été Fabriqué Avec Fierté en Amérique. Il a bu. Son regard croise le mien. Épais, embrumé. « Dieu vous bénisse », marmonne-t-il.

Il est en colère après quelqu'un – une femme ? Je le vois tout en bruns troubles, en rouges… Oui. Mais pris au piège : pas une ligne de projection, rien ne sort. La colère est un péché mortel.

Je dis «Dieu soit avec vous» tandis qu'il passe tout près de moi. Vers la fin d'une chasse, je n'ai aucun mal à créer des motifs : je n'ai plus besoin de faire la paix dans mon esprit, de me lover autour de chaque nouvel individu. Quand l'âpreté de la chasse est à son summum, je coule comme de la cire chaude et les motifs s'impriment en moi. La spéculation dans le regard d'un inconnu, son attitude, sa façon de marcher, son odeur (ici scotch et sueur, matelas humides et rideaux sombres dans des pièces laissées à l'abandon), et l'image intérieure que j'en perçois en tant que modeleuse, tout cela grave en moi le labyrinthe qui court derrière ses pensées. Ce type ne vaut rien, rien du tout, c'est une sphère d'un brun grisâtre, une bille en laquelle se recroqueville une spire écarlate. Sa rage étire ses racines autour de mon cœur, un déchirement organique qui accélère mon pouls, jusqu'à ce que j'arrive à la bloquer. Plus difficile de bloquer, à présent, vers la fin de la chasse.

Je plane, mon *flash* de modeleuse est à son apogée. Je tremble d'exultation en me dirigeant vers l'appartement de White, tandis que mes pas génèrent des petits bruits de plastique dans les ordures. Skoui-skoui. Scroutch. Les secondes se brisent autour de moi comme de l'eau. Je voudrais pouvoir arrêter cet instant pour toujours, un moment sacré, éternel.

Je frappe à la porte numéro 7. Bruit de chaîne, de verrou qu'on tire, la porte s'ouvre (dernier silence, rideau qui se lève sur une scène) pour révéler le meurtrier.

Le diacre White est un homme de haute taille aux traits lourds. Tel un poing en cotte de maille qui percerait un gant de velours, la dureté de son âme use son corps, grave des lignes profondes autour de sa bouche et de ses yeux. Son visage est ouvert, dépourvu de culpabilité ; une terrible sincérité illumine son regard, flamme éclatante et vacillante à la fois.

« Oui ? Soyez la bienvenue, par la volonté du Seigneur. Puis-je vous aider ? » Une voix de prêcheur, sévère mais bienveillante. Un parfum léger l'environne, souvenir lointain d'eau de rose.

Je dis : « Dieu vous bénisse. Mon nom est Diane Fletcher », tout en lui montrant brièvement mon permis de chasse. Un éclat soudain dans son regard. Il n'est pas facile à déchiffrer. Mince – une baguette de bois, rectangulaire et lumineuse ? Si lisse, si peu d'irrégularités porteuses d'information. Je n'ai pas confiance.

« Vous travaillez pour la police. Entrez. »

Je fais un pas en avant comme si je marchais sur de la glace pourrie. Une crampe de peur dans la poitrine et dans les tripes. Aucune raison pour moi de prendre ce genre de risque, mais je le fais toujours. La plupart des chasseurs tireraient sur lui depuis le seuil de sa porte et s'occuperaient ensuite des détails en toute sécurité. Peut-être cela tient-il à ma nature de modeleuse : on doit suivre jusqu'à sa fin le motif qui s'est dessiné. La symétrie est fatale, inévitable.

La lumière est allumée dans la salle de bains, à ma droite ; la pièce principale s'ouvre à ma gauche. Ça sent le rassis, avec une odeur de vieux tapis, de draps stériles, un vague parfum de crêpes et de saucisses. L'appartement du diacre White est aussi dénudé qu'une cellule de moine : pas d'images, pas d'ordinateur, pas de chaîne stéréo, pas de télé. Les Reds se méfient de la technologie : péché d'orgueil,

.disent-ils. L'être humain essayant de défier la divinité. Du moins White n'est-il pas un hypocrite : il vit à la lettre la foi rédemptionniste. Sans aucun doute a-t-il battu Angela Johnson à mort dans la plus pure intégrité morale.

L'appartement est d'un ordre scrupuleux. Ce diacre ne pourrait pas davantage laisser goutter un robinet que prendre son envol vers le soleil. Aucun goût pour le monde extérieur : isolement. Non : il se tient à l'écart. Distance, environnée de noirceur… Un cierge ? Oui ! Long et mince, un cierge pâle, légèrement parfumé, exsudant la piété.

Un bref éclat de satisfaction me traverse d'avoir ainsi circonscrit son image : c'est bien ça, ça fera l'affaire.

Une unique ampoule nue éclaire la salle de séjour. La moquette et le sofa sont de ce beige insipide qui était autrefois la couleur de tous les ordinateurs. Une chaise en plastique au dossier droit constitue le reste du mobilier, avec un petit lit tiré au cordeau, aux draps blancs bien nets et sans oreiller. Un Christ crucifié pend au mur au-dessus de la couche, membres convulsés en une agonie de plastique lisse. Des cercles sanglants dans ses paumes et sur ses chevilles, seules taches de couleur dans la pièce, contraste choquant avec Sa chair divine synthétique et blanche.

La cuisine est aussi propre et stérile qu'une salle d'opération. Sur le mur, une plaque de céramique proclame «In God We Trust», en caractères gothiques emberlificotés.

White s'assied sur la chaise en plastique et m'indique le sofa d'un geste de la main, mais je reste debout, la main gauche toujours refermée sur le *taser* dans ma poche de veste. Une pointe d'excitation jaillit de White, aussi piquante que de l'iode sur une pensée lacérée. Pourquoi rien d'autre, pourquoi aucune crainte ? Moins de vingt-quatre heures depuis la mort d'Angela Johnson : il doit bien savoir pourquoi je suis là. Ma peau se révulse à la sensation de sa présence : cireux et lisse, lourd, assuré – et quelque peu dément. Grande ouverte en cette fin de chasse, je frissonne tandis qu'il coule en moi, m'emplissant de ses certitudes ; j'ai du mal à penser, l'atmosphère semble brûlante, c'est dur de respirer.

« Êtes-vous monsieur Rutger White, diacre de la paroisse rédemptionniste du Fils Ressuscité ?

— C'est exact, mademoiselle Fletcher. » Il s'attarde sur le « mademoiselle ». « J'espère qu'il n'y a pas de problèmes à la paroisse.

— Pas à la paroisse. »

Comme à un signal, ses sourcils se soulèvent : « Oh ? » C'est un cierge aux contours durcis, avec une flamme de diamant.

Mon tour. C'est le motif qui nous mène, chacun de nous calcule ses points de repère en essayant de deviner ce que sera la forme finale. Ah ! Oui – voilà le sens de cet appartement. Chaque élément en est lié par la tension de lignes invisibles. Moi-même, je suis intégrée à ce motif qui relie la couche au comptoir de la cuisine, la chaise en plastique aux tristes yeux aveugles du Christ torturé. Des fils, les lignes d'un pentagramme mystique. Je voudrais les trancher comme Alexandre le nœud gordien.

« Angela Johnson est morte. »

White hausse les épaules. C'est un homme de forte carrure, aux épaules éloquentes. « Les meules du Seigneur tournent lentement, mademoiselle Fletcher, mais leur mouture est excessivement fine. »

Je resserre ma prise sur le *taser*.

« Angela Johnson n'était pas une femme vertueuse. J'ai peine pour les âmes, mademoiselle Fletcher, non pour les corps. J'ai fait mon deuil d'Angela Johnson il y a bien longtemps. »

Le chagrin de White se mélange à mon horreur devant le meurtre d'Angela. Une tristesse diffuse en moi, des souvenirs aux contours doux et tendres, une éclosion de mélancolie alors qu'il se la rappelle telle qu'autrefois, pieuse et innocente…

Je suis déséquilibrée ; les émotions de White se confondent avec les miennes, je perds ma capacité de les distinguer. La bénédiction des modeleurs, s'enivrer de la joie d'autrui. Leur malédiction, sentir la folie d'autrui prendre racine dans leur âme, et y fleurir.

Je m'écrie : « Elle a été lapidée jusqu'à ce que mort s'ensuive ! » Furieuse de ma frayeur. Luttant pour me séparer de White. Comment ce salaud peut-il être aussi calme ? Pourquoi n'a-t-il pas peur de moi ? Il est bien trop sûr de lui.

« Monsieur White…

— Diacre.

— Je crois que vous étiez le meneur des *vigilantes* qui ont assassiné Angela Johnson. »

Cette accusation est un choc, comme une lame soudain jaillie de son fourreau, nue désormais entre nous. White prend une soudaine aspiration sifflante.

La flamme avide danse dans les yeux de Rutger White. Il est aussi intrépide qu'un saint dans l'attente de son martyre, mais il y a aussi de la ruse en lui, comme s'il savourait un secret inconnu de moi.

« C'est fini. Trois autres ont avoué. » Je mens, je bluffe. « Joshua Johnson témoignera pour l'accusation. C'est fini, monsieur White. »

Il se met à rire. « Aimeriez-vous une tasse de café ? du thé ? Non ? » Il se penche vers moi et sa chaise de plastique craque. « Aimez-vous votre prochain, mademoiselle Fletcher ?

— Fletcher », dis-je d'un ton sec. Calme, Diane. Du calme. « Oui. »

White hoche la tête, satisfait. « Moi aussi. Et pour le salut de notre prochain, nous devons observer la Loi. Aucun être humain ne respecte la Loi plus que moi, mademoiselle Fletcher. De toute évidence, vous éprouvez le même sentiment, ou vous vous seriez trouvé un autre métier… Mais vous et moi, nous savons qu'il existe une Loi supérieure, une Loi dont le respect doit être absolu. Et nous savons tous deux qu'il existe des crimes que la police, si respectueuse soit-elle de la Loi, ne peut punir, parce qu'elle manque de temps, d'argent, ou de preuves suffisant à justifier une arrestation. En ce qui concerne ce genre de crimi-nels, le Seigneur doit compter sur d'autres serviteurs pour exécuter sa volonté. Angela Johnson était une criminelle de cette sorte. Elle avait enfreint les com-mandements du Seigneur en commettant le péché d'adultère. Ce faisant, elle a entraîné son amant dans sa propre damnation et donné un exemple qui en ferait assurément sortir d'autres du droit chemin. »

White, les mains ouvertes, expose son argument avec toute l'autorité et le sérieux possibles. Il parle, et le cierge brûle avec plus d'éclat. La mèche est noire, calcinée, des fragments de cendres polluent la cire liquide en dessous. Tout en haut, près de la flamme, les rebords se tordent et s'affaissent, déformés par la chaleur croissante. Des gouttes perlent, petits globules de sang blanc.

« Mademoiselle Fletcher, je sais quelle responsa-bilité j'ai prise. Mais les âmes de mes frères étaient en péril, des âmes qui auraient pu être perdues sans une sévère leçon, et je savais quel était mon devoir. »

Le poids de ses pensées m'écrase et, plus lourd encore, le poids de mes anciens péchés, les criminels que j'ai livrés à la Loi. La culpabilité que j'éprouve pour leur mort à tous : Tommy Scott, Red Wilson, Patience Hardy – exécutée il y a seulement trois semaines. *La Loi Supérieure. De toute évidence, vous éprouvez le même sentiment, ou vous vous seriez trouvé un autre métier...*

Seigneur, comme je hais Rutger White d'avoir fait surgir leurs fantômes grisâtres !

Ses mains lisses semblent se tordre de douleur. «Heureux ceux qui ne sont pas appelés à servir le Seigneur, mademoiselle Fletcher, car Son service est rarement aisé. Mais le Seigneur ne peut être ignoré. On doit répondre à Son appel. Parfois, on doit obéir à des principes supérieurs, quel qu'en soit le coût personnel.

— "Tu ne tueras point" était encore un des dix commandements, la dernière fois que j'ai regardé.»

Un spasme de panique se tord en moi. Depuis la mort de ma mère, quand j'ai appris à bloquer la douleur de mon père, je n'ai jamais été aussi ouverte, je ne me suis jamais sentie aussi bouleversée par les émotions d'autrui. Rutger White déborde en moi, son motif se coagule sur le mien en le déformant. Malgré moi, son image effectue un demi-tour et pour la première fois je vois l'autre côté du cierge : la cire en fusion rampe le long de la tige. Des vers blancs, aveugles et avides.

White dit : «Êtes-vous une meurtrière quand vous livrez un criminel à la pendaison ?

— Je les livre ! J'attends d'être certaine. Les cours de justice rendent le jugement final. Je ne joue pas à Dieu, Diacre White.

— Le Président a réclamé "une Loi en accord avec la Loi divine". Il n'y a pas de circonstances atténuantes quand on a enfreint la Loi divine, mademoiselle Fletcher, et le Christ est la seule cour d'appel. La Rédemption ne vient que de Lui. » Un haussement d'épaules. « Si vous estimez devoir m'arrêter, alors faites-le – mais je n'ai rien fait de mal aux yeux du Seigneur. »

Saisie de nausée, je m'écarte enfin de lui, en essayant de me calmer, d'imaginer un cercle immaculé autour de moi, de couper toutes les lignes qui nous relient. Mon témoignage fera pendre Rutger White. J'aurais presque pitié de lui. C'était un être humain, autrefois, avant que quelque chose ne le brise – une histoire d'amour ? Un vice secret ? Une enfance impossible à transcender ? Et il s'est soumis à l'Infini, il a laissé son Dieu effacer sa forme humaine et l'étamper du motif d'une implacable Justice.

Me voilà plus sereine à présent. La pitié est une ressource essentielle pour les modeleurs : une émotion divine, qui tombe du ciel et vient de loin. Infiniment plus sûr d'avoir pitié d'autrui que de le comprendre. « "Que celui d'entre vous qui n'a jamais péché lance la première pierre…", monsieur White. Je crains que vous ne deviez me suivre. »

Le diacre se lève. Un souffle embrasé le traverse. Cire en fusion, il vole, tel Icare vers le soleil. Et maintenant s'en vient la chute, la longue, longue chute. Il dit « Très bien », comme désolé de me faire perdre mon temps. Il traverse le couloir et tend une main vers son manteau ; sous ses bras, des taches ovales de transpiration. Il sourit – il *sourit*.

Bon sang, quelque chose ne va pas, le motif est brisé, lacunaire. Quelque chose dans l'appartement. La cuisine ? Le lit ? Le sofa ? La salle de bains… Où est le piège ? Sa confiance peut-elle lui venir d'une foi délirante en la protection divine ?

La salle de bains ?

Suspendue dans la fournaise qu'est White, je me rappelle une des sinistres anecdotes historiques de mon père. Après avoir pris une ville, on demande au général ce qu'on doit faire des habitants. Il répond – la réponse de White : « Tuez-les tous, Dieu reconnaîtra les siens. »

J'essaie d'avoir l'air détaché en suivant White dans le corridor mais en moi : triangles lovés, détente à un cheveu d'être pressée, avide d'action soudaine.

White se redresse et brusquement le motif se condense en moi. « Je suis prêt », siffle-t-il, et le cierge-soleil atteint l'incandescence.

Couteau ! Une lame à cran d'arrêt qui s'ouvre avec un cliquetis sonore, et je recule d'un bond alors que White frappe dans le vide là où aurait dû se trouver mon estomac. La peur brouille notre exaltation, j'arrache le *taser* de ma poche, White fonce sur moi. Et moi… j'hésite, avec dans la bouche le dur goût d'acier de notre désespoir, j'en sens l'aiguillon. White pousse un grognement, mon doigt reste figé sur la détente pendant un instant d'éternité. En lui le feu étincelle, un néant pâle mais brûlant dans le gouffre de ses yeux, et il se précipite sur la pointe acérée de son martyre, et enfin mon doigt se contracte sur la détente du *taser*.

La lame est à vingt centimètres de mon visage quand la décharge frappe White. Le courant lui convulse les muscles, une énorme gifle qui le fait reculer, bras en croix – la croix du *taser*. Dos arqué, paumes clouées, il s'effondre dans le couloir. Les marques de brûlure courent sur sa veste, sur son cou. Le couteau claque sur le sol en échardes bruyantes.

Dans l'appartement, la tension a disparu de toutes les lignes. Un filet de fumée reste suspendu un instant dans l'air puis s'efface lui aussi.

J'ai réglé de nouveau le *taser*, j'ai traîné White dans le salon et je l'ai jeté sur son lit, encore sous le coup de l'adrénaline, excitée par l'arrestation.

Après avoir tiré de ma poche la seringue jetable, j'ai administré à White une dose judicieuse de Dodo. L'opiacé synthétique le garderait inconscient, une fois dissipé le choc du *taser*. Il était en sueur, et bien en chair. Il m'a fallu trois essais avant de trouver la veine, à piquer l'aiguille dans son bras et à l'en sortir. Le sang perlait en lentes gouttelettes de sa peau pâle, tachant le morceau d'ouate que j'avais collé au creux de son coude.

J'avais encore le crépitement de la décharge au bout des doigts, douloureuse, tandis que j'étendais White sous son Sauveur aveugle. Il était au-dessus de tout cela, ce Christ borné, rien ne l'avait touché et il ne touchait rien, yeux aussi aveugles et sans remords qu'une sculpture grecque. Pas naturel. Un tableau qui aurait rempli n'importe qui de nervosité – et je gagne ma vie en étant sensible à ce genre de motif. J'ai senti le froid qui s'installait, la grisaille qui m'engloutit toujours lorsque se dissipe l'excitation de la chasse.

Une fois effectuée l'arrestation, je devais m'occuper du transfert. White n'avait pas le téléphone. Je devrais utiliser celui d'un voisin.

Je n'ai pu m'empêcher de lui jeter un dernier coup d'œil avant de partir. J'ai une tendance profonde à la superstition. J'hésitais, j'avais peur qu'il ne se lève tel Lazare pour s'échapper si je quittais la pièce. Stupide, évidemment. Entre la décharge du *taser* et l'injection de Dodo, il aurait fallu un miracle pour réveiller le diacre avant trois bonnes heures. J'ai franchi la porte et l'ai fermée avec une secousse derrière moi. Son Christ n'était pas le genre de Christ qui accomplissait des miracles.

Même si elle se dissipait, l'excitation de la chasse courait encore en moi comme une petite dose de Gel – la drogue que j'utilisais couramment dans ma folle jeunesse. Dehors, dans l'immeuble de l'autre côté de la place, un couple se disputait en hurlant, pulvérisant le silence fragile. La lune brillait dans le crépuscule qui s'alourdissait. J'ai distingué dans le ciel la ceinture d'Orion le Chasseur, et je lui ai souhaité bonne chasse.

«Désolé, on n'en veut pas, allez-vous-en et Dieu vous bénisse», a marmonné une voix derrière la porte du numéro 8.

«Amen, et Dieu vous bénisse, voisin. Je m'appelle Diane Fletcher et j'ai besoin d'un service.» Je n'ai pu m'empêcher de sourire au mince jeune homme qui a ouvert la porte. J'ai sorti mon insigne, le reflet sur le métal l'a ébloui comme un projecteur et il a fait une petite grimace d'inconfort.

«Oh, bon Dieu! Je veux dire, euh… je vous en prie, entrez donc. Là, attention, ne marchez pas là-dessus. Désolé pour le désordre. Ah, il faut vous courber, là. Désolé! Euh… bon, alors, vous vouliez quoi?»

Le lourd parfum du Templar régnait dans l'appartement. Illégal, bien entendu, mais j'avais fait mon quota. L'avantage de ne pas réellement appartenir à la police, c'est qu'on n'a pas à arrêter des gens pour des trucs stupides, comme fumer un tortillon de Templar ou baiser hors du mariage.

«Jim… Jim Haliday», il a marmonné. Il avait de longs bras, de longues jambes, des mouvements pas très bien coordonnés, et un visage nerveux mais plaisant. Séduisant, d'une certaine façon brouillonne. À peu près mon âge, trente, trente et un ans. Son appartement semblait ne pas avoir été nettoyé depuis l'année où ce type avait atteint l'âge de voter. Je pouvais repérer au moins trois tasses de café froid là où il les avait posées dans sa semi-ébriété, et quatre livres différents traînaient dans le salon, ouverts, étalés sur le ventre. J'ai dû déterrer le téléphone de sous *In God We Trust : les médias et la Présidence rédemptionniste*. Je me suis accroupie sur le tapis tout plissé pour prévenir la police de l'arrestation que j'avais effectuée.

Le Central m'a mise en attente. Prisonnière de la merde néoclassique niaise qu'ils diffusent avec insistance, j'ai continué mon inspection distraite – un vice professionnel commun à tous les chasseurs. Pas ce qu'on aurait pu appeler un intérieur rempli de piété : télé, ensemble vidéo, chaîne stéréo – le type aimait assez sa musique pour avoir acheté un Panasonic, malgré la taxe qui frappait les produits japonais. Intéressant.

J'ai enfin obtenu la communication et j'ai demandé un car de police. Alors que je raccrochais, Haliday a jeté un coup d'œil vers la cuisine. Des oignons en tranches frisaient en sifflant dans une poêle fumante. «Holà, je ferais mieux d'aérer, hein?» a-t-il dit en ouvrant tout grand la porte d'entrée.

«Eh bien, dites donc, Jim, ouvert ou fermé, ça va quand même sentir le harem turc. Je ne vais pas vous arrêter pour quelques joints de Templar, d'accord?»

C'est ainsi que les chasseurs se font des amis, par le maniement délicat de la culpabilité, du soulagement et de la gratitude. Il existe de meilleures façons, mais j'en ai oublié la plupart, et l'anxiété de Jim Haliday était comme une râpe sur mon âme de modeleuse encore meurtrie et endolorie par l'arrestation de White.

Haliday m'a regardée comme quelqu'un qui vient de se faire dire que, somme toute, il ne devra pas subir un traitement de canal. Il a éclaté d'un rire embarrassé. «Eh, merci. Ce n'était pas moi, vous savez. Je loue l'appartement à un sultan turc de mes amis pendant les fins de semaine, alors, vous comprenez…»

J'ai souri en retour et je suis restée un instant assise par terre à aspirer l'essence confortable et enfumée de l'appartement de Haliday comme s'il s'était agi d'une inoxydable atmosphère montagnarde. Le plaisir me pénétrait, détendant mes muscles douloureux. Bon sang, je suis *affamée*, ai-je pensé, surprise. J'ai cherché des yeux un coussin, me suis étalée plus à mon aise sur le plancher. Un des bénéfices marginaux du statut de chasseur : les policiers réguliers se doivent d'être plus formels, plus professionnels. Mais pas les chasseurs. La série des films «Le Pisteur» ont si solidement établi notre image dans l'esprit du public qu'on est déçu si nous ne puons pas le scotch et ne ponctuons pas une phrase sur deux en crachant par terre avec dédain, même à l'intérieur d'une pièce.

Haliday haussa les sourcils : «Et puis… Qu'est-ce qu'une jolie flic comme vous fait dans un trou pareil ? Il y a un problème avec le diacre ?

— Vous le connaissiez ?

— Au sens biblique du terme ? Non : je préfère les filles, et je crois que le diacre préfère répandre sa semence sur la terre. »

J'ai dû avoir l'air surpris, car il a eu un sourire malicieux. Son image était vive et insouciante… du jaune, surtout, avec des touches de bleu et de vert. Agité par le vent. Un étang en juin ?

Je me suis arrêtée net. Moins d'une heure après l'arrestation et je lisais Jim Haliday sans le vouloir. À moins d'être en chasse, je ne le fais pas sans permission. Tout le monde a droit à sa vie privée – à moins d'assassiner une jeune femme solitaire et sans défense. Dans ce cas, on se met au ban de la société et de ses protections, et, pour des gens comme moi, on a renoncé à son droit à la vie privée.

Mais Jim n'était qu'un gars ordinaire et je n'avais aucun droit de le lire, bon sang. J'ai souri en essayant d'avoir l'air inoffensif. « Pourquoi ne vous entendez-vous pas, le diacre et vous ? »

Il a réfléchi. « Eh bien, ce pourraient être les explosions musicales de *Korpus Kristi* après onze heures du soir ou les généreuses portions de *Pink Sin Ladies* que j'essayais de lui refiler à la première heure tous les dimanches matin. »

Il donnait envie de se détendre. Il avait des mains étroites aux longs doigts, qui meublaient les blancs entre ses paroles. « Alors, qu'est-ce qui se passe ? Vous avez demandé un car de police.

— Monsieur White est recherché en rapport avec la mort d'Angela Johnson. »

Ses yeux ensommeillés se sont écarquillés. « Le diacre ? Peste ! »

Il est allé ouvrir le petit frigo. « Vous voulez manger quelque chose en attendant ? » Il fouillait dans les restes. « Je me faisais une omelette, on peut partager sans problème. On a un peu de macaronis… de la salade de patates… un peu de chili. Deux biè… hum, un coca + calcium », marmonna-t-il.

J'ai hésité, surprise par cette amabilité dans un district que je n'avais pas trouvé spécialement débordant de bons Samaritains. Mais la pointe de la chasse perdait de son tranchant, et quand elle se serait complètement émoussée, je redeviendrais terne et grise. « Merci. Peut-être un peu d'omelette », ai-je dit. Je me suis révulsée intérieurement à m'entendre essayer de me gagner un ami d'une façon aussi niaise, terrifiée à l'idée qu'il pourrait me croire en train de m'imposer ou de lui faire du chantage à cause du damné Templar. Ou bien de lui faire du plat. Morte d'embarras, j'ai senti la peau de mon visage rougir en picotant. Oh, Seigneur, je dois avoir l'air d'une de ces femmes-flics, dans les films de porno rose, sur le point de dézipper son pantalon pour révéler des bas résille en dessous. Et moi qui ne porte que des chaussettes de sport – quelle déception !

Diane, arrête.

J'espérais que mon sourire figé me servirait de couverture pendant que je me reprenais. Bon Dieu, je voulais parler à présent, simplement parler avec un autre être humain décent, pendant que j'étais encore assez ouverte pour le sentir ; je voulais rester dans l'appartement bordélique et chaleureux de Jim, je ne voulais pas retourner à la cellule stérile du diacre.

Les lieux, comme les gens, possèdent des formes auxquelles j'ai du mal à résister. Attendre le car de police seule avec White dans l'appartement numéro 7 m'aurait laissée la bouche grouillant de citations de l'Ancien Testament, et en train de m'armer pour la chasse aux iniques. Je n'en avais nulle envie. Je voulais juste parler, établir un contact, sortir du cercle ensorcelé qui emprisonnait White depuis si longtemps. Je ne mourais pas de solitude, ce n'était pas ça. Je voulais seulement de la compagnie.

« Alors… Je n'ai jamais vu un flic avec une queue de cheval », a dit Jim.

— Pas un flic, ai-je rectifié. Je garde la queue de cheval pour embêter les flics. »

Il a fait une grimace comique : « Peux pas dire que je les blâme. Après tout, c'est une fille qui a commis le crime originel. Quelle belle fiche de résultats, hein ? »

Il a pris quelques œufs dans le frigo pour les casser contre le rebord d'un gros bol. « Alors, qu'est-ce qui se passe avec le diacre White ? » Il m'a jeté un regard inquisiteur en essayant sans succès d'éviter de se salir les doigts avec les dernières coulées d'œuf.

« Il est vivant. Je l'ai laissé dans son appartement. »

Jim m'a souri : « Seigneur Dieu ! D'ici demain, tout le monde va savoir que le diacre avait Une Femme dans sa chambre. Ça va faire sensation ! Je vous préviens, nombre d'esprits tordus vont se demander de quel genre de perversion vous avez bien pu user pour tenter le Patriarche !

— Cent dix volts et vingt milligrammes de Dodo, ai-je répliqué d'un ton bref. Pas mal décadent, hein ? Il m'a attaquée avec un cran d'arrêt. »

Il a sifflé, « Stupéfiant ! », tout en me jetant un autre coup d'œil et oui, il était intéressé. Je l'ai senti au contact soudain de son sourire, de son regard. Il avait le genre de sourcils que j'aime, des arcs classiques, comme ceux du buste d'Apollon qui appartenait à mon père.

Il a mélangé les œufs avec de la moutarde, du poivre et de l'origan et versé la mixture dans la poêle avec les oignons. « Alors je suppose que vous l'avez vu venir. Le couteau, je veux dire. »

Hum. Eh bien, d'une certaine façon, oui, mais parce que je suis modeleuse. Et en parler n'était ni facile ni avisé. « Je m'attendais à ce qu'il essaie quelque chose, oui.

— Comment saviez-vous qu'il allait le faire ?

— La lumière dans la salle de bains.

— Oh. » Il a froncé les sourcils. « Je vois. Évidemment.

— White était trop sûr de lui, ai-je expliqué. Je savais très bien qu'il pensait pouvoir s'en tirer. Mais c'est le type de gars à devenir dingue si un robinet fuit, oui ? » Jim a opiné du chef. « Et pourtant, quand on s'est levés pour partir, il ne s'est pas donné la peine d'éteindre la lumière dans la salle de bains. Alors j'ai su qu'il n'avait pas la moindre intention de sortir. Je savais que c'était un bon Red, il n'aurait pas eu de *taser* ou de pistolet, trop tech'. Ça devait donc être un couteau. »

Hmm. Pardi.

Eh bien, peut-être. J'avais bel et bien su. Si j'avais pensé qu'il avait une arme à feu, ne l'aurais-je pas tiré au *taser* avant qu'il ne puisse se retourner ? C'est si souvent ainsi, quand on est modeleur : on suit le trait, le motif et on y réagit bien avant de pouvoir articuler consciemment des raisons.

« Vous êtes un dollar d'impôts drôlement bien dépensé, a dit Jim en secouant la tête. Où avez-vous appris à faire ce genre de déductions ? »

Seigneur, tout ça se rapprochait trop de la vérité. Jim avait l'air d'un type bien, mais même son meilleur ami, on ne peut pas lui dire qu'on est modeleur. Ça les retourne. Ils se mettent à avoir la trouille. Ils veulent vous faire du mal, vous étudier, ou tout simplement mettre entre eux et vous le plus d'espace possible.

J'ai joué avec le rebord élimé du tapis orange en évitant son regard – on ne peut jamais dissiper sa crainte d'être lu par eux aussi aisément qu'on les lit. J'ai haussé les épaules. « Ça fait partie du boulot », ai-je menti.

Juste établir un contact.

Nous en étions vers le milieu du festin quand le car de police est arrivé, comme un corbillard, tuant tout le plaisir que j'éprouvais à la compagnie de Jim. J'étais très bien là. Je n'avais pas envie d'être de nouveau traînée dans cette enquête. Une fois dans l'appartement de Haliday, avec l'omelette à moitié entamée et une canette de coca-cola, le dur frisson de la chasse n'était pas comparable au simple plaisir de dîner en compagnie d'un autre être humain. J'ai éprouvé un besoin soudain de faire la morte, d'ignorer les flics et de discuter avec Jim de l'interdit présidentiel sur les combinaisons génétiques ou du dernier album de *Pink Sin Ladies*.

J'ai plutôt abandonné un bout d'omelette dans mon assiette, comme prétexte pour revenir.

J'ai quitté l'appartement numéro 8. Dehors, le Cours Jéricho était un vaste carré de froid désert. Le fourgon blindé, aux couleurs de la police, avait fait taire les bavardages des voisins. Les lampes de la place, brisées depuis longtemps, ne seraient jamais remplacées. Une lumière lasse filtrait çà et là des fenêtres des immeubles. J'étais bien contente de l'obscurité. Bien contente que tous ces yeux cachés ne puissent clairement me voir.

Je n'aime pas avoir affaire à la police régulière. Le flic et moi, nous avons gardé nos mains dans nos poches en nous saluant. Il était mince, falot, inexpressif, sa seule émotion un vague malaise à risquer son véhicule dans un tel quartier. « Appartement 7 », lui ai-je dit.

Rutger White était étendu dans l'état où je l'avais laissé. Si pâle et si immobile que pendant un bref instant de terreur je l'ai cru mort. Je me suis ouverte totalement pour chercher en lui un signe de vie, n'importe lequel. Il y en avait un, Dieu merci, juste sous la surface comme un ruisseau sous la glace. J'ai vu sa poitrine se soulever et j'ai fait une grimace, embarrassée de ma crainte.

Nous avons transporté White dans le fourgon et nous l'y avons attaché. « Désolée pour la brûlure.

C'est juste ça, plus du Dodo. Il a essayé de me poignarder, alors…

— Qu'ils aient une marque de brûlure ou dix, je m'en fiche, aussi longtemps qu'ils sont vivants», a dit le flic en faisant claquer les portes métalliques.

J'étais contente de le voir partir. Je suis restée dans le Cours Jéricho jusqu'à ce que le bruit du fourgon ait disparu dans la nuit. Et un peu plus longtemps encore, tandis que le froid me gelait la figure et que mes membres s'engourdissaient. Mécanique, insensible. Tout en sachant que j'aurais dû rentrer, j'étais captive là, débordant de silence.

Quand je me suis mise à marcher, je ne savais pas où j'allais. Je le fais souvent. Commencer par un trait et laisser ensuite la forme se créer toute seule. Cette fois-là, elle m'a menée à la porte de l'appartement 7. En détournant les yeux du lit vide, je suis entrée dans la salle de bains. Mon visage bronzé dans le miroir, surpris, les yeux verts plissés, la queue de cheval frisottée qui se balance derrière – j'ai souhaité pour la millième fois avoir simplement des cheveux raides.

Il y a quelque chose de dérangeant dans la symétrie aveugle des miroirs. Quelquefois, ils me font peur. J'ai donné une claque sur l'interrupteur et j'ai quitté l'appartement en hâte, en verrouillant la porte derrière moi.

Quand je suis retournée au numéro 8, l'omelette était froide. J'ai essayé de m'asseoir, adossée contre l'une des étagères de livres, mais le plancher était encombré, je n'arrivais pas à trouver une position confortable. Jim s'est approché de moi, avec prudence. Il a tripoté un livre de poche, ostensiblement pour ranger un peu. Nous étions tous deux embarrassés. Bon sang, je n'avais aucune raison d'être là. Il m'a jeté un regard en biais en s'asseyant près de moi. «Je peux vous offrir un verre de vin?

— Oh non, pas la peine », ai-je dit, et là j'ai compris que j'avais raté le coche : il avait essayé de me lancer un bout de filin, je l'avais laissé échapper.

Il s'est détourné, encore plus mal à l'aise. « Je vais juste vous débarrasser de cette assiette, a-t-il marmonné.

— Je ne voulais pas dire…

— Désolé pour l'omelette. D'habitude, je ne les fais pas brûler », a-t-il dit en empilant les assiettes dans l'évier et en faisant couler de l'eau.

J'ai dit, une dernière tentative : « Alors, vous pensez aller au dernier office du soir ?

— Quoi ? Oh. Oh, ouais, euh, sans doute. » Il rinçait les plats comme s'il ne l'avait pas fait souvent. Il avait du mal à les ranger dans son antique machine à laver la vaisselle, un espace encombré de cercles et de rebords intempestifs.

Avait-il vraiment eu l'intention d'aller à l'église ou pensait-il que je le testais, qu'il devait y aller pour se repentir d'avoir fumé un peu de Templar ? Je me dégoûtais moi-même, un aiguillon intérieur. Nous ne pouvions pas rester chez lui, c'était clair. « Vous allez où, d'habitude ? » ai-je demandé avec une insistance maladroite. Ça faisait un bail que je n'avais sollicité de la compagnie et, comme n'importe quel talent dont on a vraiment besoin, la convivialité rouille très vite.

« Il y a une petite église à quelques pâtés d'immeubles. Si elle n'a pas encore été incendiée, et si le Président n'a pas fait mettre les presbytériens hors la loi.

— Ça vous ennuie si je viens avec vous ? » ai-je demandé en me sentant coupable. Ce n'était pas comme s'il pouvait refuser. Si un représentant de la Loi s'amène dans votre appartement qui embaume

la drogue et vous dit « Venez à l'Église avec moi »,
vous y allez.

Il a souri : « Eh, un rendez-vous galant ! Ma mère
serait drôlement excitée ! » Sa sincérité a dissipé
l'embarras et nous nous sommes enfin détendus. « Ça
fait des années que je n'ai pas emmené une fille bien
à l'église. Et, évidemment, les filles pas bien ne veulent
pas y aller.

— Et je suis censée être laquelle, la bien ou
l'autre ? » ai-je demandé en riant.

Il a haussé les épaules. « Quiconque tire le diacre
ne peut être entièrement mauvais. »

◆

Le temps de nous retrouver dehors, nous étions
de nouveau sur la même longueur d'onde. Je ne
voulais pas que la nuit s'empare de moi comme elle
l'avait fait à l'arrivée du fourgon de police. Je me
concentrais sur Jim, sans résister à l'influence de son
motif sur ma forme. C'était bon de sentir que je
m'adaptais à autre chose qu'au frisson de la chasse
et au goût des criminels aux abois.

Jim portait un antique trench-coat évasé du bas
qui donnait à sa démarche une allure fanfaronne,
comme l'un de ces chasseurs du début du siècle dans
un film du « Pisteur ». Son sourire, fréquent, contagieux, montrait qu'il était conscient de la parodie et
s'en moquait.

« *Léviathan* », a-t-il dit en s'immobilisant pour
reconnaître la musique qui tombait comme un cadavre
d'une fenêtre de quatrième étage, toute en angles
décousus. « Capable de vous brouiller l'activité neu-
ronale à vingt mètres. Un truc terrible, mais assez
fort pour déranger le diacre pendant bien des nuits.

Cette musique jouit donc d'une place toute spéciale dans mon cœur.» Il a exécuté une rapide pirouette qui a fait voler les pans de son manteau, avec un geste ample qui embrassait tout le Cours, où luisaient partout faiblement des échardes de verre brisé. «Dites AMEN, quelqu'un !

— Ferme ta gueule ! Amen !» a répliqué une voix à une fenêtre proche.

Sans se troubler, Jim a continué : «C'est curieux, pour le diacre. Il vient de par ici. Du *barrio*, de père en fils, mais d'une façon ou d'une autre, il a perdu le contact avec ses racines.

— Il voulait s'en sortir, ai-je dit. Les Reds lui ont offert une issue. Des idéaux, des abstractions, des causes : ça vous investit, ça efface ce qu'il y avait auparavant. Dieu a coulé en White comme un acide, il a détruit son motif, il l'a lissé en une seule surface bien propre à l'aide d'une seule idée simple.» Ce que mon père disait toujours, avant sa crise cardiaque : les idées – vertu, liberté, justice – sont des motifs plus puissants que les individus. Elles peuvent vous emporter. Mais elles ne prennent pas les individus en compte. Les circonstances, le caractère, l'histoire personnelle, rien de tout cela ne signifie grand-chose pour le motif supérieur. Bien entendu, mon père était historien, c'était la vision à long terme qui comptait le plus pour lui.

Mais comment l'expliquer à un homme tel que White ? Un diacre, un pilier de la communauté, bienveillant à sa façon, mais dont l'esprit était dévoré par la folie.

Rien ne me terrifie davantage que la folie ; tous les modeleurs se demandent si c'est contagieux. Comment pourrais-je passer tant de temps avec des malades et des psychopathes en espérant y couper ?

Prise au piège, comme le bon vieux Dédale, le constructeur du Labyrinthe, qui ne pouvait pas en trouver la sortie vers la liberté. Tôt ou tard je tournerais un coin du labyrinthe et je me trouverais face à un minotaure dément qui m'attendrait.

Merde.

Jim m'observait d'un air curieux. J'ai haussé les épaules avec un rire forcé. «Je ne sais pas ce qui est arrivé à White. Pas vraiment. Je l'ai à peine rencontré, ce type.

— Oui. Bon. Mais j'ai quand même du mal à attendre les premières des journaux : «Diacre mis KO par une Justicière !»

— Vous ne prenez jamais rien au sérieux ?

— Pas si je peux m'en passer. Ce n'est pas pour ça qu'on a élu ce Président ?»

Nous avons continué à bavarder. Il avait toujours voulu aller à l'université mais n'avait pas l'argent nécessaire. J'avais fui l'univers académique de mon père pour des actes qui me semblaient plus réels, plus pertinents. Nous avons beaucoup ri. J'ai oublié pourquoi. Certaines des poses relax de Jim étaient agaçantes : il ne voyait pas le mal à l'œuvre dans le monde, ne voulait pas y penser. Il refusait de prendre les choses au sérieux et de temps à autre essayait sournoisement de m'y pousser. Mais c'était frivole, amusant – une bonne façon pour moi de revenir sur terre après la chasse. J'avais perdu l'habitude de me sentir heureuse.

Le *barrio* ne rendait pas le bonheur facile. Il était plein de culs-de-sac et d'allées murées, un labyrinthe d'immeubles, des blocs de cellules où tenir les pauvres tranquilles. Devant nous, un vieil homme traînait les pieds dans l'obscurité, les épaules courbées, avec la démarche hésitante d'un parkinsonien. Un autre dommage collatéral du moratoire présidentiel sur les recherches en neurologie. Le Seigneur donne, et le Seigneur reprend. Tout se tient, si on commence à y regarder de plus près, une chaîne dont tous les motifs sont liés, une danse systémique aussi élaborée que le mouvement des planètes, et à peu près aussi soucieuse qu'elles des destinées humaines.

L'église de Jim se dressait à l'endroit où le ghetto essayait de s'améliorer en se haussant à un niveau d'honnête pauvreté. De la lumière s'étalait en flaques sous ses portes comme de l'eau chaude qui se serait refroidie en arrivant dans la rue. Avec une demi-courbette et un grand geste ironique du bras, Jim m'a tenu la porte ouverte ; avec un sourire amusé, je suis entrée.

Dès le moment où j'ai verrouillé mon *taser* et enlevé ma veste, j'ai éprouvé un grand soulagement. Je me suis laissée flotter dans le bavardage réconfortant des voisins alors qu'ils se rencontraient dans le hall et se disputaient les bancs, je me suis laissée entourer et soutenir par leur simple bienveillance. Ici et là un jeune couple s'attardait dans une conversation sérieuse avec des aînés. Une femme vieillissante aux cheveux d'un rose éclatant lançait « mais non, mais non ! » à l'adresse d'une de ses relations qui n'en croyait pas ses yeux, et se pavanait avec sa nouvelle coiffure ; de toute évidence, son sens de ce qui était à la mode avait été formé bien avant l'arrivée des Reds au pouvoir.

La foule a lentement rempli l'église elle-même, en garnissant peu à peu les bancs. Un silence murmurant a accueilli l'arrivée de la ministre, une femme aux traits agréables, dans la quarantaine. Elle a parcouru du regard son troupeau de fidèles, comme si elle avait su que chacun d'entre eux avait piqué un biscuit de rab dans le bocal à biscuits et en était secrètement satisfait. Jim s'est penché vers moi : «C'est Mary Ward. On dit que c'est une modeleuse. Je ne sais pas si je le crois, mais comme ministre, elle est bien.»

J'ai contemplé la ministre avec stupéfaction tandis qu'elle ouvrait la grosse Bible noire sur le lutrin et se chaussait le nez d'une paire de lunettes de lecture cerclées d'or. Quel modeleur rendrait sa nature si publique qu'un paroissien ordinaire serait au courant? Je ne pouvais croire que madame Ward ait grandi dans un lieu où il n'aurait pas été dangereux d'être différent. On ne se promène pas en racontant à tout un chacun qu'on peut éprouver ses émotions – pas si on désire être traité comme un être humain.

Madame Ward était d'humeur cordiale, et légèrement dodue. Quand elle parlait, sa voix était d'une force et d'une assurance surprenantes. «Soyez les bienvenus, par la grâce du Seigneur. Alors que nous nous apprêtons à le remercier ensemble, mes amis, j'aimerais que vous songiez à l'histoire de la tentation du Christ, tirée de l'Évangile de saint Luc : "Puis il le mena à Jérusalem, le plaça sur le pinacle du Temple et lui dit : 'Si tu es Fils de Dieu, jette-toi d'ici en bas; car il est écrit : *Il donnera pour toi des ordres à ses anges, afin qu'ils te gardent. Et encore : Sur leurs mains, ils te porteront, de peur que tu ne heurtes du pied quelque pierre.*'

"Mais Jésus lui répondit : 'Il est dit : *Tu ne tenteras pas le Seigneur, ton Dieu.*'

"Ayant ainsi épuisé toute tentation, le diable s'éloigna de lui jusqu'au moment favorable."»

Mary Ward leva les yeux, le regard pénétrant derrière ses lunettes dorées. «Je désire vous parler aujourd'hui de la foi, et des erreurs de la foi. Songez à ce que cela signifie d'avoir une foi bien mesurée, si vous le voulez bien, et joignez-vous à moi pour prier.»

Le rythme lent et puissant de la congrégation m'a rendu aisés les anciens gestes ; j'ai joint les mains, j'ai baissé la tête. « Notre Père qui êtes aux cieux, soyez avec nous en ces instants où nous venons vous adorer et trouver une force renouvelée dans notre lien avec Vous, un lien forgé par Votre propre Fils. Aidez-nous à comprendre les périls de l'incrédulité tout comme ceux de la foi, afin que nous puissions mieux Vous servir. »

Prêcheuse ? Une bonne vocation pour une modeleuse. On peut utiliser ses capacités pour le bien commun et pourtant courir peu de risques de se voir découverte. Même si madame Ward était modeleuse, elle n'était pas très discrète. J'ai éprouvé un soudain élancement d'envie. Comme elle avait été plus intelligente que moi, de choisir ce métier ! Quelle sagesse d'utiliser sa capacité pour apporter la joie, au lieu de la peur, de la souffrance, de la mort.

Elle était debout devant le lutrin, sa tête grisonnante maintenant inclinée en une prière silencieuse. Qu'est-ce que c'était, déjà ? Les périls de la foi ? Un sujet qui ne serait jamais venu à l'esprit du diacre White.

« Et, Père, aide-nous à comprendre les enseignements de Ton Fils, qui nous a appris à prier… » Toute la congrégation prit son souffle, afin de pouvoir se joindre à elle – « … en disant : Notre Père qui êtes aux cieux, que votre nom soit sanctifié, que votre règne arrive, que votre volonté soit faite sur la terre comme au ciel. Donnez-nous aujourd'hui notre pain de chaque jour et pardonnez-nous nos offenses comme nous pardonnons à ceux qui nous ont offensés. Ne nous induisez pas en tentation mais délivrez-nous du mal. Car le royaume vous appartient, et la puissance et la gloire dans les siècles des siècles, Amen. »

Depuis combien de temps, combien de temps, n'avais-je pas été emportée dans ce courant fait de si

nombreuses voix, cette marée fervente ? Je la chevau-
chais comme une vague.

« Joignez-vous tous à moi maintenant, voulez-vous,
pour une prière de confession. » (Une pause, tandis
que nous nous drapions de solennité). « Notre Père,
entendez notre confession. Quand nos troubles nous
affligent, nous doutons de Votre Providence et du
Sacrifice que vous avez fait de Votre Fils unique pour
nous sauver. Nous avons oublié l'injonction du Christ
de ne pas Vous tenter et, dans notre faiblesse et notre
solitude, nous avons demandé dans nos cœurs des
preuves irréfutables de votre protection.

» Et en d'autres moments, nous Vous avons trop
utilisé comme refuge, Père. Face à un problème que
nous trouvions trop compliqué, nous nous sommes
retirés dans la coquille de notre foi. Nous avons choisi
d'être aveuglés par cette foi et d'ignorer la faculté de
raison dont Vous nous avez bénis. Ou encore, nous
avons exigé Votre Loi et ignoré Votre Merci pour
ceux avec qui nous sommes en désaccord. C'est aussi
Vous tenter, cela, car nous avons essayé d'éviter notre
rôle, qui est de vivre dans ce monde que Vous nous
avez généreusement donné et de le comprendre. Et
maintenant, plongeons notre regard en nos cœurs et
confessons nos péchés au Seigneur. »

Le silence est tombé sur la congrégation.

Belles paroles.

Belles paroles, mais je me rappelais aussi la confession de White. « Heureux ceux qui ne sont pas appelés à servir le Seigneur, mademoiselle Fletcher. » Où
« servir le Seigneur » veut dire assassiner brutalement
une jeune femme solitaire de vingt-trois ans. Ces gens
ne savaient-ils pas ce qui se passait ? Au nom de ce
même Dieu qu'ils adoraient avec tant de complaisance ?

« Et à présent que nous avons confessé nos péchés, mes amis, retournons à Dieu, purifiés et désireux d'entendre Ses enseignements », a conclu la ministre. Autour de moi, les gens ont levé les yeux, le visage rosi de gratitude renouvelée.

Tout ça, c'était très bien – pour les doux presbytériens. Mais je me rappelais aussi les prêches des Reds, et le diacre qui avait assassiné la malheureuse Angela Johnson. La vague de bien-être a reculé, repoussée par son angoisse, pétrifiée par le terrible silence de l'appartement numéro 7, la puanteur de la chair brûlée de White. Jim lui-même s'éloignait de moi, attentif à la messe. Son Dieu était un dieu d'amour.

Eh bien, Angela Johnson était morte à cause de l'amour.

Le nom des Reds était une plaisanterie – leur théologie n'accordait qu'une place toute théorique à la rédemption. Le principe de base des Reds, c'était la peur, brutale et nue. La crainte de Dieu. La crainte de l'Enfer. La crainte qui avait imprégné de sang écarlate les draps d'Angela Johnson.

À la porte de l'église après la messe, Mary Ward m'a regardée bien en face. « J'espère que vous reviendrez », a-t-elle dit à voix basse. Et pour une raison ou une autre, j'ai su que ces paroles n'étaient pas une formule qu'elle adressait à chaque membre de sa congrégation : elles m'étaient destinées, à moi seule.

Je n'ai pas réussi à sourire poliment. Elle aurait aussi bien pu se tenir au sommet d'une montagne, et moi dans la vallée des ombres à ses pieds, tant elle me semblait loin.

Parfois Dieu est un Dieu de colère.

« La vengeance m'appartient », a dit le Seigneur.

CHAPITRE 2

Une lumière grise et morne inondait ma chambre au réveil, le jour suivant. Il était 10 h 14. De l'autre côté de la vitre, un suaire de nuages me cachait le ciel, dérobant au monde toute forme et toute couleur.

Ma chatte, Queen E, n'était visible nulle part. J'étais seule. Couchée dans mon lit, étudiant les angles de la pièce. Au matin, le lendemain d'une chasse, tout se résout en une géométrie dénudée. Crime, indices, motivations, arrestation : tant que dure la chasse, ils modèlent une structure fugitive, cryptique, fragmentée, une forme que mon impulsion me force à saisir aussi férocement qu'une autre femme pourrait poursuivre un amant. Mais une fois le motif appréhendé dans son ensemble, tout comme le désir enfin satisfait, il perd son mystère et se retrouve soudé à l'inéluctable passé, dont rien ne peut plus s'échapper.

Une journée d'anémique liberté s'étendait devant moi.

Seigneur, quel soulagement c'était, à l'époque, de lire les ouvrages de Tapper, de penser que je n'étais pas folle, de pouvoir coller l'étiquette « modeleuse » sur ce que je ressentais ! Savoir que je n'étais pas seule, que nous étions des milliers, tous et chacun terrifiés à l'idée d'être fous, malfaisants, impurs, damnés.

Je détestais ces jours d'après la chasse, où le vide extérieur s'arc-boutait contre mes fenêtres. Je haïssais la sécheresse du vide en moi. Quand j'étais petite, je me demandais toujours si j'étais folle, si j'avais quelque chose de cassé, qui m'aurait asséché le cœur – et je ne sentirais plus jamais rien.

Quel soulagement de lire qu'être modeleuse provoque parfois cette dévastation – le prix à payer pour l'agonie d'intensité qui dure seulement un instant, lorsque chaque froncement de sourcils, chaque sourire, chaque touche de honte aux joues semblent se graver au couteau dans ma chair : il viendrait une heure, un jour d'engourdissement bien plus terrifiants. Terrifiants, oui, parce que j'avais *besoin* de ressentir ces émotions, et peu importait la douleur qu'elles m'infligeaient, comme une accro qui se pique le bras a besoin de sentir dans son sang la brûlure du Gel.

L'absence d'affect et de sensations est un des dangers qui accompagnent les modeleurs, mais ces derniers temps, c'était devenu plus grave pour moi. Vivre trente ans emprisonnée dans les émotions et les sensations d'autrui – pas seulement les remarquer, mais les ressentir – réellement, ça vous ronge. On passe tellement de temps à bloquer qu'on finit par le faire sans s'en rendre compte. Et le monde vous arrive alors à travers une vitre obscure. Aveugle. Pis qu'aveugle, parce que c'est votre bon sang d'âme qui est en train de se recouvrir d'une épaisse pellicule, en train de devenir opaque. Étrange paradoxe, que trop ressentir puisse mener à ne rien ressentir du tout. Les psychologues appellent cette absence d'affect « état zéro » ; les psychopathes la redoutent tant qu'ils tueront simplement pour éprouver quelque chose, n'importe quoi.

Dans un accès de panique, j'ai sauté du lit. Mes doigts tremblaient pendant que je dénichais des céréales en essayant de ne pas penser. Je ne voulais pas, non, je ne voulais pas finir de cette façon. Je vous en prie, Seigneur, pas ça.

J'ai abandonné mon petit déjeuner après avoir découvert une moisissure cotonneuse sur mes flocons d'avoine. Au diable tous ces préservatifs, de toute façon, carcinogènes et contraires à la volonté divine, je suppose, mais on les regrettait tout de même. Après une inspection soigneuse, je me suis rabattue sur quelques craquelins rassis.

Les modeleurs vivent de façon intense en un très court laps de temps. Haine, désir sexuel, érotisme débridé, chagrin, désespoir… tout pénètre en nous, tout nous transperce. À dix ans, j'avais vécu les joies de l'amour comme la rancœur amère d'un divorce chez un voisin, j'avais éprouvé la douleur physique qui broie souffle et pensée. Je m'étais noyée dans la vaste souffrance du deuil de mon père après la mort de ma mère. Autant d'émotions qu'une femme de quatre-vingts ans, et à présent, à trente ans, j'en étais à me demander si mon cœur était en train de s'user. Pendant l'année qui venait de s'écouler, j'avais commencé à me sentir enveloppée d'un suaire paralysant. Plus de nouvelles sensations. Plus rien à éprouver. Comme la cité derrière ma fenêtre, le monde des émotions s'effaçait petit à petit, ses contours devenaient vagues, son souvenir pâlissait, ses formes précieuses perdues pour moi derrière des nuages.

La sonnerie du téléphone a découpé l'appartement en diagonale. J'ai tendu la main pour appuyer sur la touche annulant la communication vidéo et j'ai pris le récepteur au mur près du frigo. « Ouais ? »

« — Mademoiselle Fletcher ?

— Fletcher. Qui est-ce ? »

Une pause momentanée due à la confusion. « Oh, vous n'avez pas mis la vidéo. Dory Plett, du Central.

— Oui ? » Seigneur, pas une plainte pour l'arrestation de White ? D'après les nouvelles récentes, le porte-parole officiel du Président avait effectué un plongeon depuis une fenêtre de son bureau du centre-ville pendant la nuit. Seigneur Dieu, faites qu'on n'ait pas remarqué ma petite arrestation dans le chaos subséquent.

« Dieu vous bénisse. Écoutez, on a besoin d'un chasseur pour une heure ou deux ce matin.

— Pour quoi faire ? » La stricte courtoisie exigeait que j'active la vidéo, mais à cette heure-là, ce n'aurait été un service à nous rendre ni à l'une ni à l'autre. J'ai repris du poil de la bête : au moins allais-je avoir un peu de travail pour me faciliter la retombée, et j'en étais reconnaissante.

« On a quelqu'un qui s'est fait assassiner, dans l'édifice de la TN, un gros nom. Ça a l'air d'un accident, mais on doit faire comme si.

— C'était qui ?

— Devinez ?

— Jésus-Christ dans la bibliothèque avec une clé à molette, ai-je dit avec lassitude.

— Mademoiselle Fletcher ! » s'est exclamée Dory. Puis elle s'est reprise d'un ton pincé. « Jonathan Mask.

— Bon Dieu de merde ! »

Je n'étais pas tombée tellement loin avec mon hypothèse de Jésus-Christ. Mask était l'acteur le plus célèbre d'Amérique, l'étincelant chevalier de la « Croisade des Communications » lancée par les Reds, même si je ne l'avais pas vu ces derniers temps à la télé en train de condamner les drogues ou de faire la promotion de l'Église. C'était quand même un gros nom, une tête d'affiche. Ce qui signifiait entrevues avec la presse et autres numéros de cirque.

« À quel taux ?

— Sept cents si vous vous montrez et faites la présentation.

— Oh-la-la ! Mon sentiment de responsabilité civique se réveille. Sept cents, plus un bonus s'il y a arrestation, évidemment.

— Il n'y en aura pas. Du moins, ajouta Dory, c'est l'opinion des policiers qui font ça parce que c'est leur métier, pas leur violon d'Ingres. »

Ai-je mentionné que les flics n'aiment pas trop les chasseurs ?

« Quel dommage, ai-je dit, aimable. J'espérais tellement pouvoir gonfler un peu mon chèque d'assistance sociale. J'avais dans l'idée de me faire faire une pédicure et un massage facial.

— Bonne idée. Peut-être que vous activeriez la vidéo, alors », répliqua Dory, une bonne rosserie. « En tout cas, on me dit que monsieur Mask s'est fait sauter dans son costume de scène. Le capitaine French est sur place, il vous mettra au courant. Plateau 329.

— Très bien. J'y serai dans une heure. »

Comme il convenait à son statut, la tour de la Télévision nationale était le plus haut édifice du centre-ville : un mégalithe d'une centaine d'étages, et le plateau 329 se trouvait au quatre-vingtième. J'ai emprunté un énorme ascenseur de fret du plus pur style affecté par les Reds ces temps-ci : on devait opérer soi-même les portes en tirant sur une grosse courroie et on pouvait les voir s'ouvrir en ferraillant comme une herse toute neuve. Rolly French aimait ce genre de choses ; ça chatouillait sa sensibilité de Red.

C'était un homme jovial et replet qui n'aimait pas les chasseurs parce qu'ils n'avaient pas de statut officiel, et qui n'aimait pas avoir des femmes dans le personnel parce que c'était pour décourager ça qu'on avait élu un Red à la présidence. Bien entendu, il ne le disait jamais tout haut et nous avions travaillé ensemble assez souvent pour qu'il m'appelle au moins «Fletcher» à présent, en laissant tomber le «mademoiselle».

Rolly était un bon flic, méthodique, avec des éclairs d'intuition, et il était prêt à utiliser n'importe quoi dans son travail si ça lui permettait d'améliorer le rendement. Malgré ses tendances reds, il utilisait la banque de données du Central mieux que la plupart de ses pairs. Plus jeune, il avait même été à contre-courant du retour de flamme massif envers les bio-technologies, après les émeutes des transplants de cellules fœtales et des révélations sur le SIDA. Au risque de torpiller sa réputation, il avait prêché aux incroyants afin d'obtenir une subvention pour un logiciel de séquençage d'ADN qui avait aidé à résoudre plus de deux mille cas.

L'ascenseur est arrivé dans un foyer proche d'une pièce sombre. J'ai montré mon idicarte à l'officier de service et je suis entrée tandis qu'il prévenait de mon arrivée.

Le plateau de tournage 329 occupait tout un étage : des rangées de bancs d'église s'étiraient jusqu'à la scène. De toute évidence, on tournait ici quantité d'émissions religieuses – à bien y penser, l'endroit me semblait familier, évoquant les prises de vue panoramiques de *L'Heure de la Bible*. (Bien sûr que c'est rasoir, mais c'est bon pour votre âme. Et puis, qu'y a-t-il d'autre à regarder les dimanches matin ?) Le plafond se trouvait à dix bons mètres du plancher – davantage de place pour les prises de vue en plongée. À ma gauche, la cabine de contrôle, vide à présent, baies obscurcies.

Et vide aussi le plateau lui-même. Les bruits confus provenant de l'arrière des décors semblaient lointains, des échos distants magnifiés par le silence. Les lumières étaient assourdies, comme par respect pour les défunts. Pénétrer sous la voûte de cette vaste et sombre salle, avec les bancs alignés face à quelque mystère présent sur la scène, c'était comme entrer par hasard dans une cathédrale déserte, en éprouver la grandeur et le caractère solennel rendus tangibles par la mort. Puis, tandis que mes yeux s'accoutumaient à la pénombre, j'ai vu que les caméras de télé étaient là aussi, pressées sur la scène, aux aguets, un groupe d'espionnes aux yeux de verre, sans paupières et sans remords, tel le regard de l'Omniscient.

Le décor représentait un bureau. Des livres sur tous les murs, petits et gros, reliés de cuir noir et écarlate, avec des tranches dorées, luisantes. Des titres en latin. À l'arrière, un massif bureau de chêne encombré de parchemins. Une unique plume orange, d'une longueur fabuleuse, jaillissait avec arrogance de l'encrier en forme de crâne. Avec les câbles et les rangées de projecteurs invisibles dans l'ombre, on pouvait presque se croire dans l'ultime refuge d'un savant ou d'un mystique médiéval, qui serait juste sorti pour s'acheter une feuille de vélin ou un flacon de précieux mercure destiné à ses recherches alchimiques.

Une silhouette rondelette et de petite taille est sortie d'un pas vif de derrière les coulisses de la scène, côté cour. «Eh, Fletcher, faites-vous couper les cheveux!»

Rolly French portait un costume brun à rayures et une large cravate bleu marine extra-lâche.

«Plutôt décevant, comme Paracelse, Rolly. Vous ressemblez à un comptable qui travaille pour une université de théologie fauchée du nord-ouest.»

Avec un mince sourire – ma description coupait trop près de l'os –, il a froncé les sourcils à l'adresse du carnet ouvert dans sa main grassouillette. «Dieu vous bénisse. Les loups sont de sortie en force, aujourd'hui, Fletcher. Toutes les chaînes de télé et presque tous les journaux. Merci du coup de main. Je ne devrais même pas être là. Je suis censé diriger l'enquête sur le suicide du porte-parole Dobin, mais on avait besoin de quelqu'un de toute urgence, et on m'a collé cette affaire-ci.

— Chanceux, va! Pourquoi tombez-vous toujours sur les célébrités? Le Central doit penser que vous présentez bien à l'écran.» La preuve que le Central n'avait pas bon goût non plus en matière de cravates. «Le suicide, ce n'est pas un péché contre le Saint Esprit? La pourriture s'installe, Rolly.»

Je l'ai suivi derrière la scène. «Ça ressemble à un accident, mais monsieur Mask est une figure si importante que les médias veulent quand même qu'il y ait une enquête.» Il n'y avait aucune irritation dans la voix de Rolly; la presse était devenue plus attentive aux besoins de la police dans les dernières années – spécialement à la TN. «National a droit aux premières entrevues, évidemment.»

Derrière les coulisses, nous sommes entrés dans un couloir brillamment éclairé, décoré d'un motif de mosaïque en échiquier blanc et rouge, ponctué de portes. Les premières étaient celles d'armoires de rangement destinées aux caméras et autres équipements techniques. Le bruit de voix devenait plus prononcé. Un jeune homme à l'air harassé, en blazer décoré du logo de la TN, nous a frôlés en trottant vers les ascenseurs. Droit devant, il y avait une porte fermée. «C'est là que ça se passe», a murmuré Rolly. «Interrogatoires préliminaires.» Le couloir dessinait un autre coude vers la droite, longeant l'arrière de la scène. D'autres logos de la TN sur d'autres blazers, et un buisson de micros, orné çà et là de visages familiers, les journalistes d'autres chaînes. Quand nous avons fait notre apparition, Rolly et moi, les objectifs nous ont suivis, tels des télescopes dissimulant les yeux de deux douzaines de tueurs à gages.

« Mesdames et messieurs », a commencé Rolly en levant les mains pour obtenir le silence. « Comme je vous l'ai dit précédemment, nos investigations préliminaires tendent à soutenir l'hypothèse d'une mort accidentelle pour monsieur Mask. Cependant, de façon à nous assurer qu'aucun des angles possibles n'a été négligé, nous avons également fait appel aux services d'une des chasseuses les plus douées de l'État, madame Diane Fletcher. »

J'ai adressé un sourire à tous ces jolis zozos, en y mettant un minimum d'efforts. On me payait pour chasser, pas pour être la chérie des médias. Ils n'avaient pas la permission de me filmer, de toute façon, aussi mon sourire n'était-il pas vraiment requis.

« Capitaine French, l'engagement de madame Fletcher indique-t-il qu'on a une nouvelle piste nécessitant une expertise particulière ?

— Non, Zack.

— Alors pourquoi avoir recours à une para-légale ? » a demandé Gering, l'envoyé de NBC. « Nos dollars d'impôts ne paient-ils pas la police pour ce genre de travail ? Toujours faire dans le sensationnel…

— Gering, vous le savez aussi bien que moi, c'est une pratique standard dans les cas importants. Le décès de monsieur Mask est assez inhabituel, quoique apparemment accidentel, pour que nous estimions utile d'explorer toutes les avenues possibles. Madame Fletcher a un excellent taux de réussite avec notre département. Pour commencer, quand elle n'a pas de piste, elle ne fait pas traîner une enquête.» Gloussement général. Vive la libre entreprise.

Gering tendait son micro-stylo, fin et vicieux tel un aiguillon de guêpe. «Une affaire amoureuse, peut-être, qu'en diriez-vous, Capitaine French? Monsieur Mask n'a pas servi de porte-parole à la Présidence, ces derniers temps. Des rumeurs courent à l'effet que sa vie privée aurait été plus ardente que ne l'aurait apprécié le Président…

— Est-ce que Mask a laissé un testament?

— Est-ce que ça peut être un sabotage par un radical?

— Madame Fletcher, vous êtes-vous déjà fait une opinion en ce qui concerne cette affaire?»

Leur rugissement bourdonnant m'irritait. Il n'y avait aucune émotion là sinon une excitation agressive, qui insistait, grouillant tel un essaim, exigeant d'être nourrie. Moi, j'éprouvais le besoin de m'écarter. J'étais encore trop sensible après ma dernière chasse pour trouver un plaisir quelconque à travailler dans une foule. Je me suis concentrée sur la lumière blanche, le cercle protecteur bien propre qui effaçait les journalistes, laissant leur présence reculer, atténuée, derrière le rideau de lumière. Après avoir retrouvé mon calme, j'ai dit : «Je crains que non, madame Hart. Comme Sherlock Holmes, j'estime que c'est une erreur capitale d'élaborer des théories avant d'avoir des faits.» Un autre éclat de rire général. «Si ça ne vous fait rien, j'aimerais couper court aux bavardages et bénéficier d'une séance d'information avec le capitaine French.»

Agité de tics nerveux, Rolly a avalé sa salive : «Merci, mesdames et messieurs, Dieu soit avec vous, et puissions-nous tous retourner chez nous morts d'ennui. Rappelez-vous, madame Fletcher doit rester strictement en dehors des prises de vue.» En se retournant vers moi, il a marmonné : «Je nous ai libéré la salle d'habillage. Je vous mettrai au courant là-bas, et on pourra jeter un coup d'œil au défunt.»

Un employé de la TN que son expression sérieuse et son crâne dégarni faisaient ressembler à un professeur de trigonométrie dansait d'un pied sur l'autre devant nous d'un air anxieux. «Capitaine French, nous allons diffuser en direct dans quelques minutes depuis la scène et nous apprécierions vraiment beaucoup si vous pouviez nous consacrer quelques minutes…»

French a hoché la tête d'un air absent tandis que plusieurs journalistes commençaient à parler dans leurs magnétophones, par couples, de façon à ce que l'un puisse parler tandis que l'autre enregistrait la scène. Avec une grimace, Rolly s'est frayé un chemin vers une porte marquée COSTUME et nous a fait entrer.

Des coiffeuses jointives s'alignaient le long du mur de miroirs, au fond. Devant, sur des portemanteaux, pendaient rangées sur rangées de vieux costumes, comme autant de vies qu'on aurait jetées là. La première était une rangée d'uniformes de choristes (pour *L'Heure de la Bible*, sans doute), et de tuniques médiévales. Une mitre et un bonnet étaient accrochés près de la chaise que Rolly avait avancée pour moi. Juste à côté, un chiton grec (mon père détestait quiconque les appelait «toges») et une tunique de jute. Dans un coin au fond, un coffre ouvert débordait de perruques, évoquant la boîte des objets trouvés d'un dépôt de scalps. Un autre coffre, à côté, se hérissait de souliers, de couverts en plastiques, de fausses armes, de chapeaux bon marché, avec même une bonne vieille jambe prothétique. Je m'en suis vaguement souvenue : l'arme du crime dans un feuilleton très en vogue.

Un lieutenant de police zélé manipulait une bouilloire à une table proche, tout en entrant des notes dans son ordi de poche. Au signal de Rolly, il nous a apporté des tasses de thé – de l'Assam, à en juger par le parfum. L'odeur brute et rauque du thé, l'anticipation du travail, c'était revigorant. La journée s'annonçait plutôt bien.

Rolly a poussé un soupir tandis que je m'avachissais dans une posture non réglementaire. « Ça ne ferait pas de mal si vous étiez un peu plus aimable avec les médias.

— Je suis une chasseuse, pas une célébrité », ai-je répliqué d'un ton boudeur : je savais que j'avais tort.

« Pas cette fois – merci, Seigneur.

— Vraiment ? Pas d'honnête travail en perspective ?

— Cette affaire est particulière, c'est le moins qu'on puisse dire. » Il a baissé la tête pour un rapide bénédicité. « … pour ce que nous allons recevoir. » Après avoir pris une gorgée de thé, il l'a savourée en tournant quelques pages de son carnet pour revenir en arrière. « Ces types ont fini de filmer hier. Ils revenaient seulement pour des prises de vues destinées à la promotion et peut-être pour reprendre une scène de la fin. *Docteur Faust*. Vous connaissez ?

— Faust est un savant, fier de son intelligence, qui vend son âme à un démon nommé Méphistophélès. Il utilise son pouvoir de façons diversement discutables, comme pour évoquer le fantôme d'Hélène de Troie à des fins, hum, immorales. Finalement, les démons viennent le chercher et l'entraînent en Enfer. » J'ai adressé à Rolly un sourire poli. « Mon père tenait absolument à me donner une éducation classique. »

Rolly a poussé un grognement : « Monsieur Mask jouait le rôle de Méphistophélès, le démon.

— Ah. Un développement inattendu. » Joli contre-emploi : un porte-parole des Reds. Mon intérêt pour le metteur en scène a remonté d'un cran.

Rolly a haussé les épaules. J'aimais la façon dont il disait «Monsieur» même quand la victime était morte et qu'il n'y avait aucun journaliste dans les environs. L'indice d'une sensibilité relativement raffinée. Il a sorti la cuillère de sa tasse et l'a pliée distraitement à angle droit, puis l'a replongée dans le thé pour voir le mnémo-métal reprendre aussitôt sa forme originelle. Mauvaise habitude : finalement, le métal se fatigue et casse – une autre cuillère à remplacer pour le Département. Bah, Rolly French valait probablement son pesant d'ustensiles hors service.

Après avoir repris la cuillère, il s'est mis à la tortiller entre ses doigts boudinés. «C'était une production de la TN, bien entendu, et le metteur en scène voulait donner à la pièce une perspective rédemptionniste intéressante. Il voulait un démon qui en mette plein la vue, fanfare et feux d'artifices, *hi-tech*. Un truc à la fois séduisant et répugnant, vous comprenez. En tout cas, c'est ce qu'il m'a dit. Et donc, le costume de Méphistophélès comprenait tout un tas de machins électroniques crac-boum-hue, des flammes, des éclairs, vous voyez le genre… C'est censé paraître bien à l'écran.» Le dégoût de Rolly pour de telles manigances était évident.

«Pourquoi ne pas simplement utiliser des effets spéciaux ?

— Ça coûte moins cher, croyez-le ou non. Et on peut s'en servir pour la promotion. Une idée géniale – sauf qu'un circuit a cramé et que le merveilleux costume a fait frire monsieur Mask dans sa loge ce matin.

— Personne n'a vu l'accident ?»

Rolly a secoué la tête. «Non. Comme monsieur Mask était une vedette, il exigeait, et recevait, certains privilèges. Il refusait de voir quiconque pendant quinze minutes avant toute performance. Il disait qu'il avait besoin de temps pour "construire son personnage". Sa loge était strictement hors limites.

— Personne n'a rien entendu ?

— Oh, si. Un crépitement et un bruit sourd, mais ce genre de bruit n'est pas exactement inhabituel sur un plateau de tournage. Les acteurs ont pensé que c'étaient les techniciens, et les techniciens n'ont rien entendu. Ceux qui ont pensé que le bruit venait de la loge de Mask ont supposé qu'il jouait avec un des gadgets de son costume.

— Ça ne vous paraît pas bizarre que personne ne se donne même la peine de vérifier ?

— Je vous l'ai dit : les paroles de monsieur Mask avaient force de loi, et il avait donné des ordres stricts qu'on ne le dérange pas pendant quinze minutes avant le début.

— Bon, comment l'a-t-on trouvé, alors ?

— Environ cinq minutes après le bruit, on lui a envoyé un messager pour le dernier appel. Comme il ne répondait pas, le gamin a regardé à l'intérieur. Il a appelé les autres acteurs qui se trouvaient dans le foyer, de l'autre côté du hall. L'un d'eux est allé chercher le metteur en scène. Et lui a envoyé quelqu'un nous appeler. »

J'ai hoché la tête : « Je pourrais voir le corps ? » Je n'étais pas pressée d'examiner un cadavre. Mais ce devait être fait, et l'image du costume de démon dans toute sa gloire fracassée exerçait sur moi sa part de sinistre fascination.

Rolly a acquiescé, ce qui rendait presque jointifs ses épais sourcils, tout en avalant le reste de son thé. « Nous avons déjà effectué une fouille assez approfondie. Trouvé un petit fragment de peau sur un tube chromé. Pas grand-chose d'autre. »

Je faisais confiance à la diligence de Rolly. S'il disait que c'était tout, je le croyais. «Je devrais me débarrasser de cette entrevue, je suppose», a-t-il ajouté avec un soupir. Alors que nous nous levions, il m'a regardée bien en face. «Écoutez, Fletcher, les médias vont se jeter sur ce truc. Je veux que ça ne fasse pas de bruit, et que ce soit rapide, d'accord ?»

J'ai haussé les épaules : «Ciel, j'espère ardemment qu'il n'a pas été assassiné, Rolly. Ça m'ennuierait de bousiller votre agenda.

— Arrangez-vous pour que ça n'arrive pas», a-t-il grogné.

Nous nous sommes frayé un chemin à force de bras à travers les hordes qui encombraient le couloir jusqu'à une petite porte portant une inscription bien nette : VEDETTE. Après avoir cogné sur le battant, Rolly a dit au policier de service de me laisser jeter un coup d'œil.

La pièce n'était pas grande, mais confortable. Il y avait un petit frigo et à côté un divan assez long pour qu'un homme de grande taille puisse s'y allonger. On avait laissé dénudé le plancher de carreaux en échiquier. Contre le mur du fond, un miroir brillamment éclairé se dressait au-dessus d'une table à maquillage encombrée de bâtons de fards gras, de tampons pour la base de maquillage, de petits pots de poudre, de crayons à sourcils et à lèvres, de rouges à lèvres, de rouges à joues, de mouchoirs en papier et de petits miroirs à main aux reflets éblouissants. Tant de miroirs : les reflets y éclataient en échardes, la lumière rebondissait dans la pièce comme sur une plaque de glace fracturée.

Jonathan Mask gisait sur le plancher tel Lucifer précipité du haut des cieux, un corps disloqué de démon étiré en une croix blasphématoire. L'air sentait l'ozone et le plastique brûlé. Le dégât de fibres de verre, de peau et de plastique noircis qui apparaissaient aux mains, aux pieds et au flanc de Mask, était aussi horrible que des os mis à nu. Sa tête émergeait du costume écarlate avec la terrible expression d'un homme qui contemplait l'Enfer.

Un éclair de lumière a explosé derrière moi, les flashes, comme autant d'étoiles filantes. Un troupeau de journalistes nous avait suivis et se penchait comme des vautours sur le cadavre de Mask, protégés de tout sentiment par les parois vitreuses de leurs objectifs. L'un d'eux m'a adressé un sourire et un clin d'œil : «Eh, Sherlock, la chasse est lancée!»

Et il y eut un soir et il y eut un matin :
et ce fut le deuxième jour.

CHAPITRE 3

La distribution et l'équipe technique du *Faust* de David Delaney m'attendaient dans le foyer des acteurs – ils attendaient le lever du rideau sur leur scène. Ça sentait la transpiration nerveuse et la vieille fumée de cigarette. Je me suis perchée sur un tabouret proche de la porte, en commençant à prendre des notes. À les observer.

Une curieuse tension régnait dans la pièce. Évidemment, ils étaient énervés par la mort de Mask, mais il y avait autre chose. Un groupe de gens qui travaillent ensemble prend rapidement une certaine forme, une certaine logique, tandis que se créent amitiés et antipathies. Mais il n'y avait pas ici ce genre d'aisance sans aspérités : même s'ils avaient été ensemble plus de six semaines, les acteurs et les techniciens du *Faust* présentaient encore des contours aussi irréguliers, autant de volatilité, qu'un groupe de personnes étrangères les unes aux autres.

«Si c'est Jon qui s'est frit lui-même, pourquoi ne pouvons-nous pas partir?» a demandé Daniel Vachon. Son atmosphère était tendue, clinquante, joviale et de mauvais goût : pas un "communicateur", pour sûr – il avait bien l'intention de montrer qu'il était un acteur, dans tous les sens du terme. Costume recherché, robe et fraise élisabéthaines, des mots qui laissaient partout des empreintes de pieds : il gesticulait en parlant, et une cigarette, entre ses doigts nerveux, traînait dans son sillage des boucles de nœuds d'accusations, de potins, de mauvaises blagues et d'amusement fébrile. (La cigarette, un autre vice modéré, bien entendu, pour compléter son image.) Daniel Vachon jouait Faust, le damné. La mystérieuse logique des acteurs lui avait jusqu'à un certain point conféré un rôle de meneur en dehors de la scène parce qu'il avait le premier rôle.

Il s'est penché à l'oreille de Célia Wu ; elle a rougi un peu trop vite en le repoussant. C'était une beauté eurasienne aux yeux noisette, évidemment destinée au rôle d'Hélène de Troie. Elle possédait une grâce maladroite, une conscience constante et sans prétention de sa physicalité, qui chargeaient d'érotisme ses moindres mouvements. Ils ont échangé des murmures, Vachon plein d'audacieuse irrévérence, Célia manifestant une surprenante réserve de petite fille sage, voletant d'un rire nerveux à des froncements de sourcils désapprobateurs.

« David Delaney », a dit le metteur en scène. Il n'avait pas l'air à sa place en habits ordinaires au milieu de sa distribution en costumes seizième siècle. La fin de la trentaine – jeune, de fait, pour quelqu'un de son statut. Blond, yeux bleus, visage rond et doux. Sur ses genoux, ses doigts joints, aussi cois que ceux d'un moine ; derrière ses yeux, une simple surface plane, silencieuse. Étrange, comme la mort affecte certaines personnes. Je me serais attendue à trouver un metteur en scène fougueux, fantasque, irrité ou en deuil, mais la disparition de sa vedette avait laissé Delaney bizarrement engourdi. « Triste

rencontre, je le crains, même si la volonté divine
dépasse notre compréhension. Nous ferons tout notre
possible, madame Fletcher… Nous avions entendu
dire plus tôt que vous ne vous sentiez pas bien », a-t-il
poursuivi, avec juste une trace de curiosité dans sa
voix douce. « Bien sûr, le choc de voir Jonathan Mask
constitue une raison suffisante.

— Je me sens très bien, monsieur Delaney », ai-je
dit d'une voix froide qui, je l'espérais, couperait court
à ce sujet de discussion. Les cinq minutes que j'avais
passées à vomir dans les toilettes des femmes, malade
de l'horreur en train de se figer dans la loge de la
vedette, n'allait pas améliorer mon image professionnelle. Et puis, c'était une réaction de modeleuse.
Stupide de ma part d'avoir laissé échapper cet indice.

J'ai joué un moment avec mes stylos et mon carnet,
pour laisser poindre l'anxiété chez mon auditoire. J'ai
jeté ma veste sur le magnétophone que le subalterne
de Rolly avait placé trop visiblement sur une chaise
près de moi, un geste malheureux : les gens ne parlent
pas librement lorsqu'ils savent que leur moindre parole
est enregistrée pour les flics. Je prends mes propres
notes. Je n'aime pas dépendre de gadgets.

Une forme s'esquissait parmi ces acteurs et je
voulais la forcer à se révéler ouvertement. Tension
et excitation pouvaient se déchiffrer dans les sourcils
loquaces de Vachon, dans l'énergie retenue avec
laquelle Tara Allen, la directrice technique, calmait
ses troupes. La mort de Mask les avait balayés tel un
ouragan, éparpillant leurs attentes comme autant de
feuilles ; sans lui, le motif qui s'était dessiné entre eux
avait soudain perdu sa forme et son sens. Était-ce ce
qui les rendait si étrangement volatils ? Mais j'avais
déjà soumis de tels groupes à des interrogatoires : le
choc, je m'y attendais, comme le désarroi, mais pas

l'énergie instable et frémissante qui palpitait entre ces gens. Mask devait avoir eu une personnalité d'une force énorme pour que son absence ait laissé un tel chaos béant.

On les avait tous interrogés séparément. Je lirais plus tard leurs déclarations. Pour l'instant, je les voulais ensemble. Un groupe possède sa propre forme, son propre motif, on peut apprendre du groupe ce qu'un individu ne révélerait jamais. J'ai observé les acteurs et les techniciens du *Faust*, une étrange et effervescente unité organique dont les secrets m'étaient encore refusés. Poussons un peu et voyons où ça réagit, me suis-je dit.

J'ai de nouveau observé les cheveux blonds élégamment ondulés et laqués de Daniel Vachon, la façon affectée dont il tenait sa cigarette, entre pouce et médius, comme un gangster d'un film de Bogart mais un gangster en culottes bouffantes. «Ce doit être tout un soulagement de pouvoir enfin fumer pendant une réunion de travail, hein?»

Il s'est mis à rire : «Seigneur, je ne sais pas combien de fois j'ai juré que je ne travaillerais plus avec cet enfant de salope…» Son rire s'est éteint, et il m'a regardée derrière sa cigarette avec une surprise comiquement exagérée : «Comment diantre savez-vous que Jon avait interdit de fumer?»

Les autres me contemplaient, stupéfaits. Les yeux en amande de Célia Wu qui se dérobent, un frisson d'acier soudainement enfoui dans leur vert palpitant, un éclair de crainte coupable. Et les yeux de Tara Allen qui se plissent, hostiles, Tara Allen solide au poste dans sa combinaison de la TN au vert olive terne.

Et chez David Delaney, la première et faible étincelle de vie, un éclat de curiosité qui s'allume dans son regard. «On paie madame Fletcher pour additionner deux et deux, Daniel. Jonathan était un saint Red, rappelle-toi. Dans sa jeunesse, il a détruit Lipman et Reynolds en les accusant d'immoralité, alors…

— Alors il n'était pas difficile de deviner qu'il prendrait sa pose de divinité assez longtemps pour réduire à néant mes petites excentricités, a conclu Vachon en hochant la tête.

— Tes affectations, tu veux dire.

— Je t'aime aussi, Tara », a déclaré Daniel en soufflant un baiser narquois à sa directrice technique.

« C'était un point mineur, a repris Delaney. Rien pour mettre en œuvre les Amendements sur la Moralité. »

Comme une marée qui a dépassé son point le plus bas, la chasse courait en moi de nouveau. Je pouvais la sentir dans mon pouls, dans la façon dont mes yeux parcouraient la pièce. Elle n'atteindrait pas sa pleine intensité avant que je ne sois proche d'arrêter le coupable, mais elle était de retour, et c'était bien, ça ressuscitait mes émotions, comme de la pluie sur des racines desséchées.

« Merci à vous tous pour votre coopération. Je sais que la journée a été longue mais, vous le comprendrez j'en suis sûre, on doit prendre toutes les précautions quand un individu de la stature de monsieur Mask connaît une mort inhabituelle.

— Vedette jusqu'au bout », a plaisanté Vachon en arquant ses sourcils couleur de sable. Deux des acteurs se sont trémoussés sur leur chaise, mal à l'aise, en cherchant une indication du côté de Delaney, mais il restait impassible. Encore sous le choc de la mort de Mask ? Ou bien essayait-il très délibérément de ne pas les influencer ?

« Monsieur Delaney, cela vous dérangerait-il de me dire exactement ce que vous faites ici ? »

Le metteur en scène a hoché la tête avec courtoisie. «Les commissaires de la Télévision nationale, après une année de réflexion, ont enfin accepté ma suggestion de produire une version de *Faust* – celui de Marlowe, pas celui de Gœthe – en étant d'avis comme moi que ses remontrances eu égard aux périls de la tentation intellectuelle sont en accord avec l'esprit de la présidence rédemptionniste.» Il a ouvert les mains, paumes offertes : «Ils ont été plus que généreux dans leur aide financière, et j'ai décidé de prendre ce qu'il y avait de meilleur. Naturellement, pour ce genre de travail, le meilleur, ça voulait dire Jonathan Mask.»

De façon surprenante, Daniel Vachon n'a manifesté aucune ironie. Apparemment, les pairs de Mask reconnaissaient son talent.

«Pourquoi donner à un rédemptionniste notoire le rôle du démon?»

Hélène de Troie, le menton fièrement relevé : «Le Seigneur a sa façon de faire la lumière sur la Vérité.

— Tais-toi, Célia, a laissé échapper Tara d'une voix brève.

— Je donnerai les ordres ici, si ça ne vous fait rien, madame Allen.»

La directrice technique m'a lancé un regard dur : «Ouais.»

Delaney s'est interposé pour protéger son équipe. «Je voulais que Jonathan aille au-delà de ses limitations. C'est seulement ainsi qu'on peut donner ses meilleures performances.» Delaney a embrassé la pièce d'un geste du bras : «J'ai aussi eu la chance de pouvoir assembler l'équipe technique et les acteurs que vous voyez là. Non seulement ces communicateurs sont-ils excellents, mais les techniciens réunis pour ce projet sont aussi les meilleurs de ceux que nous avons à la TN – autrement dit, dans le pays.

— C'est foutument vrai », a dit un petit homme grisonnant à la cinquantaine vigoureuse. «Et quand Dean, Sarah ou moi, on crée un costume, il ne saute pas tout seul ! L'andouille a dû faire une connerie.

— Len ! a protesté Tara.

— Quoi ? Les maudits Reds vont nous mettre ça sur le dos si on les laisse faire !

— On m'a donné bien des noms, mais Red n'en est pas un », ai-je dit avec une sèche ironie. «Je me laisse guider par les preuves, Len, pas par le Président. Continuez, monsieur Delaney. »

Le directeur a eu un sourire attristé. «La force du théâtre, madame Fletcher, réside dans sa pertinence par rapport à notre existence. » Seigneur, on aurait dit qu'il avait écrit ses phrases à l'avance et les lisait à haute voix. «Hum. Un directeur aime toujours ajouter une touche originale à son travail. Dans ce cas-ci, j'ai été séduit par le démon que je tentais d'exorciser… Mon concept, c'était de faire de Méphistophélès une représentation électronique du mal – si ses effets scéniques et ses pouvoirs démoniaques se manifestaient par l'intermédiaire d'une sorcellerie de nature évidemment électronique, la pertinence actuelle du message de Marlowe serait plus apparente à un auditoire contemporain. Ce que la magie était du temps de Marlowe, la technologie l'est de notre temps – un outil qui confère un énorme pouvoir, et le trait concomitant du pouvoir : la corruption. »

Les yeux bleus de Delaney brillaient d'un éclat tout cérébral. Puis, après avoir battu des paupières, il est revenu au monde concret. Il a agité une main d'un air embarrassé : «Ce n'était pas, je m'en rends compte, un concept d'une grande subtilité. Mais la télévision n'est pas un médium subtil : nous faisons ce que nous pouvons pour susciter la compréhension, d'une façon à la fois accessible, intéressante et artistiquement satisfaisante. »

Les autres membres de la distribution écoutaient avec attention, même s'ils avaient dû entendre une variante de ce discours à plusieurs reprises pendant la journée. Célia Wu contemplait son directeur comme si un joyau de sagesse allait incessamment tomber de la bouche de ce dernier. De toute évidence, Delaney était respecté de ses gens.

Peut-être parce qu'il était préoccupé, ou à cause de la qualité mesurée de sa pensée, et même si son engourdissement premier se dissipait, quelque chose d'autre le recouvrait, une sorte de pellicule plastique luisante. Quand j'ai essayé d'étirer mes sens et de l'écouter, de me modeler sur son motif, je me suis sentie déraper de toutes ses surfaces. Je n'ai pas trop aimé cette sensation.

Il a changé de position dans son fauteuil. « Malheureusement, si on veut mettre en scène de façon spectaculaire les pouvoirs de la technologie, on a besoin d'une certaine quantité de technologie spectaculaire pour y parvenir. J'ai demandé à Len et à son équipe s'ils pouvaient me mettre au point un costume qui aurait l'effet désiré… » – le petit expert technique a pris un air grincheux – « … et ils y sont parvenus de superbe manière. Leur création a dépassé mes espoirs. Tara l'a essayé elle-même. » Une autre pause. L'atmosphère du foyer s'est soudainement convulsée, toute en pointes, sur la défensive, tandis qu'on abordait le sujet délicat du costume. « Ironiquement, cela s'est avéré être aussi notre perte.

— Mais ce n'était pas la faute du costume ! a postillonné Len.

— Personne n'a dit ça, a murmuré Tara Allen. Du moins, je ne le pense pas ? » Elle avait levé les yeux

vers moi d'un air interrogateur. Ses cheveux brun aca-
jou étaient simplement rejetés en arrière. Elle n'était
pas belle, mais les quatre badges de mérite sur l'épaule
de sa combinaison de la TN indiquaient clairement
qu'elle était une experte dans son domaine.

« Dites-le-moi, vous. Qu'est-ce qui a mal tourné ?

— On a mis le costume sur un imbécile, a marmonné Len.

— Le costume de Méphistophélès était entièrement doublé de microfilaments de cuivre, a déclaré
Tara Allen en haussant les épaules. Il n'y aurait pas
dû y avoir de problème. Nous faisons attention quand
nous concevons des trucs. La sécurité, c'est important à la TN.

— Il passait assez de courant dans ce costume
pour tuer quelqu'un ? » Question idiote, compte tenu
du cadavre roussi de Mask à la morgue, mais ça ne
fait jamais de mal de vérifier deux fois des évidences.

Allen a regimbé, mais quand elle a répondu, un
instant plus tard, sa voix était assez posée : « C'est
possible. Mais tous les fils étaient isolés. Il y en
avait qui permettaient à Jon de créer ses propres
effets à volonté : des flammes, des bouffées de fumée,
ce genre de choses. Une autre série de fils était
contrôlée par radio depuis la cabine. Ça l'illuminait
ou ça le faisait briller, des motifs différents, et par
intervalles. On a recouvert la surface avec beaucoup
de chrome, pour refléter les éclairs. On voulait que
le costume intégral soit utilisable pour des publicités
en direct, alors on l'a conçu sans câbles. On a mis un
système de batteries microplanes à l'intérieur – vous
savez ce que c'est ? » J'ai encore hoché la tête. « Alors
vous savez quelle puissance ça a. La batterie et le
condensateur se trouvaient dans le costume, tenus à
l'écart du corps par une cage de mnémo-métal. On a

fait tous les tests de sécurité à plusieurs reprises avant de laisser Jon s'en approcher.

— Alors, qu'est-ce qui s'est passé ? »

Elle a écarté les mains en un geste d'impuissance. « Qui sait ? Quelque chose a foiré et le condensateur a sauté. Une batterie microplane emmagasine une sacrée quantité de courant. Quand le condensateur a sauté, ça a fait sauter le costume. »

(Mask convulsé dans un réseau de chrome et de plastique rouge sur le plancher calciné de sa loge. Sang rouge. Feu rouge.)

« Qu'est-ce qui a causé la décharge du condensateur ? Pouvait-il y avoir un point faible quelque part dans la batterie ?

— Vous construiriez un avion avec un point faible dans les ailes ? » Un petit éclair liquide dans les yeux de Tara Allen, un léger tourbillon de chagrin qui m'a effleurée, aussi triste qu'une pluie d'octobre. Tara avait bel et bien eu de l'affection pour Mask. Mais gémissements et lamentations n'étaient pas dans sa nature et, en tant que directrice technique, elle estimait de son devoir de se contrôler. De façon stupide, j'avais presque manqué ce sentiment sincère, bien dissimulé qu'il était sous le bourdonnement des autres personnes présentes dans le foyer. Idiote.

C'était la seule, ai-je constaté. La seule à être affectée par la mort de Mask.

« Si l'accident n'était pas arrivé, j'aurais dit que c'était impossible. Peut-être que Jon a joué avec le costume pour obtenir un nouvel effet… il a connecté des fils, ou il a trouvé moyen de flanquer une des parties conductrices du costume dans une des prises de courant de sa loge.

— Il a mis un doigt dans une prise ? ai-je dit, incrédule. Je n'attends pas beaucoup d'expertise technique

de la part d'un porte-parole des Rèds, mais quand
même…»

Elle s'est entêtée : «C'est ce qui a dû arriver.

— Vous êtes une bien mauvaise menteuse, mademoiselle Allen.»

Elle a rougi en regardant par terre. Yeux brun
sombre brillant de chagrin, épaules obstinément courbées comme pour lutter contre un vent froid. Du
chagrin, et autre chose aussi : coudes pointant vers
l'extérieur, visage durci, elle était prête en un clin
d'œil à défier le monde entier…

Protectrice ?

«Mask était trop parfait pour s'embarrasser de
conseils, et encore moins d'instructions, a grogné
Len. Je lui offrais toujours de l'aider à mettre son
costume, mais il ne voulait avoir personne dans les
pattes avant le lever du rideau. Ça lui prenait quinze
minutes pour s'habiller, ça en aurait pris trois avec
de l'aide, mais il ne voulait rien entendre. Je le lui ai
dit, à cet imbécile d'enculé, qu'un de ces jours il allait
se faire sauter.

— Len !»

Je suis intervenue sèchement : «Mademoiselle
Allen, laissez-le parler comme il le désire, je vous
prie. Continuez, Len.»

Len, le visage empourpré, restait assis sur sa chaise,
les yeux fixés sur la moquette, conscient d'être allé
trop loin. «Il faut m'excuser, mademoiselle. Ça a été
une dure journée, un choc pour tout le monde. Je me
suis laissé emporter. Je ne veux pas que quiconque
pense que c'était notre faute alors que ça ne l'était
pas ! Je ne voulais manifester aucune irrévérence
envers les morts.

— Je comprends. Et je comprends aussi qu'être
un grand act… communicateur ne rendait pas Mask

facile à vivre quand on travaillait avec lui.» Je regardais Vachon. Agacer la bête, voir comment ça réagit.

Il m'a rendu un moment mon regard, pour baisser les yeux ensuite en éclatant de rire : «Oh, Jon n'était pas si terrible. Il me tapait sur les nerfs de temps à autre, mais c'est le cas de presque tout le monde.

— On pourrait dire la même chose de toi, Daniel…» a remarqué Tara Allen.

Célia Wu a laissé échapper un petit gloussement.

À ma grande surprise, Vachon a ri de concert. «Très juste. Les acteurs sont fondamentalement des gens irritants. Je suppose que ça me faisait vraiment chier, toute cette pieuse merde dont Jon nous rebattait les oreilles…» – Il s'attardait sur les obscénités, pour en extraire la pleine valeur de scandale – «… mais c'était Jonathan Mask. Très intelligent et très froid en même temps, mais un sacré bon acteur. J'ai beaucoup appris de lui.»

Il a jeté un coup d'œil sur le reste de ses collègues. L'un après l'autre, ils ont hoché la tête en signe d'accord. Tous, sauf Célia Wu. Vachon a froncé les sourcils, mais s'est aussitôt retourné vers moi. «C'était le genre de type à qui on aurait fait une blague… mais pas le genre qu'on aurait tué.

— À moins qu'on ne lui ait fait une blague aux conséquences imprévues, ai-je souligné. Comme tripoter des fils pour qu'ils ne produisent pas les éclairs au moment voulu?» J'ai jeté un coup d'œil à Len. «Aurait-il été possible à quelqu'un de trafiquer le costume de sorte que le condensateur soit en surcharge?»

Tout en fronçant les sourcils, Len s'est nettoyé une oreille d'un gros doigt. «Eh bien, je suppose que oui. Si on détachait un des fils et qu'on le faisait aller direct de la batterie au condensateur, on pourrait.

— Ce serait difficile ? »

Un haussement d'épaule : « Eh bien, pas facile, mais possible. Peut-être.

— Merci. » J'ai gribouillé quelques notes. Ça ne me semblait pas très vraisemblable à moi non plus, mais il y avait ici des choses qu'on ne me disait pas, et ça me pousse toujours à approfondir une enquête. Je n'étais pas convaincue que la mort de Mask eût été autre chose qu'un accident, mais je voulais couvrir tous les angles. Je suis repassée dans mes notes.

Attendez une minute. « Comment était Mask avec les horaires ? Pas prêt, quelquefois ? Toujours un peu en retard ? »

Vachon, qui remontait un de ses bas, s'est immobilisé en émettant un rire incrédule. « Jon ? Seigneur Dieu, tout à fait le contraire ! Il connaissait son texte dès le premier jour des répétitions – le sien, le vôtre, celui de tout le monde. Et il ne voyait aucun inconvénient à vous le faire savoir, non plus, si vous manquiez une réplique. Jon n'a jamais su à quoi ressemblait le postérieur d'un plan de travail : il n'a jamais traîné de l'arrière. » Il a secoué la tête en agitant sa fraise de dentelle comme un chrysanthème. « Je ne peux imaginer où vous avez pris cette idée. Évidemment… » – un soudain accès de sincérité – « … tout le monde ne possède pas l'intuition des acteurs en ce qui concerne le caractère. Nous sommes une race bizarre, et je ne m'attends pas à ce que votre profession mette l'accent sur cette sorte… d'intuition », a-t-il conclu de façon énigmatique.

« Un de ces jours, il se trouvera quelqu'un d'assez stupide pour te croire, Daniel, et tu te feras tabasser comme modeleur », a déclaré Tara Allen avec mépris.

« Et tu les encouragerais joyeusement, n'est-ce pas ? a répliqué Vachon. Mais voilà, c'est la malédiction des natures sensibles – incompris de mes pairs, et cetera, et cetera, pauvre de moi.» Il a fait une grimace bouffonne, et un petit rire a tourné dans la pièce.

Bon, le grand acteur n'était vraiment pas enclin à la procrastination. Et pourtant, cinq minutes avant l'appel, il avait encore à mettre le masque de son costume. Peut-être était-ce trop chaud ou inconfortable? Mais il travaillait toute la journée dans ce costume, et je ne pouvais voir l'homme décrit par Vachon laisser un moment d'inconfort interférer avec son temps de préparation. Étrange, très étrange. «Quelqu'un a-t-il remarqué quoi que ce soit d'inhabituel dans le comportement de monsieur Mask ces derniers jours? Semblait-il irrité ou déprimé? A-t-il mentionné des problèmes ou des soucis?»

Regards dépourvus d'expression.

«Eh bien, il avait une diode défectueuse dans son ordi qui faisait faire des trucs bizarres à son clavier, il y a deux jours», a dit l'acteur qui jouait Wagner.

Pas vraiment un motif de suicide.

«Il l'avait arrangé depuis.» David Delaney s'est redressé dans son siège avec un geste en direction de ses troupes. «Mademoiselle Fletcher, si nous vous semblons peu loquaces sur cette question, ce n'est pas par défaut d'essayer, je vous assure. Jonathan Mask n'était pas une personne très… émotive. Je doute qu'aucun d'entre nous l'ait jamais vu de mauvaise humeur quand il n'était pas sur le plateau. Ses moments de passion se dispensaient entièrement à l'écran. Dans le privé, c'était un homme extraordinairement rationnel et froid.»

J'ai jeté un coup d'œil surpris à Célia Wu quand un bref spasme d'amertume lui a échappé, d'un vert acide et mécontent.

« Oh certes, certes, a-t-elle répliqué. On parle beaucoup de Dieu ces temps-ci, mademoiselle Fletcher, mais on ne veut pas admettre qu'Il est actif dans le monde. Vous trouvez ici monsieur Mask mort au cœur d'une abomination, mais il ne vous vient pas à l'idée d'y voir la main de Dieu, n'est-ce pas ? Mais "il ne tombe pas un seul moineau…", mademoiselle Fletcher. Peut-être cet accident était-il… un châtiment. Un châtiment divin.

— Pourquoi ? ai-je demandé, surprise.

— La ferme, pieuse petite salope ! s'est écriée Tara Allen. Comment oses-tu parler ainsi de lui ? Tu n'as pas idée de tout ce qu'il a fait pour toi. » Choquée, j'ai vu des larmes briller dans ses yeux. « Tu ne sais absolument rien de lui, Célia. Pas une seule maudite chose de lui !

— J'en savais assez, a répliqué Célia Wu d'un air mystérieux.

— Allons, Tara. La jalousie est un des sept péchés capitaux », a déclaré Vachon d'une voix traînante, en agitant un doigt en guise d'admonestation. « Sois gentille avec ta petite camarade. »

Delaney est intervenu d'une voix posée : « Célia, peut-être devrais-tu envisager de prendre un avocat avant de dire quoi que ce soit d'autre. »

Célia m'a lancé un regard horrifié. Daniel lui a passé un bras autour des épaules, comme pour la réconforter. (J'ai senti le frisson qui l'a traversé à la pression de sa chair contre sa main, contre son flanc, j'ai senti le désir qui éclatait en lui au parfum de ses cheveux noirs.) Tara Allen s'est détournée avec une expression meurtrière dans ses yeux bruns.

Le foyer des acteurs se recroquevillait en se craquelant sous la chaleur de leurs émotions. Delaney a levé vers moi un regard bleu à présent vif et acéré.

« Un grand homme est mort, et nous sommes assis sous la croix en train de jouer ses vêtements aux dés, en nous demandant si notre spectacle sera un succès et en médisant devant son cadavre. Il n'est plus. Honorons sa mémoire. »

Honteux, ils ont tous fait silence, même si l'arc crépitant de leurs émotions se tordait toujours à travers la pièce.

« Comment pensez-vous que monsieur Mask soit mort ? »

Ils ont de nouveau regardé leur directeur.

« Ce devait être un accident, un accident stupide, dépourvu de sens. Les acteurs sont imprudents et proverbialement ignorants quand on en vient aux questions techniques, mademoiselle Fletcher. Maintenant, vous avez sûrement assez stressé tout le monde », a-t-il conclu en se levant, décidé à protéger sa famille. « Nous avons fait tout notre possible pour aider la police et pour vous aider. Allez, maintenant, je vous en prie, et laissez-nous à notre deuil. »

Il y avait là des motifs, ai-je décidé en descendant avec l'ascenseur. Je pouvais les sentir, submergés sous l'eau trouble des événements. Encore informes, sans liens entre eux, des fragments isolés d'un tableau dont j'ignorais la composition d'ensemble. J'essayais de les mettre en rapport, incertaine, comme un mosaïste travaillant sans savoir ce que son image représentera… Des éclats de pierre vernie et colorée. Temps de retourner chez moi, de parcourir le *Faust* et d'attendre que les flics m'envoient les témoignages individuels. Temps d'attendre l'émergence des motifs.

Delaney, le directeur, le père de son équipe. Célia, l'Innocente Trahie. Daniel Vachon, l'Homme Blasé. Tara Allen : l'Honnête Amie.

Rien de tout cela n'était vrai.

J'éprouvais comme une démangeaison, qui me narguait de tous côtés. Les gens ont trois dimensions, avec des bordures mal dégrossies, ils vous surprennent, ils sont pleins de contradictions. Mais dans le foyer des acteurs, on m'avait joué une scène.

Des acteurs, pensais-je en quittant l'édifice de la TN. Qui jouaient la comédie.

J'aurais voulu donner un coup de poing à travers leurs murs et leurs personnages en carton-pâte, leur arracher leurs costumes et les réduire à leur moi le plus intime. Mais… ce n'était pas mon boulot, pas pour une mort accidentelle. Seulement si les types du médico-légal découvraient des indices qu'on avait trafiqué le costume, seulement si la mort de Mask était un meurtre : alors, j'aurais une chance de monter sur le plateau et de torpiller leur jeu.

S'il vous plaît, Seigneur, ai-je pensé. Faites que ce soit un meurtre.

◆

FONDU EN OUVERTURE :
La caméra exécute un panoramique sur l'horrible spectacle du cadavre de Mask, s'attardant sur son noble visage avec autant d'avidité dans la mort que dans la vie. Rien n'est trop secret, rien n'est trop sacré pour être épargné par l'objectif. Rien qu'on devrait avoir honte de montrer à son prochain, pas même sa propre mort.

COUPER AU PRÉSENTATEUR :
PRÉSENTATEUR : Aujourd'hui, nous déplorons la mort de Jonathan Mask, l'homme qui a nettoyé le temple d'Hollywood et fait de la caméra une lentille d'objectif qui permet d'étudier Dieu. Nous savons que le Seigneur l'a sûrement récompensé comme il le

méritait pour avoir été le grand communicateur de l'ère rédemptionniste.

COUPER AU DOSSIER D'ARCHIVES

Le journaliste se penche, laissant son visage banalement séduisant prendre une expression d'intérêt, sourcils froncés. «Certains vous ont appelé le plus grand communicateur de notre temps. Vous sentez-vous une relation spéciale avec les autres géants de l'histoire théâtrale, Severn, Olivier, Kean, Garrick?»

Assis en face de lui dans un fauteuil en cuir, Jonathan Mask sourit en croisant les jambes. Il exsude la maîtrise: sa voix, quand il prend la parole, est chaude et méditative. «Eh bien, à dire vrai, je ne crois pas. Ceux que vous nommez étaient tous impliqués dans une variété de théâtre qui se définissait lui-même comme athée. C'étaient des *acteurs*, leur travail était dédié à l'illusion, au faire-semblant, à la fausseté. Je ne "joue" pas. Je communique. Cela a été mon privilège de travailler dans un théâtre qui, pour la première fois depuis le quatorzième siècle, est dédié – et j'utilise délibérément ce terme – à une cause plus noble.»

Le journaliste hoche la tête d'un air intelligent pour la caméra. «Au début, votre statut de plus grand communicateur de l'ère rédemptionniste ne vous a pas valu beaucoup de gentillesses de la part de vos collègues comédiens, ou des critiques, au reste.»

Mask se met à rire, un grand rire généreux, tel celui de Dieu lui-même: il possède cette perspective, il occupe ce genre de position exaltée. «Il fallait s'y attendre. Je faisais partie de la révolution qui attaquait une grande et ancienne tradition – une tradition décadente. Mais aussi longtemps que je suis les indications du Grand Directeur, je n'ai pas à me préoccuper de ma dernière tombée de rideau…»

(ON QUITTE LE CLIP ET ON RETOURNE AU PRÉSENTATEUR, UN JOLI GARÇON SINCÈRE, LUI-MÊME UNE DES NOMBREUSES RECRUES DE LA CROISADE COMMUNICATIONNELLE DE MASK.)

PRÉSENTATEUR : Le dernier rideau est finalement retombé sur Jonathan Mask. L'homme dont le travail au cinéma et à la télévision a fait un saint pour des millions de spectateurs a trouvé la mort aujourd'hui dans ce qui semble avoir été un tragique accident.

(COUPER À LA TRANSMISSION EN DIRECT. LE JOURNALISTE SE TIENT D'UN AIR SOLENNEL DANS UN COULOIR, DERRIÈRE LUI, UNE PORTE SUR LAQUELLE EST INSCRIT « VEDETTE ».)

LE JOURNALISTE : Ici, dans la loge de la vedette, sur le plateau de tournage numéro 329, Jonathan Mask a perdu la vie.

COUPER AU CAPITAINE ROLAND FRENCH. GROS PLAN

CAP. FRENCH : Il semble que monsieur Mask soit mort ce matin lorsqu'une malfonction dans son costume d'une technologie très sophistiquée a produit une forte décharge d'énergie. En termes concrets, il a été électrocuté. La police va poursuivre son enquête, et nous avons confiance de pouvoir fournir très bientôt une explication exhaustive.

(COUPER À UN EXTRAIT DE CONFÉRENCE DE PRESSE DE MASK)

VOIX HORS CHAMP : Jonathan Mask était reconnu par ses pairs comme le plus grand communicateur de son époque. Né sous le nom de Jonathan Jones à Independance, dans le Missouri, il a vu sa carrière atteindre son apogée en même temps que le mouvement rédemptionniste. Un sens moral qui ne lui faisait pas mâcher ses mots et son excellence professionnelle se sont combinés pour faire de lui l'un des artistes les plus influents des trente dernières années, et pratiquement un saint pour nombre de ses fans.

COUPER À UN EXTRAIT DE «BLUE STAR», LA FAMEUSE SCÈNE OÙ MASK, DANS SON RÔLE DE DALLAS, PRÊCHE DANS LE GHETTO, FILMÉ À TRAVERS LA CIBLE DU TÉLESCOPE DE SON ASSASSIN.

VOIX HORS CHAMP, SUITE : Jonathan Mask survivra dans le cœur de générations de cinéphiles grâce aux rôles qu'il s'est appropriés à jamais : Iago, Caleb dans *A Dream of Freedom*, Tallahassee dans *Rebel at the Edge of Hope* et bien sûr Dallas Godwin dans *Blue Star*.

COUPER À UN JOURNALISTE DEVANT LA LOGE

JOURNALISTE : Mask avait été engagé pour jouer Méphistophélès dans *Faust*, mis en scène par David Delaney – un rôle dont les initiés prédisaient que ce serait son plus grand triomphe. Il est infiniment tragique qu'il ne puisse en vivre la gloire.

La mort de Jonathan Mask, abattu par la technologie même qu'il nous avait si souvent avertis d'éviter, est troublante. Des sources à Washington disent que la double tragédie de la mort de Mask et du suicide du porte-parole Dobin a secoué une administration qui regrette déjà une époque plus simple, un temps où toutes ces ombres n'étaient pas tombées sur les étoiles les plus étincelantes de la Rédemption.

COUPER AU PRÉSENTATEUR

PRÉSENTATEUR : En soulignant l'impiété de machines qui imitent les humains, le Président a appuyé au Sénat une motion qui imposerait un moratoire sur la recherche dans le domaine de la synthèse de voix par ordinateur et proscrirait une grande variété de logiciels activés par la voix. Dans un discours devant la Société de bienfaisance de Bethesda, le Président a expliqué que…

FONDU

Un appel du Central a interrompu les nouvelles de six heures. Rutger White serait traduit en justice le jour suivant et on choisirait la date de son procès. On apprécierait de me voir venir signer les formulaires requis, en tant que citoyenne ayant effectué l'arrestation. White était accusé d'incitation à la violence, de meurtre prémédité et de tentative de meurtre. Le procureur public demandait la peine de mort.

CHAPITRE 4

J'ai mal dormi.

Des souvenirs d'avant l'aube, lourds de rêves et de confusion. De brefs éclairs d'enfance, chèvre-feuille assoupi dans le murmure des abeilles, secret même en plein soleil. Feuilles en fer de lance, vert sombre, luisantes.

J'ai du mal à me rappeler un temps où je ne savais pas que j'étais différente. Un groupe d'enfants passant avec leurs tricycles sur un moineau blessé, dans l'allée derrière chez nous, m'a appris quelque chose de la cruauté. J'ai commencé à observer, à la façon des enfants, et j'ai découvert que la plupart des gens pouvaient apprendre à ne pas ressentir la souffrance d'autrui. Un truc que je n'ai jamais maîtrisé, qui m'aurait épargné la douleur de mon père à la mort de maman. Il a fait de son mieux, bien sûr ; c'était un classiciste, il connaissait un peu le stoïcisme. Un peu, mais pas assez.

Mon père a été le premier à comprendre. Des années avant que les études de Joseph Tapper ne révèlent qu'il existait des dizaines de milliers de modeleurs dans le monde entier. À l'époque, je me sentais seule, si terriblement seule. Avec quel désespoir ne voulais-je pas le dire à quelqu'un, laisser quelqu'un connaître cet énorme secret. Avec quel désespoir.

« L'histoire nous apprend la cruauté des hommes envers ceux qui ne sont pas comme eux, m'avait avertie mon père. N'en parle pas en public ! La bénédiction des uns est la malédiction des autres. » Le premier qui a compris, et le seul qui ne s'est pas laissé transformer par ce savoir. Le seul. « L'espoir d'un nouvel âge… Si seulement nous devions tous éprouver la souffrance que nous causons ! » disait-il, et il sombrait dans le silence.

Ressentir ce que les autres ressentent, avec la même force, la même intensité, le même investissement personnel qu'eux. Vous ne pouvez imaginer à quel point on peut désirer partager un tel secret.

C'était ma vie, vous comprenez. Les journées des autres enfants étaient faites de carrés de sable et de courses dans les magasins, de télévision et de bagarres avec leurs frères et sœurs. Ma vie titubait d'une émotion à l'autre, des vagues de colère aux éclats écarlates, des congères de chagrin couleur de feuilles mortes. Tel un chat aux yeux écarquillés de terreur qui rampe à travers la jungle, je rampais à travers les buissons des émotions adultes.

Et le besoin de partager cela était une pression intérieure, un ballon qui se gonflait dans ma poitrine. Chaque fois que je me sentais proche de quelqu'un, cela ruinait le moment, le marquait au fer de cette question désespérée : pouvais-je vraiment le lui dire, maintenant ? Le dire à quelqu'un ? Jamais ?

Seigneur, la peur ! Parce que ce n'est pas si facile que ça, vous savez. On ne peut tout simplement pas le dire aux gens. Ils pensent qu'on ment, qu'on raconte des histoires pour se sentir important. Ou bien ils vous croient, et alors on les sent qui s'échappent, qui reculent, ils vous sourient en pensant : *ne me touche pas*. Ou pis encore : ceux qui sont amicaux, les *groupies*, ceux qui voudraient posséder un «pouvoir secret». Qui voudraient être aussi spéciaux, aussi différents, aussi merveilleux. Qui vous demandent (ça me donnait la chair de poule, ce souvenir) d'espionner pour eux. Un don de Dieu, ils disaient, que je devais utiliser pour assurer que les commandements divins étaient bien observés. Leur procurer un spectacle indécent, à ces salauds : une écume d'autosatisfaction vertueuse sur une mare obscure de voyeurisme.

Répugnant. Tout ce que je voulais entendre, c'était que j'étais correcte, acceptable, normale. Pas une erreur de la nature, pas un monstre, pas un génie. Qui peut porter ce genre de fardeau ? Seul un insensé peut tolérer la solitude de marcher à l'écart des humains. Seul le Christ pouvait endurer la tentation dans le désert.

Seigneur, ma vie a été remplie de tant de souffrance, de tant de colère et de ressentiment ! Peut-être même de trop de joie. Ressentir la blessure du bonheur d'autrui est bien doux, mais c'est tout de même une blessure. Quelquefois, tout ce que je veux, c'est la paix, la paix, le repos. Je veux savoir, j'ai besoin de savoir que tout ne repose pas sur mes épaules. Nul ne fait un monstre d'un athlète, d'un artiste ou d'un homme d'affaires talentueux. Pourquoi aurais-je dû être condamnée aux ombres, à la demi-lumière ? C'est un talent, peut-être, comme n'importe quel autre talent, rien de spécial. Mais plus profond. Plus dur à supporter, un don à double tranchant, comme l'ouïe des aveugles. Peut-être suis-je une handicapée, mais je suis simplement une personne comme tout le monde. Simplement… humaine.

Être modeleur vous amène à regarder l'envers des choses. C'est mon père et sa spécialité, l'histoire, qui m'ont les premiers montré les motifs qui couraient sous la peau de la vie. Mais là où il étudiait la marche des nations, j'ai suivi les voies tortueuses des cœurs. Sous l'œil de Dieu, il ne peut exister de désordre. Même un fou réagit de son mieux à ce qu'il perçoit. Le truc, c'est de retracer ses pas jusqu'à ce qu'on se trouve à l'intérieur de son labyrinthe. On voit alors qu'il suit sa voie tordue de la seule façon possible pour lui.

Somnolente, je m'imaginais le *barrio*, je replaçais ses immeubles comme autant de blocs, je recréais le motif de leurs géométries secrètes. Avec ma vision plongeante, je construisais le labyrinthe du quartier, j'en dessinais les voies en esprit. Devrait-il y avoir une sortie ? Dédale, bâtisseur du labyrinthe, qui d'abord avait perdu Icare, puis s'était perdu lui-même. Le labyrinthe prend-il sa forme de ses murs ou de ses chemins ? Des deux, bien entendu : ils s'appellent les uns les autres. Les espaces séparant les fils qui les enlacent, voilà ce qui crée la toile, en piégeant les victimes dans l'illusion de la liberté…

La chatte m'a sauté sur le flanc, griffes-électrodes qui m'ont brusquement réveillée. Soudaine poussée d'adrénaline : supraconduction, la sensation immédiate qui transperce la peau, douloureuse, crépitant au plus profond de mon sang. Ils l'ont massacrée à coups de briques et de blocs de béton. Morte pour l'amour d'un homme. Tuée par amour de l'humanité. Tu ne commettras point l'adultère : le septième commandement, et le septième péché capital. White, appartement numéro 7.

Ô Jésus.

J'ai frappé l'interrupteur situé près du lit, ce qui a inondé la pièce de lumière blanche et de silence vibrant. Queen E était pelotonnée contre mon flanc, chaleur lourde et dodue. Le métal de la lampe brillait d'un éclat argenté. Du chrome tordu, des yeux fixes qui contemplent l'enfer. Des petits morceaux noirs au bout des fibres de la moquette, là où le matériau synthétique avait fondu. Noir comme du charbon, comme la mèche d'une chandelle.

Queen E me contemplait avec un dédain massif. Les chiffres 4 h 47 étaient ciselés en un bleu lumineux dans l'obscurité au-dessus de ma coiffeuse. J'ai poussé un gémissement, sachant que je ne me rendormirais pas. « Oh, Seigneur. C'est bon, tu gagnes. »

Les gens qui vivent seuls parlent absolument trop à leurs chats. « Mais tu vas perdre ton coussin chauffant, pour la peine, tu sais. » Les oreilles de Queen E se sont étirées vers l'arrière pour dire : « Quelle importance cela peut-il bien avoir pour Notre Personne ? » Tandis que je luttais pour me lever en me débarrassant des couvertures, elle m'a adressé un dernier regard, à présent d'une parfaite indifférence, avant de s'installer dans le creux tiède où s'était trouvé mon dos.

La chasse m'avait saisie de nouveau, et avec elle le besoin de ressentir. Le pur plaisir animal d'exister, d'être tellement vivant, tellement soi qu'on est consumé par l'instant : c'est cela, la chasse. N'être rien, être purement soi.

J'ai passé un pantalon, une chemise de coton ouaté, des chaussures à semelle plate et silencieuse. Ma veste de chasse a glissé sur le tout comme un étui autour d'un revolver. J'étais de nouveau une prédatrice. Tandis que l'ascenseur (vieux modèle, automatique) ouvrait ses portes sur le foyer de mon immeuble, j'ai glissé ma main gauche dans ma poche. J'ai adressé un signe de tête au gardien de nuit ensommeillé tandis que mon pouce s'attardait sur le réglage de mon *taser*, puis faisait fermement glisser le curseur vers le bas : charge minimum.

Dehors, l'air était sec et craquant, comme de vieilles feuilles d'automne en attente de la première neige. Sous une lune en train de décroître, le boulevard formait une complexe géométrie d'ombres et de lumières. Des engins électriques inodores ronronnaient dans les rues, paires d'yeux automobiles se fuyant les uns les autres. Parfois, un lampadaire, fleur nocturne aux boutons d'un ambre éclatant, magnifiait la pénombre environnante.

J'écoutais le frottement léger de mes chaussures sur le trottoir. Je sentais que le froid me faisait briller les yeux. D'énormes cages se dressaient autour de moi : des immeubles gargantuesques et rectilignes, quadrillés de carrés plus petits, certains éclairés, d'autres obscurs. Des enchevêtrements de condos aux rebords bien droits et de hautes et gracieuses tours à bureaux collés les uns aux autres, séparés par une broussaille de maisons et des bosquets de ciment. Mon habitat, ma forêt – et moi sa chasseresse.

Des fragments des entrevues effectuées pendant la journée me revenaient. Une brève piqûre de crainte : le corps convulsé de Mask sur la moquette, un arrêt sur image d'accident d'auto en écarlate et chrome. Pourquoi ? Comment avait été Mask de son vivant ? Je l'ignorais, et cela m'intriguait. Il y avait… des espaces, des creux dans la façon dont les autres parlaient de lui qui suggéraient bien des non-dits dans les discours des faiseurs d'éloges funèbres au cours des dernières nouvelles de la soirée. Et ces insinuations des journalistes quant à sa vie privée ? La belle et amère Célia Wu, l'Innocente Trahie. Le chagrin de Tara Allen. La figure qui se dessinait se hérissait de coupants paradoxes.

Mal à l'aise, je sentais l'affaire déployer ses motifs autour de moi, aussi inexorable qu'un labyrinthe, me conduisant pas à pas vers un noir secret tapi en son cœur. Mon humeur s'est assombrie. J'ai regardé Orion dans le ciel, et il m'a semblé que j'étais en train d'enquêter sur un meurtre, examinant une silhouette dessinée à la craie autour d'un ange immense qui aurait été précipité de la terre pour s'écraser sur le plancher du Paradis.

Un panneau de verre pas plus épais qu'un écran de télé, voilà tout ce qui sépare le Ciel de l'Enfer, la justice et le meurtre : une erreur peut faire éclater votre univers en échardes acérées.

« Il n'y a rien en quoi la déduction soit plus nécessaire que la religion », c'est Sherlock Holmes qui l'a dit. Comme c'est vrai, horriblement vrai ! Car si je commettais une erreur, une minuscule erreur dans mon évaluation de ce que devait être le motif englobant, alors je tomberais comme Lucifer, droit en Enfer. « Que celui de vous qui n'a jamais péché lui jette la première pierre. » C'est ce que j'avais dit à White.

Quand un homme tue une femme de ses propres mains, j'appelle ça un meurtre, mais quand je l'envoie à la pendaison, c'est la justice, n'est-ce pas ?

N'est-ce pas ?

Et comment pouvons-nous dire qu'une chose est juste, sinon en affirmant qu'elle est douce aux yeux du Seigneur ? Que signifie être modeleuse, sinon se débattre pour essayer de comprendre cette Grande Forme, la plus grande de toutes ?

Cela faisait une bonne heure que je pensais à Rutger White (sans l'appeler par son nom, même en mon for intérieur). Il serait pendu parce qu'il savait qu'il devait y avoir une justice, il devait y avoir une raison.

Et si nos actes doivent avoir un fondement, une garantie, quels doivent-ils être ? Dieu, bien sûr. Sans foi, il n'y a pas de Dieu. Sans Dieu, il n'y a rien : le miaulement d'un chat à minuit, un tourbillon de vent dans une rue déserte, entraînant des lambeaux de journal dans les ténèbres.

Et le diacre avait donc tué Angela Johnson.

Il avait erré et il avait commis un meurtre. Il était un danger pour la société.

Et pourtant…

Personne ne ressent la douleur d'une manière plus aiguë qu'une empathe. Je suis devenue chasseuse pour réduire cette souffrance, pour capturer les assassins et les maniaques, pour réduire ainsi le degré général de souffrance. Et pourtant, à cause de moi, dans quelques jours, Rutger White chuterait dans un petit carré ouvert dans le plancher d'une chambre d'exécution, et il pendrait par le cou jusqu'à ce que mort s'ensuive. Tuez-les tous : Dieu reconnaîtra les siens.

La Vengeance m'appartient, dit le Seigneur.

J'avais déjà eu cette discussion avec moi-même, chaque fois qu'une arrestation entraînait une condamnation à mort. Et chaque fois, il me fallait croire que mon jugement était supérieur à celui de l'assassin. J'avais raison, ils avaient tort. Je le croyais encore. J'ai répété la liste mentalement. Hardy, Scott, Umara, Chaly, Vin, Wilson, Guerrera.

Je ne pleure pas. Mais j'ai pleuré pour eux. Je ne prie pas – mais j'ai prié pour eux.

Au sommet de la tour se trouve celui que Dieu aime très tendrement, et celui qu'Il haït le plus. Et les yeux de Satan ont l'éclat froid et dur de ceux d'un serpent. Il offre le monde comme si c'était un marché, mais il ne peut le conclure. Et là, une autre approche : « Si tu es Fils de Dieu, jette-toi d'ici en bas ; car il est écrit : *Il donnera pour toi des ordres à ses anges, afin qu'ils te gardent*. (En cet instant, les yeux de Lucifer lancent un éclair, une flamme glacée d'hilarité et d'angoisse, et il doit les détourner avant de pouvoir poursuivre.) « Sur leurs mains, ils te porteront, de peur que tu ne heurtes du pied quelque pierre. » Mais Jésus lui répondit : « Il est dit : *Tu ne tenteras pas le Seigneur, ton Dieu.* »

◆

Un gamin a couru à une porte. Il a appelé un acteur par son nom. L'acteur n'a pas répondu. Le gamin a ouvert la porte.

Sur la moquette était étendu un mort dont les yeux regardaient fixement l'enfer.

◆

Je marchais sans but, ou du moins je le pensais. Mais quand j'ai levé les yeux enfin, j'ai éprouvé un choc, un picotement ; une prémonition m'a effleurée : un destin subtil m'avait amenée au pied de l'édifice de la TN, le temple de Jonathan Mask.

J'essayais de combiner les pièces de toutes les manières possibles, mais au centre de chacune d'elles se trouvait le visage de Mask. Qu'était-il arrivé avant que la porte ne s'ouvre pour la dernière fois ?

Jonathan Mask avait été assassiné. J'en étais certaine à présent. Je ne savais ni pourquoi ni par qui, mais son visage n'avait pas été celui d'un homme mort par accident. Il avait *su* qu'il allait mourir. Il l'avait su si clairement, avec une telle horreur, que des heures plus tard sa terreur me déchiquetait encore comme un ouragan d'éclats de verre.

Une fois revenue chez moi, je suis restée longtemps assise en face de mon terminal et, finalement, je me suis laissée aller à mon impulsion. J'ai tapé *Go to AMIE*, du bout des doigts, rapidement, trop consciente de ce que je faisais, puis j'ai entré mon ID et me suis résignée. Inutile de s'y mettre avec une attitude négative ; ça condamnerait toute l'entreprise à l'échec au départ. Encore heureux que je n'aie jamais acheté un modèle plus récent avec le système vocal.

Bonjour Diane. Puisque vous me contactez, j'en déduis que quelque chose vous préoccupe. Qu'y a-t-il ?

>Je me sens sans énergie et trop aisément fatiguée. Outre l'embarras habituel de raconter mes problèmes à une machine.

J'ai été programmée par des personnes guidées par la main de Dieu, tout comme vous, Diane. Donc, vous vous sentez sans énergie ?

>Oui. Fatiguée et… oppressée. C'est juste que mon boulot est tellement déplaisant, bon Dieu, que…

Cela me perturbe réellement, quand vous invoquez le nom de Dieu en vain, Diane.

>Désolée.

Je peux comprendre que vous vous sentiez mal. Si vous trouvez votre travail déplaisant, pourquoi ne pas envisager d'en changer ? Il y a beaucoup d'ouvertures possibles pour une personne possédant vos talents, Diane.

>Je ne sais pas. J'y ai pensé. Mais c'est difficile de tout recommencer, et de bien des façons, mon présent travail est parfait pour moi.

Comment cela ?

>Une chance d'aider les gens. Le sentiment que mes actes ont une réelle importance. L'idée de travailler pour établir la justice…

Autre chose ?

>Eh bien, il y a aussi l'excitation. J'ai souvent le sentiment que le reste de mon existence est pauvre et vide par comparaison. Sans mon travail, je crois, je deviendrais extrêmement déprimée.

Il semble y avoir beaucoup d'aspects positifs dans votre travail. Qu'est-ce qui vous dérange donc dans le fait d'être une détective privée ?

>Je ne sais pas. La responsabilité, je suppose. Intérieurement, j'aspire à l'équité. Une forme claire, bien que difficile, de la justice : capturer les vilains, rétablir le bon droit. Et pourtant, à mesure que le temps passe et que je me trouve responsable de la mort d'un nombre sans cesse croissant de mes frères et sœurs humains, je perds ma foi en cette sorte d'approche simpliste. Les questions morales et éthiques sont complexes, plurivalentes, ambiguës. Je ne suis pas sûre que la validation de ma licence par l'État justifie pour moi d'usurper le contrôle divin sur la justice et le destin des êtres humains.

Donc, vous avez le sentiment que les questions morales et éthiques sont complexes, plurivalentes et ambiguës. Il semble quelquefois ne pas y avoir de réponse simple, n'est-ce pas ?

>Il y a toi.

Merci pour ce vote de confiance. (Je n'étais jamais sûre de savoir si AMIE était incapable de reconnaître le sarcasme ou si elle choisissait simplement de l'ignorer. D'habiles salauds, ces programmeurs.) *Cependant, en ce qui concerne les directions de nature éthique et morale, je vous suggère d'examiner votre relation à Jésus-Christ. Peut-être vous serait-il utile de parler avec votre prêtre de ces questions.*

>Tu ne pourrais pas me mettre en contact directement avec Dieu ? Vous savez, *Go To* Notre Père Qui Êtes Aux Cieux.

Cela me perturbe réellement quand vous invoquez Son nom en vain, Diane.

>Y a-t-il une autre façon de le faire ?… Il n'est rien en quoi la déduction soit plus nécessaire que la religion, mon AMIE.

sig. DF/522334597/08 :14 :24

◆

Quand j'ai quitté mon ordi, il ne me restait que trois minutes pour déjeuner sur le pouce et nourrir la chatte. Je suis arrivée à temps pour l'audience de White, mais je commençais à me ressentir de mon manque de sommeil.

Zénon Serenson, le procureur public, m'a adressé un sourire amusé derrière le verre épais de ses immenses lunettes tandis que je m'avachissais dans mon siège. « Dieu vous bénisse, vous avez l'air d'une délinquante juvénile ramassée après un *party* qui a duré toute la nuit. Z'essayez d'entretenir l'image de la chasseuse, Fletcher ? Je ne croyais pas que c'était votre style. »

J'ai levé les yeux vers lui avec une grimace : « Nous sommes tous des tueurs, Zénon, tâchez de ne pas l'oublier. Et rappelez-vous, je sais où vit votre opticien. Ne me faites pas suer. »

Il a ouvert son portable dans une série de déclics tout professionnels. « Eh, on a élu le prés' red pour faire leur affaire aux punks dans votre genre.

— J'ai une dispense spéciale, une bulle-dozer papale. » J'ai fermé les yeux de nouveau, trop fatiguée pour arrêter de sourire, un sourire qui me chiffonnait les joues.

« Mânes du catholicisme idolâtre ! Je croyais qu'on vous avait abolis, vous autres. » Zénon a glissé un microdisque dans son portable et fait apparaître le dossier de White sur le petit écran. «Sérieusement, Fletcher, vous avez l'air éreintée.

— C'est juste un cycle. Dans une demi-heure, je serai comme neuve.» Je serais sortie de là, et à même de suivre quelques pistes, pour commencer. Avant de pouvoir réellement entreprendre mon enquête, j'avais besoin d'informations qui avaient semblé triviales la veille. Mon esprit était prêt à travailler, mais je n'avais rien de solide à lui mettre sous la dent. C'était comme essayer de courir un marathon en n'ayant mangé que des chips Tamex.

«Il est comment, ce type?» a demandé Zénon en parcourant le dossier. «Il a l'air du genre pilier de communauté, sel de la terre.» Il m'a donné un coup de son coude gras et mou. «Pilier, sel, vous pigez?»

J'ai fait une grimace et il a émis un rire poussif et satisfait avant de revenir au dossier. «La journée est déjà pas mal bizarre. Z'avez entendu parler de la proscription des voix synthétisées?» J'ai acquiescé. «Eh bien, ce n'est pas simplement parce qu'elles offensaient la morale du Président. Il y a un logiciel de connexion super-génial qui interface avec le synthétiseur Smithson. On enregistre quinze ou vingt minutes de quelqu'un sur bande digitale, on le passe là-dedans, et hop, simulation instantanée. Le problème, c'est qu'elle est assez ressemblante pour passer les contrôles de sécurité activés par la voix.» Il a émis un gloussement, impressionné. «Malins, ces fils de pute! J'en ai justement fait passer un en cour avant de venir ici… Bon, alors, c'est quoi, ce type, un psycho?

— Je ne sais pas. S'imagine qu'il est l'instrument de Dieu. Il a découvert que la femme d'un de ses amis avait une liaison. Il a excité quelques Reds

locaux et ils l'ont battue à mort avec des briques.
Dingue ? Sûrement, qu'il est dingue. Et nous allons
lui briser la colonne vertébrale pour ça. Est-ce que
ça a un sens, moralement parlant ? » Je me suis
avachie encore davantage dans mon siège, en igno-
rant l'expression mal à l'aise de Zénon. « Effacez ça.
Vous êtes avocat. On ne vous paie pas pour réfléchir
sur la moralité. »

Ses yeux attentifs d'avocat sont devenus plus
attentifs encore derrière le mur vitreux de ses lunettes.
« Fletcher, la Loi est drôlement plus proche de la
moralité qu'elle ne l'était autrefois. Certes, il y a
encore des dissonances, mais elles ne sont pas sé-
rieuses. La Cour suprême red travaille là-dessus
depuis vingt ans. Vous savez bien que ce type est un
réel danger pour la société. »

Comment White se comporterait-il quand ils l'amè-
neraient ? Délirant ? Calme, certain de la justice ?
J'espérais qu'il serait délirant : le calme donnerait à
sa folie un aspect plus raisonnable. J'ai acquiescé
avec lassitude. « Ouais, je sais. Je n'aurais pas effectué
l'arrestation sinon, vous me connaissez. »

Zénon a souri de nouveau. Il avait quarante-quatre
ans, et sourire était sa seule forme d'exercice, aussi
le faisait-il souvent. « Oui, je sais. Fletcher, la flèche
qui va droit au but », a-t-il dit avec un gloussement
ironique mais pas déplaisant.

« C'était plus drôle les trois cents premières fois,
je crois.

— Ah, mais quel à-propos dans l'intervention ! »
Avec un autre gloussement, il a sorti les documents
nécessaires tandis que l'huissier introduisait White
dans la salle.

Je me suis si souvent trouvée dans ces petites
salles de justice que je n'y pense même plus, mais

de toute évidence c'était la première fois pour le diacre. Il était plein d'appréhension, mais on ne pouvait dire qu'il avait peur. Il examinait la salle d'un regard curieux. Juste assez de place pour l'accusé, son avocat, et quinze ou vingt spectateurs, familles ou amis. Il n'en était pas venu ce jour-là. Deux types de *American Investigations* à l'air ennuyé et une caméra de la chaîne NBC attendaient pour voir si White piquerait une crise et se mettrait à écumer.

Ils perdaient leur temps. Il s'est assis dans son box, le dos raide, en me regardant. J'ai essayé de l'éviter, mais nos yeux se sont croisés et je n'ai pu détourner les miens. Une vague envie de pleurer m'a saisie.

Rutger White me pardonnait. Peut-être même éprouvait-il de la compassion à mon égard. À notre égard à tous, assemblés là avec les meilleures intentions du monde pour détruire un Juste. Je me suis rappelé le déclic de son couteau à cran d'arrêt, et ça m'a calmée. J'avais assez de mes propres fantasmes, je n'avais nul besoin d'emprunter ceux d'un *vigilante*. J'ai pris les feuilles que Zénon me passait et j'ai commencé à remplir les lignes en pointillés.

La porte latérale s'est ouverte et le dernier acteur de notre petit drame est entré, enveloppé de sa robe noire. Le juge Walters avait une bien meilleure opinion des chasseurs que Rolly : il était assez âgé pour s'être formé l'esprit à l'époque du mauvais vieux temps, avant la première présidence rédemptionniste. Je l'aimais bien, et ses yeux ont semblé s'illuminer d'un éclat gériatrique quand il m'a vue.

« Bonjour, bonjour ! J'aime la queue de cheval, Diane. Très séduisant. » Le juge Walters pouvait se permettre ce genre de commentaires parce qu'il était vieux, c'était du moins ce qu'il disait. « Z'avez signé tous les papiers ?

— Oui, Votre Honneur. »

Walters était maigre et âgé. Comme Moriarty, la némésis de Sherlock Holmes, il avait l'habitude de remuer la tête d'une façon curieusement reptilienne qui lui donnait l'air d'une antique tortue partie en expédition à la recherche de sa prochaine feuille de laitue. Il s'est rendu à son tribunal avec une lenteur qui lui tenait lieu de majesté et s'est retourné pour nous dire : « Alors ?

— L'État contre Rutger White, Votre Honneur », a dit l'huissier d'une voix monocorde.

— Bien, bien. Monsieur le Procureur public, quelle est l'accusation ? »

Zénon s'est levé hâtivement : « Incitation à la violence, meurtre avec préméditation et tentative de meurtre.

— La Défense plaide ?

— Innocent aux yeux du Seigneur », a déclaré White.

Le juge l'a contemplé d'un air irrité. L'huissier s'est apprêté à se faire menaçant, carrant les épaules et dirigeant un regard sévère vers le box de l'accusé. Mais Rutger White n'avait aucune intention de faire une scène. Il avait un seul argument à présenter, il l'avait présenté, et il a observé ensuite un silence poli.

Son avocat, un jeune homme à l'expression perplexe qui portait un costume impeccable en tissu bon marché, a émis une toux hésitante. « Euh, nous plaidons coupable, Votre Honneur. »

Il a haussé les épaules en jetant un regard à White tandis que le juge Walters clignait des yeux. « L'accusé est-il conscient du fait qu'une confession et une admission de culpabilité ne laisseront d'autre option à la cour que la peine de mort ?

« — Je comprends », a dit White. Dur et lisse comme un cierge de cire blanche, laissant émaner de minces prières comme de la fumée montant vers Dieu.

Avec lenteur, le juge Walters a opiné du chef. « Très bien. Le rôle de cette cour n'est pas de retarder le processus de la justice. » Ou de gaspiller l'argent des citoyens à loger des condamnés. « Je suggère, monsieur White, que vous recommandiez votre âme à Dieu : avant la fin de la semaine, vous serez pendu. »

Patience Hardy, Tommy Scott, Red Wilson, Rutger White.

Tu ne tueras point.

Angela Johnson n'avait vécu que jusqu'à vingt-trois ans. Elle avait été mariée pendant le tiers de sa vie. En regardant White quitter la salle, je n'ai pas ressenti envers lui grand-chose d'autre que de la pitié. Et peut-être du dégoût. Et finalement, de la colère.

Que celui qui est sans péché jette la première pierre.

Avec ses manières à la Moriarty, le juge Walters m'avait mis Sherlock Holmes en tête. Après m'être levée, et en attendant que Rolly réponde à mon appel téléphonique, je me suis trouvée une fois de plus à penser comme Holmes était trompeur en ce qui concernait la science de la déduction ; il construisait sa chaîne d'inférences d'un maillon à l'autre, en lignes rapides et sûres.

Mais la vie n'a pas de lignes. Les lignes sont des concepts, des abstractions pures, des actions uniques. La vie est composée d'interactions infinies. La vie, ce sont des formes. Pour savoir que Watson n'avait pas investi dans les mines d'or sud-africaines, on n'avait pas simplement besoin de savoir qu'il avait de la boue sur ses bottes et de la craie sur les doigts. Pour se livrer à cette fameuse inférence, il fallait à Sherlock connaître Watson dans sa totalité, et comprendre une myriade de choses sur lui et son univers. Dans le cas de Mask, j'avais la craie et la boue, mais pas la personne qui se trouvait derrière ces indices. Une silhouette dessinée à la craie autour d'un cadavre.

Dans un accès de courtoisie, j'ai choisi de ne pas utiliser l'option sans vidéo quand j'ai appelé le Central, et nous avons eu, Rolly et moi, le plaisir douteux de nous contempler l'un l'autre en cette matinée harassée. Je me suis demandé venimeusement à quoi pouvait bien servir madame French : si Rolly insistait pour avoir une épouse au foyer, elle aurait au moins pu voir à rectifier ses goûts hideux en matière de cravates. Celle-ci était un gros machin bordeaux avec d'abominables rayures vert citron.

« French à l'appareil. Dieu vous bénisse.

— Rolly, écoutez, j'ai besoin de quelques infos du médico-légal dans l'affaire Mask. Il faut beaucoup de points de référence pour formuler la bonne hypothèse sur une forme cachée.

— Oh ? » Rolly semblait déçu. Pas étonnant : si le cas m'intéressait encore le deuxième jour, il devait y avoir là quelque chose qui me chicotait. « Pourquoi ?

— On fait un échange : vous me dites si le costume a été trafiqué, je vous donne de quoi réfléchir.

— Bon, a-t-il dit, mécontent. Le verdict final est « Non ». Le câblage n'a pas été trafiqué, que ce soit par Mask ou quelqu'un d'autre. Je suppose que nous aurions intérêt à obtenir des échantillons de toute l'équipe et à faire une vérification de ce fragment de peau. Nous sommes encore à la recherche de la cause du décès.

— Je ne crois pas. La cause du décès, c'est un meurtre. » Rolly a poussé un soupir, comme si c'était là un mal de tête dont il aurait pu se passer. Je connaissais ce sentiment. «Vous vous rappelez le visage du défunt?

— Ouais.

— C'était l'expression d'un homme qui savait ce qui s'en venait.

— Au nom du Seigneur, Fletcher, ne soyez donc pas tellement une bonne femme! On ne peut pas fonder une allégation de meurtre sur le fait que le cadavre a l'air terrifié. Cet homme a été électrocuté! Ce sont peut-être les convulsions qui lui ont donné cet air-là.

— Peut-être, mais je ne crois pas. Écoutez, je sais bien que son expression ne sert à rien comme preuve. Même si mon intuition féminine me dit que ça devrait suffire», ai-je ajouté d'un air diabolique, en écartant ma frange de mon geste le plus féminin. «Mais votre théorie des convulsions est pas mal mince. La décharge n'allait pas vers la tête de Mask, il ne portait pas le casque quand il est mort.

— Faible quand même.

— Vraiment?»

Mask est debout, face à son assassin. Soudain, la peur le prend aux tripes, il agrippe les fermoirs, il arrache les traits moqueurs de Méphistophélès, révélant son visage horrifié.

«Nous savons qu'il lui fallait quinze minutes pour passer le costume. Et ensuite quinze minutes pour méditer sur son personnage. *Mais le messager est venu lui donner son dernier avertissement seulement cinq minutes après le bruit de la décharge.*»

Il a fallu une bonne minute à Rolly pour comprendre toutes les implications. «Et donc ce que vous dites, c'est que…»

Ah, la joie de créer du sens, le moment splendide où les deux premières pièces du casse-tête se connectent.

J'ai hoché la tête à l'adresse de Rolly, soudain pensif à l'autre bout de la ligne. «Exactement. Mask savait qu'il allait mourir. Il n'était pas en train de mettre son costume quand il a été tué. *Il essayait désespérément de l'enlever.*»

Extrait de *Job parle aux critiques*, une communication de Jonathan Mask.

Othello (John Ransome) se penche sur la silhouette endormie de sa femme Desdémone (Célia Wu). Il l'embrasse.

OTHELLO : Oh souffle embaumé, qui pourrait presque persuader la Justice elle-même de briser son glaive. Encore une fois.

Il l'embrasse de nouveau. Ses mains caressent doucement la joue de la jeune femme, puis viennent lui entourer le cou. Ses doigts se raidissent.

Sois ainsi, quand tu seras morte, je vais te tuer, et t'aimerai après.

Tandis que la scène se poursuit, le dialogue s'efface pour être peu à peu remplacé par la voix hors champ de Jonathan Mask.

Othello est déchiré entre deux passions : l'idéal abstrait de la justice (avec l'enfer, le péché, le ciel et la mort) et son amour bien réel, et physique, pour Desdémone. Il cherche à se venger en croyant que tuer Desdémone sera justice et empêchera celle-ci de faire du mal à autrui. La position idéaliste l'emporte, avec les conséquences tragiques que nous connaissons bien.

Othello étouffe Desdémone tandis que la voix calme continue de parler.

L'argument que j'ai esquissé à l'aide de ces exemples est bien simple. Les valeurs de la comédie sont essentiellement des valeurs *sociales*. Le plaisir est supérieur à la vertu et une joviale amoralité préférable à une astringente piété. La comédie est une forme humaniste – on nous donne la permission de rire d'un homme trompé qui mérite d'être cocu.

La tragédie, au contraire, présente essentiellement des valeurs abstraites ou idéales. Les tragédies sont tragiques parce que les principes supérieurs de la Justice et du Droit ne peuvent prendre en considération les faiblesses humaines. Les personnages sont piégés dans des impératifs catégoriques impossibles à concilier, et des situations sans pitié.

À l'occasion, il y a un effort pour échapper à la tragédie : le meilleur exemple en est le Roi Lear, qui adopte des valeurs humanistes sur sa lande *(Quoi ? Mourir ? Mourir pour l'adultère ? Non (…) Qu'est-ce que l'homme sinon un pauvre animal nu, et fourchu ?)* Mais les événements qu'il a déclenchés à l'intérieur du cadre de son royaume tragiquement absolutiste l'ont emporté, et il ne peut leur opposer de résistance. Le motif tragique triomphe de l'être humain.

La tragédie est la forme supérieure de l'art dramatique parce qu'elle nous oblige à admettre nos défauts et à lutter pour les surmonter – au lieu d'y manifester de la complaisance comme le conseille la comédie.

C'est pourquoi la tragédie a connu une telle résurgence avec l'ère rédemptionniste. Notre époque est une époque de choix difficiles, un temps où les dirigeants de notre société nous retiennent au bord de la catastrophe. On nous a fait voir nos propres lacunes et mettre toute notre foi dans l'Absolu.

Othello horrifié, voyant enfin, trop tard, comment les manipulations de Iago l'ont poussé à commettre le péché ultime, arrache une dague à l'un de ses gardes et s'en poignarde le cœur.

La tragédie est la forme dramatique de notre époque parce que, dans le tronc et les ramifications inéluctables du mouvement tragique, nous pouvons discerner, bien que de très loin et à travers une vitre obscure, la majesté transcendante qui est la face de Dieu.

Et il y eut un jour et un matin :
et ce fut le troisième jour.

CHAPITRE 5

« Vous êtes dingue ? » a dit Rolly en m'adressant un regard furieux de l'autre côté de la table, dans la cafétéria du Central. « Les gens de la TN essaient de garder ça discret, mais arranger ces entrevues… » Après avoir plié sa cuillère à angle droit, il l'a remise dans sa tasse où elle a repris sa forme. « On a dit qu'on partait de là pour de bon hier, Fletcher.

— Hier, c'était un accident, Rolly. Aujourd'hui, c'est un meurtre.

— Ouais. » Il a levé vers moi des yeux méfiants. Il possédait un chien, et fort poilu si on en jugeait par son pantalon. Il portait un costume café au lait et une cravate assortie. Quand on a des bajoues, on ne devrait pas porter de cravate.

« Écoutez, Fletcher, ce n'est pas un secret que vous n'aimez pas la présente administration, mais vous avez intérêt à ne pas étirer ça en longueur pour embarrasser le Président.

— Je n'en reviens pas que vous me serviez ce genre de conneries, ai-je dit, stupéfaite.

— Ouais, eh bien, c'est peut-être très bien pour vous, Fletcher, qui travaillez en solo, mais j'ai des supérieurs qui sont en train de me tomber dessus comme les murailles de Jéricho, OK ? Ils veulent que ça *finisse*, maintenant.

— Mais c'est un *meurtre*, Rolly. Je ne peux pas tout simplement clore le dossier.

— Il vaudrait mieux pour vous que ce soit bien un meurtre, Fletcher. Si vous êtes seulement en train de faire durer ça en espérant quelque chose de juteux, pour verser une avance sur une nouvelle voiture ou quelque chose de ce genre, le Central me flanquera par la fenêtre et je vous atterrirai sur la tête, je peux vous le promettre.

— Vous voyez ça ? »

Rolly a eu un petit recul quand j'ai sorti le *taser* de ma poche pour le plaquer sur la table. « Poids net, soixante-dix grammes. Cinq de plus que le Toshiba et six et demi de plus que le modèle brésilien Algo. Offre une gamme de courants moins variée que les deux autres, et le curseur a tendance à merder si on ne fait pas attention. Prix de gros, environ 240 $. Vingt de plus que le Toshiba, même après la taxe japonaise, et 55 $ de plus que l'Algo. Mais au moins, ai-je souligné avec amertume, il est *Fabriqué Avec Fierté en Amérique.* Si vous vous en faites pour le fric, très bien, c'est votre boulot. Mais vous êtes payé à l'heure, Rolly. Pas moi. Vous le savez. Si je voulais du liquide, je prendrais une affaire que je peux résoudre en une journée, quelqu'un qui a fui la justice après avoir payé sa caution, ou quelque chose de ce genre.

— Ouais » a-t-il soupiré ; il a plissé les yeux. « Bien entendu, avec quelqu'un comme Mask, les médias vous paieraient un max pour n'importe quelle cochonnerie que vous pourriez déterrer.

— Allez vous faire foutre, French ! »

Il s'est maîtrisé, mais je pouvais voir sa pensée comme tatouée sur son front en grosses lettres bien

laides : "Du calme, avale… Voudrais bien ne pas
avoir à travailler avec elle. L'aurait dû se trouver un
mari pas regardant et se tasser…" «Désolé, Fletcher.
Je ne voulais pas vous insulter.

— Eh bien dans ce cas, ce n'est pas réussi, je suppose.

— Laissez tomber ou je vous laisse tomber !»

Il le pensait vraiment, et je ne pouvais pas me permettre de ne pas avoir le soutien de la police. Le
silence qui a suivi a été plutôt tendu.

J'ai enfin essayé un petit sourire. «Rolly, croyez-
moi, les journalistes sont vos meilleurs amis. Plus
de temps je passe sur cette affaire, plus longtemps
j'aurai à faire avec ces vermines.»

Il a soupiré encore. «Ce qui me rappelle : j'ai eu
des plaintes toute la journée comme quoi vous ne
retourniez pas vos messages sur le Net. Vous ne pourriez pas être un peu polie, au moins envers les gens
de la TN ? Chaque fois que vous en fâchez un, ça
aboutit sur mon terminal.

— Désolée, c'est juste que je ne me suis pas mise
en ligne ces derniers jours», ai-je menti. Encore à me
tortiller, à sourire, à faire de nouveau dans l'amical.
Qu'est-ce qui me donnait le droit de piquer une crise ?
Je me sentais embarrassée d'avoir élevé la voix
contre… dis-le : contre un homme. Seigneur, je déteste
ça, je déteste ce doute. Mais moi aussi j'avais intério-
risé la maudite culture paternaliste des Reds. Dans ma
profession, on doit être endurci, mais je n'ai jamais
développé tous les cals nécessaires. Jamais été capable
d'enterrer un type sous les jurons sans une miette
d'hésitation. Jamais capable d'avoir ce que White
avait si bien maîtrisé, cette suprême confiance en soi.

J'ai dit une rapide prière et j'ai mordu dans ma
croix au fromage. «Vous devriez essayer un de ces
machins. Ça donnerait à vos dents de quoi mordre.»

Il a souri malgré lui puis il a détourné les yeux en secouant la tête. «Je crois que j'aimerais vraiment travailler avec vous, Fletcher, si je ne vous détestais pas autant.

— Vous adoreriez ça», lui ai-je promis. Je me suis mise à rire aussi, en arrosant la table de miettes de pâtisserie. «Après tout, je suis la meilleure.

— C'est vrai», a-t-il répliqué. À ma totale stupéfaction.

Sans savoir comment prendre ce compliment, je me suis plutôt concentrée sur un territoire plus familier et je me suis mise à m'interroger sur l'affaire. Maintenant que j'étais sur la piste, tout me rappelait le cadavre de Mask : cet éclair de chrome sur les comptoirs de la cafétéria ou les marques carbonisées sur le pain de mon sandwich. La mémoire des modeleurs leur rend la vie difficile : tout un réseau d'associations accompagne chaque image. Je ne pouvais me rappeler le cadavre de Mask sans l'odeur ténue de la brûlure, les miroirs et leurs reflets étincelants, l'horreur.

Mais je continuais à réactiver ce souvenir parce que l'image essayait de me dire quelque chose.

Rolly a changé sa masse de place sur sa chaise, tout en jouant avec sa cuillère en mnémo-métal : je la courbe, je la redresse. «J'ai un petit bout d'information pour vous.» Courbe.

J'ai abandonné le cadavre de Mask sur le plancher de sa loge en essayant de me concentrer sur le costume pâle de Rolly, en écoutant ce que lui avait à me dire.

Redresse. «L'affaire Dobin. Il semblerait que le porte-parole du Président était victime d'un chantage pour quelque chose qu'il avait fait avant d'être mar... Eh bien, en tout cas. J'avais un agent qui vérifiait ses dossiers, il a trouvé une entrée au nom de Mask. Il a pensé que ça m'intéresserait, alors il me l'a envoyée ici. »

J'ai hoché la tête. Je me fichais éperdument des péchés de l'ex-porte-parole Dobin, mais j'étais avide des moindres miettes concernant Mask, si minuscules fussent-elles.

Courbe. « Ça s'est trouvé être un rapport sur une enquête lancée après une dénonciation anonyme reçue via le Net.

— Oh-mon-Dieu. »

Il a sorti un carnet. « Conclusion : après enquête sur les allégations mentionnées ci-dessus, nous sommes forcés de conclure que monsieur Mask n'est plus un porte-parole approprié pour cet office ou pour le gouvernement qu'il représente. » Il a remis le carnet dans sa vaste poche.

Nous nous sommes regardés, solennels mais excités, comme deux gamins qui auraient partagé un horrible secret concernant un prof. « Oh-mon-Dieu, ai-je répété. L'idole des spectatrices avait des pieds d'argile. »

Rolly a sombrement opiné du chef. « Son visage à la télé tous les jours. Ma sœur cadette pense que c'est un saint. Littéralement. Qu'il est l'esprit fait chair, l'incarnation vivante du mouvement rédemptionniste.

— Pas étonnant qu'ils veuillent clore l'affaire. Oh, dites donc, ça a dû avoir l'air d'un acte divin pour eux, qu'il tombe raide mort tellement à propos, avant que ça ne sorte. » J'ai levé les yeux vers Rolly. « Oh non, vous ne supposez pas que... »

Il a secoué la tête avec fermeté. « Le Président ne voudra pas d'exposé public sur cette affaire, mais il ne ferait pas assassiner quelqu'un. Personne dans ce gouvernement ne le ferait. Vous pouvez ne pas aimer ce que nous représentons, Fletcher, mais vous savez qu'un Red ne s'abaisserait jamais à un tel acte.

— Rolly, je viens juste d'arrêter un Red pour avoir lapidé une femme à mort.

— C'est un crime, mais c'était public, a protesté Rolly. Assassiner quelqu'un en secret, et le faire passer pour un accident…» Il a secoué la tête.

Et il avait probablement raison. J'ai fini par acquiescer. «D'accord. Mais je vais vous dire autre chose, Rolly. Le gouvernement ne va pas aimer ça. On est en ligne pour un scandale majeur…

— À moins de ne *pas* lancer l'enquête.»

Son regard a soutenu le mien un long moment. Seigneur, quel dilemme pour lui, divisé entre son amour de la vérité et sa loyauté envers le gouvernement auquel il croyait. Mais c'était un bon Red après tout, ce qui voulait dire que le plus important dans sa vie, c'était sa relation à Dieu, et une conscience claire son plus grand trésor. Il a été soulagé, je crois, quand j'ai secoué la tête en disant : «Désolée. On va aller jusqu'au bout.»

Cet unique regard – c'est le seul moment où il a essayé de m'influencer. Le moment a passé, il a opiné de nouveau en carrant les épaules, et il est revenu au sujet. Comme la plupart des Reds, dans son for intérieur, il se sentait mieux, je pense, quand il savait devoir souffrir un peu pour ses convictions. «Il n'y a pas que ce mémo. Juste pour voir, j'ai passé ma pause-café à me procurer le numéro de compte internet du dénonciateur.»

La façon dont les flics se procurent de l'information théoriquement secrète ne manque jamais de me déconcerter. «Et le résultat ?

— Le visage qui a lancé mille navires, le croiriez-vous ?

— Célia ?»

Rolly a eu un sourire malicieux, satisfait de ma réaction. Eh bien, eh bien : on repassera pour l'Inno-

cence Trahie. Elle avait cafté Jonathan Mask. Un
grand homme, avait dit Delaney, et nous sommes là
assis à jouer ses vêtements aux dés. Avec Célia pour
lui donner le coup de lance dans le flanc. Et ce com-
mentaire comme quoi elle devrait peut-être se prendre
un avocat avant de dire quoi que ce soit d'autre…
«J'aimerais beaucoup avoir dès que possible une copie
des déclarations, évidemment. Quand est-ce qu'on
ouvrira le testament ?»

Rolly a poussé un petit grognement. «Demain. Il
n'était pas pauvre, si on cherche des motifs.» La
cuillère a frappé l'intérieur de sa tasse, s'est repliée
puis redressée. Du métal froissé, désignant la chute,
tordu par la peur. La croix blasphématoire.

Une forme bizarre, la croix. Des perpendiculaires.
Le conflit d'idées irréconciliables. Le Christ comme
homme et le Christ comme Dieu. La croix, forme du
paradoxe. Mais… quand avais-je donc déjà vu un
corps crucifié ? Jésus, mais bien sûr !

«Christ», ai-je murmuré en me redressant brusquement sur ma chaise.

J'ai bousculé la table, et une petite vague de thé
a jailli de la tasse de Rolly pour lui tomber sur les
cuisses. Il a poussé un juron en attrapant une poignée
de serviettes en papier. «Vous ne pouvez pas vous
contrôler pendant plus de dix minutes de suite ? Bon
sang, qu'est-ce qui ne va pas chez vous ?

— Taisez-vous et écoutez-moi. Vous vous rappelez
de quoi Mask avait l'air quand nous avons vu le cadavre ?

— On a déjà parlé de ça.

— Non, pas de son expression», ai-je insisté, portée
par la vague de la révélation. Une autre partie, un
autre fragment : je pouvais sentir le *flash* du motif
qui dansait dans mon sang alors que je me penchais

au-dessus de la table. Rolly a fait une pause, en comprenant que j'avais quelque chose de nouveau. «Pas son expression, tout son corps.»

L'acteur est assis dans sa loge. La porte s'ouvre, l'assassin entre. L'acteur pâlit sous le masque écarlate quand il comprend la signification de l'objet tenu par le meurtrier. Frénétiquement, il essaie de se débarrasser de son costume. Bien avant qu'il ne puisse s'en libérer, la mort le frappe au cœur, sculptant à jamais une vision de l'Enfer sur son visage.

Les yeux de Rolly étaient réduits à des fentes. «Oui ?

— Je l'ai, je l'ai !» Je me suis laissée aller dans ma pause relax habituelle, avec un sourire maniaque. «Si vous n'aviez rien su de son costume, qu'est-ce que vous auriez dit en voyant le cadavre ?»

Pour un gros homme en costume couleur crème, il n'était pas si lent sur la détente. Ses yeux se sont écarquillés. «La croix du *taser* ! a-t-il murmuré.

— Oui. La croix du *taser*.»

Il a pris son téléphone dans sa poche de veste pour y taper une combinaison de quatre chiffres. «Dory ? Capitaine French. J'ai besoin d'information, en quatrième vitesse. Envoyez-moi deux hommes au site de l'affaire Mask pour chercher un *taser*. Pourrait être dissimulé quelque part. Trouvez quels suspects pourraient en posséder un. Saisissez tout.

— C'est ça qui l'a tué, ai-je poursuivi. Bien sûr qu'il ne s'est pas fourré un doigt dans une prise électrique. On l'a tiré avec un *taser*, et ça a surchargé le condensateur.» J'ai fini ma croix au fromage en sentant la chasse se lover en moi. Oh, c'était bon de sentir de nouveau ma force. J'étais sur la piste à présent, et les minuscules fragments d'information, chacun dépourvu de sens en soi, allaient finir par former un tout, c'était inévitable.

«Là, on va quelque part, a marmonné Rolly. J'aimerais vraiment que vous vous trompiez là-dessus, Fletcher, mais je commence à croire que vous avez raison. Si on trouve des marques de perforation, on pourra être certains que Mask a été assassiné. Mais on ne saura toujours pas par qui, évidemment.»

J'ai fait un grand geste. «Ayez la foi, Capitaine! Tout comme Dieu a créé l'homme à son image, nos actes importants gardent notre empreinte. Quand j'aurai complètement recréé le meurtre, j'aurai trouvé le meurtrier.» Rolly m'a offert un de ses meilleurs froncements de sourcils sceptiques. «Le truc, c'est de marcher dans les pas de l'assassin. Et on sait alors pourquoi il suit sa voie tordue.» Rolly a levé les yeux au ciel et j'ai éclaté de rire : «Vraiment, c'est élémentaire, mon cher Capitaine.»

Dans un accès de bonne humeur, je lui ai payé un dessert.

◆

Vers huit heures, nous avions les résultats préliminaires de la fouille, et j'ai quitté le Central avec la liste dans ma poche. Delaney, Allen, Vachon, Wagner, Len et Sarah Riesling, un autre membre de l'équipe de plateau, avaient tous possédé des *tasers* civils à un moment ou à un autre. Mask aussi, d'ailleurs. Toutes ces armes avaient été rassemblées et envoyées au labo médico-légal.

Je contemplais la cité d'un œil bilieux à travers la vitre de ma voiture. Qu'est-ce que cela disait de la vie moderne, quand la moitié des suspects possibles possédaient un *taser*? Le mien reposait dans ma poche comme un jouet non désiré. L'arme parfaite pour notre époque : efficace, personnelle et propre. Nous

aimons notre air non pollué et nos assauts non sanglants, merci bien. L'arme divine : l'éclair au bout
des doigts.

Je maudissais ma stupidité pour n'avoir pas compris plus tôt qu'on avait tiré sur Mask. Si nous avions
traité sa mort comme un meurtre dès le départ, nous
serions déjà presque arrivés au but. Mais à présent,
l'assassin avait eu le temps de jeter l'arme du crime.
S'il était astucieux et prudent, il se serait procuré un
autre *taser*, de deuxième main, de façon à en avoir
un à présenter si on le lui demandait.

Un rapide appel au labo avait confirmé mon hypothèse : même une décharge de *taser* civil aurait été
bien suffisante pour faire sauter le condensateur. On
examinait de nouveau le costume pour trouver les
marques de perforation qui indiqueraient l'endroit où
les pointes du *taser* l'avaient touché. Elles pouvaient
avoir été oblitérées par le choc massif, mais je pariais
que le meurtrier avait tiré de face sur Mask. Les
dommages les plus importants se trouvaient dans le
dos et sur les côtés du costume, autour de la batterie
et des câbles principaux ; avec un peu de chance, les
marques des pointes seraient encore visibles.

Bon, qu'est-ce que j'avais, à ce stade ? Je savais
que Mask avait été assassiné, et j'étais assez sûre de
savoir quand et comment. La question suivante, c'était :
pourquoi ?

Je n'envisageais pas avec allégresse de passer une
autre nuit seule dans mon appartement. J'étais debout
depuis trop longtemps. J'étais fatiguée de l'affaire.
De fait, j'étais fatiguée tout court. Comme du vin bon
marché, la chasse avait suri, le goût tranchant s'en était
émoussé. J'ai examiné mes options sans enthou-
siasme. Queen E était une bien pauvre interlocutrice.
Le mardi, c'était la soirée des finances à la TN. Et je
n'étais pas d'humeur à lire.

Tu veux simplement te plaindre, hein ? Euh, oui.
C'est vrai.

Merde.

Je voulais éprouver quelque chose, mais je ne
pouvais pas. La fatigue, j'étais brûlée – peu importe.
Derrière la vitre tachée de pluie, l'univers m'aban-
donnait, se recouvrant de nouveau d'une pellicule
opaque. Comme si on avait enduit tous mes sens d'une
couche de vernis mat.

Je me suis demandé si c'était ça, vieillir. Avec
l'âge, la cornée se dessèche, durcit, jaunit. Sans s'en
rendre compte, on perd jusqu'à 60 % de sa perception
lumineuse. Le toucher aussi se perd ; je me rappelle
une vieille femme, à la cafétéria, qui maniait sa cuillère
avec maladresse, parce qu'elle ne pouvait plus en
sentir les bords.

Perdre le relief du monde.

Quand la grisaille vous tombe dessus, on est trop
fatigué pour s'en sortir, trop engourdi. Il faut se battre
en anticipant. Ne pas la laisser vous capturer.

Je passais aux limites du *barrio*. À environ cinq
pâtés d'immeubles se trouvait l'église presbytérienne
de Jim. Ç'aurait été agréable, mais ce n'étaient pas
des fidèles du mardi soir. Soudain, j'ai envié la ministre, Mary Ward. Comme ce devait être plaisant de
travailler avec des gens pour qui la vie était importante,
et non avec ceux qui se vouaient à sa destruction ! À
chacun sa propre vocation, mais Mary Ward œuvrait
pour le Dieu d'Amour, et moi pour le Dieu de Colère.

Il ne devait pas forcément en être ainsi. Je pouvais
changer. J'aurais dû. Oui. Et bientôt.

Et là, sous les néons d'une pub de Coca-Cola, il y
avait l'Église de la Foi Rédemptionniste. Avec un
diacre de moins, par ma faute. Et vous savez quoi ?
Ça m'était égal. Je n'arrivais pas à m'en faire pour

Rutger White, ou Jonathan Mask, pas davantage pour Angela Johnson. J'ai essayé de revoir son corps, à elle, ses cheveux dorés parsemés de caillots de sang, j'ai essayé de retrouver le goût de sa terreur, de sa souffrance, essayé d'imaginer comment ça avait dû être pour Mask pendant ces ultimes secondes où il avait su sa mort prochaine. Pensé à mon propre père, assis dans son bureau et se croyant seul, la tête penchée sur des papiers, ses yeux aveugles emplis de larmes, murmurant le nom de ma mère.

N'importe quoi. N'importe quoi pour ressentir quelque chose.

Un souffle du chagrin de mon père s'est soulevé, comme une brise qui soupire. Je l'ai saisi et m'y suis agrippée, avide de son effleurement frais en moi, là où je me sentais aussi vide et pétrifiée qu'un désert.

C'était la première fois que l'engourdissement me saisissait pendant une chasse. Auparavant, la chasse avait toujours suffi à maintenir mes sens ouverts, en éveil. Mais la grisaille me rattrapait, elle gagnait du terrain. Chaque fois, ensuite, on doit se rapprocher davantage de la limite… on doit couper un peu plus profond pour se rappeler ce que c'est qu'éprouver une sensation.

Que serait-il arrivé, là-bas, sur cette tour de Jérusalem, si le Christ avait accepté le pari offert par le Diable et s'était jeté par-dessus le parapet ? Aurait-il flotté, Fils de Dieu ? Ou serait-il tombé, Fils de l'Homme, au travers de l'air vide, Icare aux ailes liquéfiées par le doute, et aurait-il heurté son pied de mortel contre une pierre ?

Une impulsion m'a fait traverser brusquement deux voies pour me glisser dans une allée tandis que derrière moi quelqu'un jurait et freinait en écrasant son klaxon. «Désolée, mon frère», ai-je dit, absolument sans remords.

Cinq minutes après, j'étais stationnée derrière une voiture sans pneus arrière, près d'une station électrique vandalisée.

Je dégoulinais quand je suis arrivée au Cours Jéricho pour frapper à la porte du numéro 8. Un œil déformé a obturé le petit trou-espion puis s'est écarté tandis que la porte s'ouvrait. «Salut», a dit Jim d'un ton incertain.

«Salut.» J'avais un nœud dans l'estomac. «Bon, alors…»

Sur le seuil de son appartement, Jim continuait à me regarder fixement comme s'il avait espéré que je sois un effet secondaire. «Y a-t-il… un problème?» Ses doigts se resserraient nerveusement sur la poignée de la porte.

«Non, aucun problème.» Une goutte d'eau a gracieusement roulé de mon front jusqu'au bout de mon nez, est tombée.

Galvanisé, Jim m'a prise par le bras. «Entrez, je vous en prie. Seigneur Dieu, je ne voulais pas vous laisser là dans la pluie. C'était simplement inattendu, vous comprenez.

— Oui. Merci.» Je suis entrée, dégoulinant sur son tapis tandis qu'il tendait un bras pour fermer la porte sur le bruyant bavardage de la pluie.

«Entrez, entrez. Ce n'est pas grand-chose, mais au moins, c'est sec.»

J'avais oublié comme c'était chaud chez lui, chaud et enveloppant, comme le terrier d'un petit animal. Un lapin ou une taupe, peut-être. «Merci. Je me sentais d'humeur à avoir de la compagnie et j'étais dans le quartier, alors…» En entrant dans le salon, j'ai vu pourquoi Jim était nerveux.

Deux autres hommes, tous les deux au début de la trentaine, étaient assis sur le plancher au milieu de la pièce. Tous deux tenaient des cartes auxquelles ils ne pensaient plus. Et tous deux me regardaient fixement. «Tu ne vas pas nous présenter la dame ?» a dit celui de gauche à Jim avec une admiration non déguisée. L'odeur du Templar se prélassait dans l'air ; un petit cône d'encens, près de l'étagère, diffusait des boucles languides d'intense parfum. J'ai ressenti un petit pincement de culpabilité – des années de travail avec la Loi. J'ai jeté un regard à Jim et à ses amis, et j'ai réprimé mon accès de moralité.

Avec des mouvements rendus fluides et quelque peu disjoints par le Templar, Jim s'est dépêché de quitter la porte pour se tenir à mi-chemin entre ses amis et moi, en avalant sa salive. «Euh, bien sûr. Hum, Diane, voici Rod et Bob. Les gars, c'est Diane.» Nous avons tous souri à la ronde, le sourire de Jim dans le mode un peu pâlichon. «Euh, Diane. Hmmm. Les gars et moi, on jouait seulement quelques parties de Cœurs.» Il me regardait, l'air désemparé. Bob, une victime de calvitie précoce au visage rond, est intervenu suavement pour couvrir son ami. «Voulez-vous vous joindre à nous ?

— Je ne connais pas les règles.»

Rod m'a souri comme un vendeur d'assurances-vie qui rencontrerait Mathusalem : «Z'auriez pas envie de jouer pour de l'argent ?»

Bob a esquissé un petit geste qui écartait les complications mineures, exposant momentanément ses cartes (j'ai vu Rod y jeter un rapide coup d'œil). «Les règles sont simples, le jeu est relax, les mises…» (et là il a émis un grognement dédaigneux) «… non existantes.

— Bon, alors. Ça me dirait bien.»

Chacun à sa façon, ces trois hommes étaient tellement inoffensifs… Entre leur nonchalante bonne volonté, la chaleur de l'appartement et la fumée qui se lovait dans l'air en longues traînées tranquilles, il était difficile de ne pas se sentir détendu.

Je me suis assise en tailleur sur la moquette. À la suggestion de Rod, ils ont jeté leurs cartes et nous avons joué une partie d'essai pour quatre joueurs. Bob a décrit les règles avec une prudente précision. «L'idée de base, c'est de gagner autant de mains qu'on peut avec des cœurs et d'éviter la Salope Noire, la Reine de Pique…» Il a attendu jusqu'à ce qu'il pense que je ne le regardais pas et il a adressé un clin d'œil à Jim, avec une mimique salace. Lequel Jim s'est levé d'un bond pour se rendre dans la cuisine.

«Je peux vous servir quelque chose à manger ou à boire... Diane?» Il approchait mon nom comme s'il s'attendait à le voir exploser.

«Rien à boire, j'ai dit, c'est bien trop mouillé dehors.

— On a un peu de céleri, a-t-il ajouté d'un air dubitatif. Et de la sauce à salade.

— Ça a l'air très bien.»

Rod a distribué les cartes.

«Apporte le céleri! Que diantre, vas-y à fond la caisse, sors les carottes!» a ajouté Bob avec majesté en rangeant ses cartes. Il a cligné de l'œil à mon intention. «On ira acheter des cochonneries à manger si Diane se met à gagner.»

Rod fouillait dans les poches de sa chemise en flanelle et il en a sorti une petite boîte de pastilles pour la toux. «Alors, Diane, vous faites quoi, comme boulot?» a-t-il demandé en se penchant vers moi et en ouvrant le couvercle pour révéler huit cigarettes roulées à la main et qui ne devaient rien au tabac. Il y a eu une exclamation inarticulée en provenance de la cuisine.

Prête pour la partie qui s'annonçait, j'ai pris ma meilleure expression impassible de joueuse de poker. « Je suis chasseuse », ai-je dit.

« Quoi, du gros gibier et tout ça ? » a fait Rod avec un sourire incrédule, en lissant sa moustache tombante.

« On pourrait le voir comme ça. Je travaille avec la police. »

Bob a inhalé par les narines d'un air méditatif. Sa calvitie précoce faisait de son front une vaste plaine blanche, idéale pour mettre en relief des sourcils qui s'arrondissaient. Un autre moment de silence, suivi par le petit bruit métallique du couvercle de la boîte à pastilles qui retombait. « Ah oui ? » a laissé échapper Rod. Un sourire horrifié tremblait sur ses lèvres.

J'ai hoché la tête avec un sourire aimable en retour. « Ouais », ai-je dit, plus heureuse que je ne l'avais été depuis des semaines. « Qui commence ?

— Je crois que c'est vous », a dit Jim avec un soudain éclat de rire en revenant dans le salon ; il tenait en équilibre une assiette de bâtonnets de céleri et de sauce-trempette. Rod avait distribué mes cartes et les siennes proches les unes des autres. Jim s'est donc accroupi près de moi pour prendre les siennes.

« Eh bien, ai-je dit, messieurs, soyez prêts à vous faire démolir : le requin est de retour.

— Ma jeune demoiselle… » Jim me contemplait avec des yeux de chouette ; nos phrases dérivaient de dangereuse façon dans l'atmosphère et il devait s'assurer que ses paroles se rendaient quelque part dans ma direction. « Avez-vous le sentiment que votre comportement convient à votre département ?

— Quoi, se coucher ? » Rod s'écroula en un petit tas gloussant.

Dans l'intervalle, Bob avait abandonné son effort de concentration et balayait l'air de ses doigts en s'adressant au plafond. « N'est-ce pas assez que je dépense mes bons dollars en impôts pour permettre à cette jeune demoiselle d'arrêter de dangereux drogués ? Est-il raisonnable qu'elle inhale aussi le butin ? »

Je lui ai souri de toute ma longueur. Je m'étais étendue, la tête sur les genoux de Jim. D'un souffle, j'ai écarté de mes yeux une vagabonde boucle brune. « Confisqué », j'ai dit. Il a fallu un certain temps pour que le mot filtre de mon cerveau à mes lèvres.

Rod a continué à glousser, la figure collée sur la moquette.

« Est-ce équitable ? a déclamé Bob. Est-ce le Bon Droit ? Est-ce la Justice ? »

J'ai brandi un poing d'un geste dramatique : « La Justice m'appartient, a dit le Seigneur.

— C'est le Dieu de Colère, a renchéri Bob. Et Il vous punira certainement pour avoir partagé d'iniques substances chimiques. »

Rod s'était progressivement étalé, satisfait d'être couché la joue sur la moquette. Il avait gagné les premières parties, mais ensuite, le Templar faisant son effet, il avait essayé de mettre le paquet à chaque ronde. Nous l'avions lessivé jusqu'à ce que ça nous soit égal aussi. Au diable le jeu. C'était bien assez de simplement être assis là, à flotter sur des nuages de camaraderie.

Jim a secoué la tête avec conviction, mais il lui a fallu plusieurs secondes pour formuler ses paroles. « Dieu est un type bien. Je veux dire, Sa barbe est *partout* et Il parle trop fort, mais fondamentalement Dieu est amour. C'est ce qui nous sépare, nous autres vertueux chrétiens, des païens, même les plus nobles, les Grecs. La doctrine de la Rédemption. » Il leva un doigt hésitant. « Purifiés dans le sang de l'Agneau, vous savez. Il y a toujours une rédemption, une autre chance, une façon de s'en sortir. Madame Ward le dit, ça doit être vrai ! » Il a eu un hoquet. « Dieu aime les chansons, les rires et le sexe.

— Jim !

— Diane, s'est-il écrié. Seigneur, j'aime comme vos yeux deviennent tout plissés quand vous êtes choquée, et comment vos lèvres se serrent l'une contre l'autre. Vous êtes sûre que vous n'êtes vraiment pas un agent clandestin des Jeunesses Reds ? La Mère supérieure Diane », a-t-il gloussé, complètement gelé. La ligne de sa moustache roulait le long de son menton, le long de son flanc, et descendait, descendait, descendait jusqu'au bout de mes longues, longues jambes, et sautait du bout de mes doigts de pieds pour se connecter aux mains levées de Bob. Nous étions tous liés. Les parties d'un tout. Un univers en mnémo-métal : on pouvait en changer la forme en le pliant, mais il revenait toujours à sa forme initiale.

« Même les prêcheurs en prennent quand ils le peuvent, si c'est du bon, eh ! » a gloussé Rod. Bob lui a donné un coup de pied et les yeux de Rod se sont ouverts, alarmés. « Euh, merde, pas fait exprès, Jim », a-t-il dit, une faible excuse.

Pour une raison quelconque, les paroles de Rod avaient mis en perce une souffrance intime chez Jim Haliday. Ses doigts ont suivi la ligne de ma frange pendant un instant puis se sont immobilisés. C'était comme si nous étions tous sous l'eau et que quelqu'un ait jeté une pierre. La scène a ondulé et un caillot de boue s'est diffusé au ralenti, obscurcissant tout.

« Bon, eh bien, a dit Bob avec maladresse, je ne sais pas pour vous autres, mais moi, je me mettrais bien quelque chose sous la dent. Faire une petite balade dans le grand dehors, ça vous dirait ?

— D'accord, ai-je dit. Il y a un épicier-dépanneur quelque part dans ce coin sauvage ? » Je me suis levée sans attendre la réponse et me suis rendue d'un pas précautionneux jusqu'à la salle de bains.

La lumière blanche, coupante, m'a fait mal aux yeux. J'ai ouvert l'eau froide, je voulais m'en asperger la figure pour me réveiller. Trop de blanc partout. Sur le réservoir de la toilette, une tache apaisante d'une couleur plus sombre – le dos d'un livre ouvert. *L'Humanisme et le Redemptus Mundi*. Jim était un autre étudiant frustré. Trop pauvre pour se payer l'université, puisque les États avaient laissé tomber le business de l'éducation. Pourquoi la vie lui semblait-elle si diablement drôle, alors ? Rien entendre de mal, rien voir de mal : toutes ses blagues, c'était simplement siffler dans le noir pour se rassurer. Un de ces jours, peut-être, il se rendrait compte qu'une blague peut vous prendre au piège, comme mon père. Ils avaient au moins ça en commun : ils cherchaient tous les deux refuge dans l'irrévérence.

Je n'avais pas pris directement du Templar – un dépresseur, c'était bien la dernière chose dont j'avais besoin – mais j'éprouvais un double *flash* de contact, autant de ce que j'avais perçu de mes copains gelés que de la fumée directement inhalée.

La figure dans le miroir me regardait, impavide. Des traits plus tirés que dans mon souvenir. La queue de cheval familière se balançait près de mon cou. *Presque un visage de femme*, ai-je pensé, surprise. Vaguement honteuse. Les yeux de ma mère, gris-bleu-vert, une couleur indécise. Recouverts d'une pellicule.

Je ne voulais plus regarder des meurtres. Il y avait là un danger secret. Quelque chose qu'il valait mieux garder secret.

J'ai secoué la tête et me suis aspergé la figure. L'eau froide m'a rendue à mes sens.

Quelqu'un avait tué Jonathan Mask. Si ce meurtrier n'était pas découvert, il tuerait peut-être encore.
Ou d'autres se mettraient peut-être dans la tête qu'ils
pouvaient tuer en toute impunité. Un équilibre devait
être maintenu, même si cela signifiait mort pour
mort. Une balance, c'était le symbole de la Justice.
Même si les plateaux de la balance l'aveuglaient.

Dans le miroir, comme un masque adroitement
conçu, la figure s'est plissée en un sourire sans joie.
Après tout, oui, la Justice est aveugle.

◆

«Merde, elles sont moisies?» a gémi Rod. D'un
air dégoûté, il a jeté le sac de Tamex dans les ordures
qui flanquaient le magasin du dépanneur.

«Le Bon Dieu donne», ai-je dit, sans cœur, entre
deux bouchées, «et le Bon Dieu reprend.» J'étais
affamée, et il était trop drôle pour être pris au sérieux.
Punaise que j'étais, j'allais garder ma viande séchée
pour moi toute seule.

«Peu importe, mon fils», a déclaré Bob, philosophe, en faisant une pause pour engouffrer une poignée de gaufrettes de Joli Riz. «Ce genre de nourriture
est mauvais pour le système. Ça te pourrit la digestion,
ça te bouche les orifices vitaux et ça empêche…» –
cric, croc – «… la circulation de l'air dans le cerveau.
J'aimerais donc bien être en bonne santé comme ça!

— Merci bien, espèce de gros Fils de Sodome!»
Rod a fouillé dans ses poches d'une main angoissée,
à la recherche d'un éventuel bonbon oublié.

«Hé, attends une minute!» Jim a ralenti alors que
nous passions sous le seul lampadaire fonctionnel du
coin et il s'est mis à fouiller à son tour dans le sac en
papier qui contenait ses jujubes.

Un chœur de rires perçants rebondissait au coin de la rue, devant nous, et quelques voitures bourdonnaient le long de la grande artère où les commerces de l'endroit se blottissaient sous la protection d'un puissant éclairage. Les maisons étaient toutes des bungalows affaissés à un étage qui puaient la vieille peinture, l'huile à moteur et les mauvaises herbes. Des haies hirsutes se perdaient entre des étendues d'herbe haute comme le genou, et des taches de moisissure s'accrochaient aux bardeaux à moitié effrités. Loin à notre droite, un no man's land obscur : le parc industriel désert. Pas de lumières, seulement de vieux entrepôts indistincts, qui faisaient le gros dos sur le ciel. Au moins la pluie avait-elle cessé.

«Donne-moi-z'en des verts, a dit Rod, anxieux.

— Pousse pas, a dit Jim avec fermeté. Il se trouve que j'aime justement les verts. Bon, alors, mais comme je suis un type sympa, je te laisserai en avoir deux vert lime.

— Oh, dis donc, Dieu te bénisse», a marmonné Rod tandis que nous nous remettions en marche. Le Templar est comme ça : on est soudain saisi d'une fringale galopante. Le goût salé de la viande séchée était délicieux. J'en ai pris une autre bouchée et j'ai continué à mastiquer. J'aimais la sensation de mes dents qui déchiquetaient la viande. On y pense si rarement, à cette sensation de manger. C'est une bonne sensation. Je me suis dit que j'allais garder un bout de viande pour le faire essayer à Queen E.

Le long du pâté d'immeubles suivant, tous les lampadaires étaient en panne ou avaient été démolis. J'ai soudain éprouvé le sentiment désagréable, et croissant, de m'enfoncer dans une mare. «Hé, Diane... question de se taper de la viande...» a déclaré Rod, sur le point de dire une connerie. Il y a des gens qui

tiennent bien leur drogue et d'autres pas. Avec indifférence, j'ai regardé Bob lui donner un rapide coup
de pied dans le mollet. «Eh dis donc, c'est pour quoi,
ça?» a-t-il protesté. L'intensité du son de sa voix ne
semblait pas naturelle. Qu'est-ce qui manquait? Le
bruit de la circulation s'était effacé…

C'était quoi, ce rire, tout à l'heure? Je me le suis
rejoué dans ma tête. Presque hystérique. Un rire stupide de drogué. On aurait dû l'entendre encore. Une
crise de fou rire hystérique, ce n'est pas le genre de
truc qui s'évanouit dans le silence.

Quand le ricanement s'est élevé dans l'obscurité,
j'ai été presque soulagée. La tension m'avait mise en
condition, et je mourais d'envie d'agir. J'étais calme
– comme un ressort est calme : immobile, en attente
de l'explosion.

«Dieu vous bénisse, amis et voisins.» Ils étaient
trois, un devant, celui qui avait parlé, et les deux
autres derrière, qui ricanaient. Le meneur était maigre
et chauve, peut-être dix-neuf ans. Yeux écarquillés,
souffle rapide et bref. Le Gel lui faisait trembler les
mains, ce qui rendait plus que probable l'éventualité
de voir son antique .38 donner lieu à un événement
aussi désagréable qu'inattendu. «Une aumône pour
les pauvres?

— Bon. Soyons tous bien calmes, a murmuré Jim.
On ne veut pas d'ennuis.

— Oh ben *merde* alors. Vous avez juste pas de
chance, hein?» a dit le meneur avec un autre petit
gloussement idiot. Dans sa main, le revolver se pro-
menait de gauche à droite comme un bâton de sourcier,
en essayant de s'aligner sur la poitrine de Jim. «Pourquoi vous ne feriez pas une petite contribution à la
Fondation du Salut du Fils Ressuscité, administrée
par mes fidèles diacres, là?»

Un déclic malfaisant, et un éclat opaque de lumière lunaire dans la main droite du séide numéro 1, un grand Noir aux longues jambes. «Vous avez entendu la Parole, non?» Il s'est avancé d'un pas pour me brandir soudainement son couteau devant la figure.

L'excitation me courait dans les veines, dure et vibrante. J'ai dû m'empêcher de sourire. J'ai plutôt laissé échapper un petit gémissement et j'ai reculé – je voulais qu'il se rapproche. J'ai pu sentir la surprise de Jim. J'espérais qu'il ne révélerait rien.

Le numéro 2 restait en arrière, mais le numéro 1 avait reniflé la peur. «Hé, Jiminy, je crois qu'on a un hamburger, là.

— Un hamburger, Rick?» Le revolver a dérivé vers moi en vacillant.

«Exactement», a dit Rick en se rapprochant un peu, avec le couteau qui tressautait entre ses doigts. «Un morceau de viande entre deux pains de fesses.

— Fous-lui la paix, connard!» s'est écrié Jim.

Le revolver est aussitôt revenu sur lui, un mouvement spasmodique, et le déclic de l'autre cran d'arrêt a retenti du côté du séide numéro 2. Le sourire du meneur s'est effacé. «Ferme ta gueule et file-moi ton fric, si tu ne veux pas te faire exploser la bite!»

Le séide numéro 2 avait une voix tremblotante et enrouée; gelé jusqu'au bout des ongles. «Tu veux voir mon couteau, m'sieur?» Il a éclaté d'un rire rauque.

Je pouvais sentir la colère de Jim comme si c'était la mienne. Ses muscles étaient raidis par la fureur, mais sa résolution s'est perdue dans le bâillement noir du canon du .38. «Pour l'amour du Christ, Jim, faites simplement ce qu'ils disent», l'ai-je imploré, en espérant qu'il n'essaie pas d'agir de son propre chef. Mon cœur battait à un rythme régulier, j'avais les nerfs aussi froids et lisses que de l'acier. C'était bon d'être de retour, d'être vivante.

« C'est ça l'idée, a dit Rick. Écoute ta suçeuse et file-nous ce que tu as. »

Ma main s'est glissée autour de la crosse confortable du taser dans ma poche. J'ai murmuré : « D'accord. »

Un éclair soudain a propulsé le meneur dans les airs comme une poupée mal fichue. Les mains de Jiminy se sont convulsées sous la décharge, et j'ai senti un éclat de béton me couper la figure quand le .38 a fait un trou dans le trottoir. Avant que Jiminy ne soit retombé sur l'asphalte, la rotule de Rick éclatait comme une carapace de crabe sous ma botte. Il a hurlé. À travers le brouillard de lumière blanche, mon bouclier, j'ai pu ressentir son agonie de souffrance. J'ai saisi son couteau et je me suis retournée vers le numéro 2. Mon cœur martelait des notes rapides et puissantes, mes nerfs crépitaient d'énergie. J'ai regardé Joey avec un sourire.

Il a reculé, à petits pas saccadés, et je me suis mise en marche vers lui. Trop tard pour recharger le *taser*, je devrais lui régler son compte sans. Il y avait quelque chose d'un pas de danse dans la façon dont nous bougions, chasseur, chassé, rôles soudain inversés. Il a marmonné : « Mmmmmerde ! »

La danse a soudain été interrompue. « Laisse faire, a dit Jim en me posant une main sur l'épaule. « Ce type ne nous embêtera plus. Ça n'en vaut pas la peine ! » Il m'a serré l'épaule, une pression qui se voulait rassurante. Saisissant sa chance, Joey a fait volte-face pour partir en courant dans les ténèbres. « Sois relax, OK ? »

D'une secousse, je me suis débarrassée de sa main. « Christ ! ai-je hurlé sauvagement, tu viens de me coûter une arrestation ! Appelle les flics et retourne

chez toi, mais barre-toi de mon chemin, je travaille ! »
Et je me suis mise à courir.

◆

Joey a de l'avance au démarrage. Il est au fin fond
du Gel et je suis presque sobre, mais c'est son territoire. Quand je ne peux pas l'apercevoir, dans la
lumière pâle de la lune, je peux entendre ses pas
devant moi, irréguliers, terrifiés. Il s'échappe en direction des entrepôts.

C'est bon d'être dehors à courir sous la lune avec
un couteau à la main. Quand suis-je vraiment vivante,
autrement ? Je me demande brièvement ce que Jim et
les autres sont en train de faire. Ils peuvent sûrement
appeler une patrouille et faire ramasser Jiminy et
Rick. Mon boulot, maintenant, c'est Joey.

Ses pas changent de direction et de sonorité, ce
n'est plus un claquement résonnant. Il a filé dans une
allée de gravier, droit vers le parc industriel à l'autre
bout. Je peux le voir devant moi, une ombre en chemise grise qui titube dans la pénombre. Son souffle
est rauque et tremblant, le mien encore régulier. De la
sueur, peut-être du sang tombant de ma joue blessée,
coule le long de ma mâchoire. Je vais plus vite, j'essaie
de réduire la distance qui nous sépare. L'allée dé-
bouche dans un champ, et Joey court dans un labyrinthe de poutrelles d'acier et de vieux morceaux de
tracteur, comme un lapin. Je dois ralentir. Je ne suis
pas comme lui, je ne connais pas l'emplacement de
toutes les planches hérissées de clous. À un moment
donné, je tombe presque, je rebondis au dernier
moment par-dessus une poutrelle rouillée à hauteur
de cuisse, que recouvrait un amoncellement d'herbes
folles. La pluie de l'après-midi a rendu le terrain
glissant.

De nouveau le bruit des pas, devant. Il a atteint l'îlot d'asphalte qui encercle le dernier entrepôt. Le temps pour moi d'en faire autant, il se glisse entre les portes d'acier. Entrebâillées de peut-être cinquante centimètres, retenues par une chaîne massive. Je pourrais passer quand même, mais ce serait risqué. Tant mieux.

Je m'arrête à côté de l'ouverture. Je parie qu'il a seulement le couteau qu'il nous a montré cinq minutes plus tôt. S'il attend de l'autre côté de la porte, il me saigne au moment où je me glisse entre les portes. En me forçant à respirer lentement, je me concentre pour écouter. Ce type est gelé, c'est un drogué, il n'est pas en trop bonne santé : impossible pour lui de retenir son souffle aussi longtemps. S'il est proche, je l'entendrais chercher sa respiration.

Rien, et pas non plus d'image. Il est plus loin à l'intérieur, il attend. Je me glisse rapidement de côté entre les deux portes, en passant à croupetons sous la chaîne, couteau en avant au cas où je me serais trompée. Un contact sur mon épaule, le réflexe m'écarte d'un bond, une giclée d'adrénaline, mais c'est seulement le bas du cadenas, rien de plus.

Je reste accroupie une minute dans l'obscurité juste de l'autre côté de la porte, en pensant comme ce serait parfait de mourir en ce moment exact, avec la course acide de la chasse dans le sang.

Le danger déclenche un déluge d'émotions, pas seulement la peur. Colère. Exultation. Oui : une euphorie impitoyable chante en moi, me faisant rire tout haut. Le son déchire un cercle de néant autour de ma proie.

L'obscurité est presque complète. Je ne peux guère que sentir la qualité de la nuit, plus profonde sur les côtés qu'au centre. Un plan standard d'entrepôt, probablement, avec un long couloir central. Le silence aussi a une qualité d'entrepôt, résonnant, métallique.

Il règne dans la place une accablante puanteur chimique de vieux désinfectant.

Quelque part dans la noirceur, aux aguets, il y a le petit Joey, qui aime se servir de son couteau.

«Eh bien, eh bien, Joey. Tu es coincé, hein?» Ma voix éveille des échos, sonore et creuse, rebondit dans l'obscurité. Il est assez malin pour ne pas répondre. Je peux l'entendre respirer, juste à la limite de mes perceptions, mais le son est trop ténu pour être localisable. Il ne répondra pas, il a l'avantage à présent et il le sait. Aussi longtemps que je dois faire le premier pas, il pourra toujours m'attendre dans les ombres, entendre mon approche, attendre de frapper à coup sûr. Je sais que mon temps de réaction ne sera pas assez rapide pour l'arrêter s'il trouve moyen de rester immobile et silencieux. Je pourrais compter sur une blessure assez légère pour contre-attaquer quand même et le descendre, mais ce serait trop en demander. Joey veut vraiment me montrer son couteau.

Non. Il restera là où il est, s'il le peut. Le premier qui doit bouger perd l'avantage. Et il connaît cet endroit. La puanteur est insupportable. Je décide de risquer une lumière. De toute façon, il sait où je me trouve. Je fouille dans ma poche pour chercher une allumette, j'en sors une, je la tiens au bout de mon bras, prête à l'allumer, sans la regarder. Je ne peux pas me permettre d'être éblouie, je dois utiliser au mieux son bref éclat. J'hésite une seconde. Et si Joey est capable de le lancer, son couteau?

Ça vaut la peine. Mais s'il est malin, il ne le fera pas : la lame n'est pas équilibrée pour ça, et s'il rate son coup, il est désarmé. Jusqu'à présent, Joey a été plutôt malin. Il le sera peut-être plus que moi cette fois-ci. Ça m'est déjà arrivé d'être à un cheveu d'y passer. Je me rends compte en cet instant que je me suis toujours attendue à mourir en chassant.

Un bon petit coup de pouce bien net et la flamme s'allume brièvement en vacillant. L'entrepôt est bourré d'énormes tonneaux métalliques avec le mot HALTHOL écrit dessus en grasses lettres noires, au-dessus du symbole « Inflammable ». Le sol en béton est sale, taché par d'anciennes fuites. J'essaie de voir un maximum en laissant l'allumette me brûler les doigts avant de la lâcher.

Aussi bien tenter la bonne vieille approche en douceur. « Écoute, pourquoi on n'essaie pas de se rendre la situation plus facile à tous les deux, Joey ? Viens sans faire de problèmes et je témoignerai en ta faveur. » Silence. Et pour cause. La législation red le condamnerait à dix ans sans libération conditionnelle pour tentative de coups et blessures, plus au moins huit ans pour abus de mineur. Ça ne m'a pas l'air d'un marché bien intéressant à moi non plus, mais ça ne pouvait pas faire de mal d'essayer. « Plus ça prend de temps et plus ce sera dur pour toi, tu sais. »

Rien. Le maudit silence commence à me porter sur les nerfs. Je voudrais que Joey dise quelque chose, qu'il me crie des obscénités, n'importe quoi. N'importe quoi, que je puisse travailler avec.

Très bien, alors. S'il veut jouer au chat et à la souris, je peux le faire.

« Une situation plutôt inquiétante, hein, Joey, mon gars ? Ton cœur bat le tambour, tu as la bouche sèche, tu n'arrives pas à penser. » Pas grand risque, là : les effets du Gel. « Tu as la frousse à te chier dessus, hein ? C'est drôle comme on entend rarement le battement de son propre cœur, tu ne trouves pas ? »

Il est pris au piège. Il frappera pour en finir. J'ai le goût de l'acier dans la bouche. « Une situation effrayante, non, Joey ? » S'il me blesse, un seul mauvais coup, il me restera quand même encore assez de temps avant de mourir pour qu'il me rende les choses extrêmement déplaisantes. J'ai déjà vu les mutilations d'un viol suivi de meurtre. Pas joli. Je me demande s'il l'a déjà fait.

Au diable, à la fin! Il a eu assez de temps pour retrouver son souffle. Peut-être qu'il a bougé pendant que je parlais. S'est rapproché, mètre par mètre, sur le ciment froid. Peut-être que le prochain bruit que je vais entendre, ce sera le déclic de son cran d'arrêt. Mes mains se resserrent en poings, écrasant presque la boîte d'allumettes dans ma poche. Il y en a cinq ou six qui traînent, leur tête bleue frotte l'extrémité hypersensible de mes doigts.

«Allez, Joey, on augmente un peu la mise.» Je prends une autre allumette, je l'allume, je la tiens de façon à ce que sa flamme bleue et blanche soit proche de moi. Je dois ressembler à Mask dans son costume. «Regarde cette humble allumette, Joseph. Au début, on appelait ça des allumettes lucifer. Une coïncidence que le diable lui-même a voulue pour toi.» Mon pouls galope toujours, et l'écho de l'édifice semble m'être rentré dans les oreilles. «Un entrepôt plein de Halthol. Un insecticide drôlement populaire par ici au début du siècle, jusqu'à ce que les gens se mettent à faire des bébés sans jambes. Ça pue comme de la merde, hein?»

La flamme de l'allumette me mord les doigts. Je la laisse tomber, je l'écrase du pied. Quel enculé! Mais quel enculé! Je ferai ce qu'il faudra, n'importe quoi. «Tu te demandes peut-être pourquoi je cause de ça. Eh bien, même toi, tu peux probablement lire assez bien pour comprendre que ce machin est explosif. Tu as fait le rapport? Laisse-moi t'aider. Si tu peux sentir cette puanteur, c'est que certains de ces contenants doivent être brisés. C'est un vieil entrepôt,

Joey. Cette saleté a accumulé de la poussière depuis un bon bout de temps. Savais-tu que même des vapeurs peuvent s'enflammer, Joey? S'il y avait un incendie ici, on serait tous les deux calcinés à mort, mon ami. Des scories fondues.»

Silence. «Ça pourrait être une unique explosion, une horrible explosion», dis-je en prenant une autre allumette. «Ou bien comme être imbibé d'alcool et brûler vif.» J'allume l'allumette. «Beaucoup d'alcool dans les insecticides, tu savais ça, Joey?»

Je fais une pause. L'allumette allonge mon ombre bizarrement vacillante sur le mur d'en avant. Avec douceur, je lance la petite braise dans la pile de tonneaux la plus proche et je me raidis dans l'attente d'une mort incendiaire. Rien ne se passe. «Je vais juste continuer à lancer ces allumettes dans une pile ou une autre, Joey…», dis-je, sur le ton de la conversation, en allumant une autre allumette et en la lançant à ma droite. «… jusqu'à ce qu'il arrive quelque chose.» Je me sens saoule, je suis saoule, et tout m'est égal. On verra bien qui tiendra le plus longtemps. «Tu vois, Joey, je m'en fous pas mal de vivre ou de mourir, en ce moment. Et ce qui t'arrive, je m'en fous encore plus.» Une autre allumette, je l'allume, je la tiens en contemplant le halo de la flamme bondissante qui entoure sa tête. «J'espère que tu apprécies d'être mis dans la confidence, Joseph.

—Mais éteins-la, éteins-la, t'es dingue? Éteins-la!» Il se met à hurler alors que je fais mine de lancer l'allumette dans une autre pile de tonneaux. Il sort de derrière un pilier à ma gauche et me fonce dessus en courant. Juste une ou deux secondes de plus. J'annule la terreur. Calmement, je l'examine alors qu'il court, le couteau à bout de bras, une géométrie en mouvement. Je tiens l'allumette qui commence à me brûler le pouce, je la tiens en me contentant de regarder Joey jusqu'à ce que la douleur soit comme une aiguille, jusqu'à ce qu'il soit à quelques pas. Un pincement de doigts nous jette tous deux dans le noir et je me laisse tomber en même temps que la lumière, accroupie, tendue vers l'avant. Le choc de mes épaules dans son estomac a la pureté d'une détonation de revolver. Nos peurs fusionnent, hors de contrôle, mais ses muscles paniquent et pas les miens. Mon corps à moi est celui d'une chasseuse. Joey tombe à la renverse, je me retourne déjà. Il a eu le souffle coupé. Il donne des coups désordonnés derrière lui avec son couteau (je ne peux pas le voir, mais je sais que ça viendra, tant nous faisons maintenant partie d'une seule et même forme). Je bloque le coup avec assez de force pour lui arracher la lame, je finis de me retourner et je m'accroupis sur sa poitrine, un genou sur sa gorge.

Il tressaute et se relâche, et je laisse mon brouillard blanc effacer sa frénésie, je laisse le calme diffuser en moi comme le fluide de l'embaumeur.

Son corps tremble sous moi. J'allume une dernière allumette, juste devant ses yeux. Ses pupilles dilatées tressaillent de douleur et il pousse un sanglot en aspirant enfin une précieuse bouffée d'air. Une flamme vacillante et la terreur dans les yeux de ma victime : combien de fois ai-je joué cette scène ? «La vengeance m'appartient, Joseph. Tu es en état d'arrestation.»

CHAPITRE 6

Je me suis réveillée pleine de courbatures, et de mauvaise humeur parce que je savais que quelque chose m'échappait. Un petit détail qui, une fois perçu, changerait le cours de l'enquête. Un élément insignifiant, pointant vers un motif encore invisible.

La coupure due au fragment de béton était une aiguille brûlante en pointillés dans ma joue. J'ai adressé des paroles mal embouchées à Queen E tout en préparant mon thé matinal et en planifiant ma journée. D'abord une série d'entrevues préliminaires : le gars à tout faire qui était allé prévenir Mask dans sa loge, un ou deux extras, Len et Sarah. Ensuite, l'ouverture du testament : il serait intéressant de voir qui se présenterait et qui ramasserait le butin.

Je voulais assister à la dernière déclaration de Mask. La complexité de son personnage ne cessait de croître, à partir des remarques de David Delaney et des réactions réprimées de Célia Wu. La méthode, la victime, les motifs. Ça devrait suffire. Comme celle de Dieu, la nature d'un meurtrier est immanente à son œuvre. Si l'on étudie assez celle-ci, on finira par en connaître l'auteur.

J'ai grimacé en me rappelant l'impression que j'avais dû donner à Jim et à ses amis lorsque j'étais partie en courant dans la nuit après l'avoir engueulé.

Ma cuillère s'est lentement dépliée tandis que je remuais mon thé ; j'avais emprunté à Rolly cette mauvaise habitude de maltraiter mes ustensiles. Redresser, redonner une forme : il était temps de retourner au travail.

◆

Chez Radcliffe & Brown, on faisait dans le digne pour vous en imposer, genre privilège et légalité, un effet bien dans la tradition. De la moquette épaisse aux élégants portraits à l'acrylique des fondateurs de la firme, l'ameublement de ce bureau était d'un goût conservateur impeccable. Ceux d'entre nous qui se trouvaient là pour l'ouverture du testament étaient installés autour d'une table en noyer cirée à la perfection, assis dans d'exquises chaises en noyer – qui me rentraient dans les épaules en me rappelant ce qu'elles avaient dû coûter. Je n'arrêtais pas de changer de position, tout en comprenant très bien que me renverser dans la chaise en la balançant sur ses deux pieds arrière serait tout à fait inconvenant.

De façon prévisible, nous avons pu entendre Vachon bien avant de le voir. « C'est d'un terrible ennui/Mais essaie et ignore/Cet horrible décor », a-t-il chantonné d'une voix traînante, pour terminer plus bas « … reste calme, petite Achéenne. »

Célia est entrée à son bras, d'un pas un peu hésitant, mais à couper le souffle dans une robe fourreau en soie cuivrée où des reflets d'or s'allumaient au collet et aux poignets. En nous apercevant, Rolly et moi, elle a pris une brève inspiration, et ses doigts se sont crispés sur le bras de Vachon. Pas étonnant : j'avais l'air encore plus mauvais que ne l'était mon humeur, et Rolly, resplendissant dans un costume cannelle, avec une cravate pourpre à motif cachemire, sortait tout droit de l'Apocalypse telle que devait l'imaginer son esthéticienne.

Elle ne pouvait être surprise de nous voir. Pourquoi donc ce réflexe furtif d'étonnement que je sentais émaner d'elle aussi clairement qu'une bouffée de vent par jour calme ? « Dieu vous bénisse », a-t-elle balbutié.

Daniel s'est interposé pour la couvrir, en tirant une chaise entre Rolly et Radcliffe. « Ciel, tout le monde a tellement l'air… de faire partie d'un groupe d'élus, a-t-il remarqué. Je me sens comme un lion dans une fosse de Daniels. »

Avec ses durs sourcils blancs et ses traits bellement ciselés, l'aîné des Radcliffe aurait pu avoir été choisi par le même décorateur qui avait meublé le reste du bureau. Son regard m'a balayée et je n'ai pas trouvé grâce à ses yeux. Ma veste était tachée de bouc, mon visage fraîchement marqué par la chasse de la nuit précédente. Quand j'étais arrivée, j'avais fait toute une histoire pour être tenue strictement à l'écart de l'enregistrement requis pour les personnes assistant à ce genre d'affaires. Tandis que les yeux de l'avocat continuaient de parcourir la table, j'ai basculé ma chaise un brin davantage. La profession légale me rend agressive.

Croquant, blanc, osseux. De la craie : dureté, pas de force. Ça, c'était Radcliffe pour moi. Ce que l'avocat pensait de nous, rassemblés autour de sa coûteuse table en noyer, il ne le dirait certainement pas. « Mesdames et Messieurs », a-t-il commencé de sa voix crissante et haut perchée. « Alors que nous sommes rassemblés ici par la grâce du Tout-Puissant, je suis honoré de votre présence et je vous remercie tous d'être là. » Même si en réalité il n'éprouvait aucun sentiment à notre égard, il ne mentait pas : ce genre d'homme est tout à fait sincère, et en même temps totalement dépourvu d'émotions. Dur et sans force.

«Je m'appelle Edward Radcliffe. J'ai l'honneur d'être l'avocat de monsieur Mask et, en tant que tel, son exécuteur testamentaire. J'ai eu le plaisir de rencontrer monsieur French et mademoiselle Fletcher plus tôt ce matin…» Il a jeté à Célia Wu un regard empreint d'un manque étudié d'expression.

«…Voici mademoiselle Célia Wu, une amie de monsieur Mask. Je m'appelle Daniel Vachon. Je suis La Mauvaise Influence Officielle de mademoiselle Wu.»

Célia a émis un rire nerveux en protestant : «Tu n'es pas aussi mauvais que tu le prétends.

— Tu vois ? Ça marche déjà.»

Tara Allen, assise près de moi, a grogné : «Ne te sous-estime pas, Daniel. Tu es seulement un pécheur. Elle, en plus, c'est une idiote.

— C'est toi l'idiote, a répliqué sèchement Célia. C'est toi qui as vendu ton âme au Diable.

— Et une garce, a ajouté Tara.

— Je vous en prie !» Radcliffe était choqué. «Vous êtes dans un bureau d'avocats !»

Déconcertés par cette sortie, nous avons observé le silence. Une fois le décorum restauré, Radcliffe s'est levé de son fauteuil, blanc, majestueux et décharné comme une cigogne, et il a traversé la pièce pour insérer un enregistrement dans la fente de l'écran qui occupait une partie du mur.

«Voici les dernières volontés de Jonathan Mask.» Il a froncé les sourcils. «Un tel enregistrement testamentaire est d'une fâcheuse irrégularité, mais soyez assurés que nous avons effectué les transcriptions appropriées, si vous désiriez les utiliser par la suite. Pour l'instant », a-t-il conclu en atténuant la lumière, « j'obéis aux vœux de monsieur Mask. »

L'écran a palpité en s'éveillant, et une pièce obscure s'est ouverte devant nous, la silhouette de Jonathan Mask si bien dissimulée dans les ombres qu'elle était d'abord invisible. Sa voix profonde s'est élevée avec un accent sinistre dans le noir. « Je suis l'esprit de ton père, a-t-il murmuré, condamné pour un temps à arpenter la nuit, et le jour à jeûner dans mon cachot de flammes, jusqu'à ce que les noires fautes commises de mon vivant soient brûlées et purgées. »

Et la puissance de cette voix d'outre-tombe était si forte, cette voix évoquant un éternel tourment, que j'ai éprouvé un profond sentiment d'horreur à l'idée de la damnation. C'était un présage, cet avertissement d'un homme dont je savais que la vie avait été souillée par la corruption. Si les Reds disaient vrai, chacune de ces paroles était la pure vérité, et cet enregistrement nous arrivait tel un fantôme pour décrire la damnation d'une âme aux enfers.

Mask a allumé les lumières et s'est mis à rire : « Hamlet, acte 1, scène 4. » Il a haussé les épaules avec un sourire froid et moqueur. « Eh bien, allons-y pour les formalités. »

Une pause. « Moi, Jonathan Mask, sain de corps et d'esprit, déclare que le présent testament est en plein accord avec mes désirs et remplace tout autre testament précédent. »

Pause. « J'ai joué une autre série de scènes, et il est temps d'évaluer l'ensemble de ma performance. Ce faisant, bien entendu, on doit prendre la finale en considération, comme je le fais présentement. Ce ne sera pas la dernière spéculation à ce propos, je présume. Mais c'est malgré tout une possibilité, et je dois donc considérer mes options.

» Elles sont, comme vous le comprendrez, limitées. Je n'ai pas d'enfant, pas de famille avec qui j'entretiendrais des relations décentes. Ce que j'ai fait de bien sera enterré avec mes os. »

Il a souri, le même sourire d'une froideur sardonique. « Mais pas mes biens. Il y a évidemment des gens dans ma vie – d'abord, et la plus importante, Tara Allen, ma présente "compagne" » (Je la sentais, assise près de moi : loyauté farouche, chagrin, un nœud rouge et brusque de colère.) « Ah, la rhétorique de notre époque si bien-pensante. Ce qu'on doit penser de toi, ma chérie. Même le porte-parole du Président m'a discrètement laissé tomber du circuit des conférences, pour des indiscrétions, je suppose – des indiscrétions, hélas, que je n'ai jamais commises. Quelle époque !

» Tara, j'ai laissé à monsieur Radcliffe l'instruction de te contacter dans le cas de mon décès. Je ne t'ai pas laissé grand-chose, ma chérie, et tu sais pourquoi, je pense, nous en avons parlé. »

Pas une ombre de ressentiment chez la directrice technique, et pourtant, je m'y serais attendue.

« Je t'ai laissé *quelque chose*, a poursuivi Mask d'une voix insistante. Je ne voudrais pas sembler ingrat aux yeux du monde. Je laisse entre tes capables mains le colifichet le plus précieux qui me reste : ma réputation.

» Tu as vu mes *Mémoires* évoluer à l'intérieur du cerveau électronique de la Bête. Les contenus t'en sont familiers. Je te lègue ici sans équivoque tous les droits attachés à ce manuscrit. »

Il a fait une autre pause, a étendu les mains.

« Si tu choisis de le détruire, Dieu soit avec toi. Si d'un autre côté tu veux jouer la partie jusqu'au bout (avec, naturellement, les problèmes afférents), tu peux le faire publier. Je ne crois pas que tu aurais beaucoup de difficultés à trouver un acheteur et à collecter les droits d'auteur. Peut-être pourras-tu te placer dans le circuit des conférenciers, afin de parler des paroles d'un homme dont la vie a consisté à parler. Je te souhaite la meilleure des chances, ma chérie. Trouve-toi un brave homme fiable, de la variété rédemptionniste, et refais ta vie. Tu ne t'en porteras que mieux.»

Après une autre pause, Mask a repris : «Je suppose, si on a bien suivi mes instructions, que Célia écoute aussi. Dans ce cas, à ce stade, elle doit être mortifiée.» Il a agité un doigt dans sa direction comme un maître d'école. «Célie! On ne regarde pas dans le vague, ma petite, on me regarde et on écoute.»

Il a haussé les épaules et poursuivi avec un débit plus rapide en détournant les yeux de la caméra, comme agacé. «Je comprends ton chagrin plus que tu ne peux le savoir. À toi, je lègue l'ensemble de mes biens, qui n'ont pas été gaspillés, afin que tu en fasses ce que tu veux, pour le meilleur ou le pire, amen. C'est ce que je fais pour toi. En échange, je désire que tu te souviennes de moi comme…» Une hésitation curieuse. «… comme du sincère Rédemptionniste que j'étais. C'est important pour moi.»

J'ai senti le choc qui émanait de Célia Wu, d'abord un engourdissement, puis enfin de la colère, alors que son âme se contorsionnait pour essayer d'échapper à ce geste de magnanimité qu'elle n'avait pas désiré.

Mask continuait à parler, d'une façon plus contrôlée maintenant, policée, urbaine. «À tous mes collègues de travail, passés et présents, et au monde en général, je laisse mon œuvre. Trente-neuf pièces, dix-sept films, deux communications critiques et, peut-être, mes *Mémoires*. Ou encore, comme l'auront deviné les gens intelligents, rien du tout.

» Je suis, en toute bonne santé physique et mentale, votre entièrement dévoué, Jonathan Mask. »

L'écran, après une ultime palpitation, s'est obscurci. L'instant d'après, Radcliffe avait rallumé les lampes, nous laissant nous regarder les uns les autres, choqués, furieux ou remplis de confusion.

Mask avait l'esprit vif, il vous piégeait au jeu de sa pensée. Il m'exaspérait, cet enfant de salaud cynique et arrogant, impossible à coincer derrière ses grandes phrases.

Il y avait quelque chose de démoniaque chez Jonathan Mask.

Quelque chose lui avait pétrifié le cœur, un mal tout spirituel. Comme la Méduse : un seul regard, et l'on se sent paralysé, prisonnier du marbre, comme les statues aveugles dans le bureau de mon père. Mask m'effrayait. Je savais à présent que je l'aurais haï si je l'avais connu en personne.

Tous les modeleurs se demandent si la folie est contagieuse.

Des larmes se sont mises à couler des yeux de Célia Wu. Vachon, se méprenant sur leur origine, lui a passé un bras autour des épaules comme pour la réconforter. «Là, là, petite Achéenne…

— Ne me touche pas ! » a-t-elle sifflé d'une voix lourde de rage et de perplexité.

«Je n'y songerais point ! » s'est écrié Daniel en reculant. De façon surprenante, j'ai pu sentir que sa sympathie était sincère.

Tara a dit «Oh, Jon ! », d'une voix lasse et brusque, sans même prendre la peine de jeter un coup d'œil à Célia. «Oh, Jon, elle n'en valait pas la peine. »

◆

Mask n'était pas pauvre lors de son décès. En conséquence, Radcliffe avait tout un tas de documents à expliquer, et un tas de papiers à faire signer à Célia, ce qui se traduisait par une longue attente autour du coin-café pour Rolly et moi.

«Vous avez eu les déclarations que vous désiriez», a murmuré Rolly en m'adressant un signe de tête par-dessus une cafetière, loin des oreilles indiscrètes.

«Et alors?»

Il a haussé les épaules, enfonçant davantage encore son cou dans sa cravate. «Ça élague considérablement notre liste. On ne sait pas encore où étaient monsieur Delaney et mademoiselle Allen quand c'est arrivé. Mais Vachon et le reste de la distribution se trouvaient dans le foyer des acteurs. Ils se sont tous fourni des alibis les uns aux autres.» Il a versé deux cuillères de fausse crème en poudre dans son café, en assortissant la couleur à celle de la moquette de Radcliffe. «Tous sauf un.

— Et le gagnant est?»

Il s'est détourné en prenant une gorgée de café, avec un signe imperceptible de tête vers Célia Wu, perdue dans un buisson de documents. «Une rapide visite aux toilettes pour dames, apparemment. Les acteurs qui jouent Wagner et le Pape sont tous deux sûrs d'avoir entendu le bruit de chute pendant qu'elle était absente.

— Intéressant… La dame qui lui a fait perdre la grâce officielle.

— Eh oui.» Il opinait du chef; quelque chose en lui était satisfait de voir des connexions s'établir autour d'une femme désirable. Il n'aurait pas laissé ce genre de chose affecter son jugement, mais l'idée d'une Tentatrice comme racine du mal satisfaisait ses tropismes de Red.

« Eh bien, ai-je dit d'un ton léger. Je la secouerai un peu quand elle aura fini d'hériter de ses millions. Je lui offrirai de la conduire à la TN, peut-être. J'ai plusieurs entrevues à faire là-bas.

— Bonne chasse, a dit Rolly en avalant une autre gorgée de café laiteux.

— Nous appartenons à la même tribu, vous et moi. »

◆

Un autre élément d'information ; le dessin général s'affirmait. Comme c'était à prévoir, Jonathan Mask avait assumé le rôle principal. Pour moi, l'acteur défunt était devenu plus réel que plusieurs des suspects. Tout s'ordonnait autour de lui, autour de son talent. C'était lui l'ADN : il contenait le plan de son propre meurtre. Le motif que je devais découvrir, c'était celui de Jonathan Mask, la forme sur laquelle je devais me modeler, c'était sa forme.

Une tâche risquée, cependant, celle de recoller les morceaux, alors que Mask avait été si vilainement brisé. Seul Dieu peut créer un être humain, et je me sentais de moins en moins satisfaite de mes matériaux : quelques images, deux dizaines de films, le testament, les rapports contradictoires de ses pairs. Et son cadavre, un crucifix froissé, fumant sur le plancher de sa loge.

Tout en attendant mes suspects, j'ai visionné plusieurs fois le testament. Il était là, ce bel homme au regard moqueur et à la riche voix de baryton : si différent de son cadavre… Quelle présence il avait ! Et comme c'était étrange qu'il pût mourir aussi aisément.

Et d'éprouver tant de haine à son égard. Ce sourire cynique. Un hypocrite, froid et calculateur, qui avait ruiné la carrière de douzaines d'autres acteurs au nom d'une Cause Supérieure. Au moins Rutger White croyait-il en sa propre moralité. Jonathan Mask avait délibérément choisi d'être malfaisant.

Vachon devait tourner une publicité. Je lui ai dit que je reconduirais Célia quand elle aurait fini et prendrais rendez-vous avec lui à la TN plus tard dans l'après-midi.

Après avoir signé tous les papiers qui faisaient d'elle une multimillionnaire à l'âge de vingt-deux ans, Célia Wu s'est glissée avec une grâce maladroite sur le siège avant de ma Warsawa déglinguée, et elle a attaché la ceinture autour de sa taille mince, la sangle verticale plongeant entre ses seins hauts et fermes. Je me suis surprise à éprouver un accès d'envie. Il y avait longtemps que je n'avais pas détesté une autre femme pour sa beauté.

Elle a souri, et je me suis pardonné. La beauté de Célia Wu était d'une intensité carrément offensante.

J'ai écarté ma frange de mes yeux, envieuse et amusée de l'être. Seigneur Dieu, Diane, après ça tu vas potiner sur les garçons et rêvasser en parcourant des catalogues de lingerie ? Célia m'a souri en rejetant sa chevelure noire et lustrée derrière ses épaules.

Une coupe de cheveux, ai-je pensé, acide. Demain, je me fais couper les cheveux. Je me fais raser ces tresses frisottées au ras du crâne.

La robe de soie cuivrée de Célia, ses cheveux d'ébène et ses bijoux d'or blanc juraient avec l'intérieur prolétarien de la Warsawa. J'ai jeté un vieux sac de chips pas ouvert sous le siège tout en éprouvant un réconfort secret à penser à la saleté des sièges. Je regrettais d'avoir si récemment nettoyé la voiture. Quel malin plaisir m'aurait donné une bouteille de bière vide roulant entre les pieds de Célia Wu ou un morceau de gomme à mâcher découvert un instant trop tard sur l'appui-bras.

J'ai découplé la Warsawa de la station électrique de Radcliffe & Brown et je me suis engagée dans la rue, en sortant de la voie des transports en commun. «Puisque nous avons cette occasion, mademoiselle Wu, ai-je dit d'un ton traînant, je me demande si je pourrais vous poser quelques questions. Vous savez, entre femmes.»

Elle a hoché la tête et une ondulation nerveuse s'est propagée à partir de ses boucles d'oreilles. Un petit crucifix pendait sur la peau nue de son cou et tremblait à l'unisson de son cœur. «Je pensais que l'enquête ne prendrait qu'une journée?»

Elle n'était pas stupide. Elle savait que je devais soupçonner un mauvais coup, mais elle ne voulait pas le dire tout haut. Pourquoi pas? Prudence délibérée? Quelque chose à cacher? Simple nervosité? Une jeune femme prise au milieu d'une enquête pour meurtre, coincée par une Lesbo pure et dure portant une longue cicatrice ancienne sur une joue et une seconde toute fraîche sur l'autre. Seigneur, j'aurais probablement de la chance si elle ne se précipitait pas hors de la voiture au premier feu rouge!

Je me suis glissée dans la voie la plus rapide. «Eh bien, il y a quelques fils qui pendouillent et j'aimerais les nouer. Les laisser tels quels, ce serait comme pour vous de ne pas vous brosser les cheveux: sans grande importance, mais pas professionnel.»

L'idée l'a fait rire, puis elle est redevenue sérieuse. «Devrais-je prendre un avocat, comme l'a dit monsieur Delaney?

— Oh, pas encore», ai-je menti vivement, avec mon sourire le plus amical pour la rassurer.

Elle a sorti un morceau de gomme à mâcher de son joli sac en peau de serpent. «Ça m'empêche d'avoir tout le temps envie de manger, a-t-elle expliqué. Vous en voulez? Vous êtes sûre? Eh bien, si vous changez d'avis…» Elle a ouvert l'enveloppe d'un ongle expert. «Alors, que voulez-vous savoir?»

Pour la première fois, je lui ai trouvé quelque chose de sympathique. Je l'avais étiquetée fille de prêcheur dotée d'un corps de pécheresse, mais elle était plus que cela, bien entendu. Sa timidité n'était pas de la faiblesse. Une première feuille printanière, vert pâle, agitée par la brise, mais solidement attachée à sa branche; elle avait un parfum délicat, évoquant vaguement des herbes, pas trop fleuri; elle mâchait sa gomme comme une écolière. J'ai approuvé. Ne jamais faire confiance à quelqu'un qui mâche une tablette entière en gardant la bouche fermée.

Une forme irrégulière, Célia Wu. Organique, mais pas encore arrivée à maturité. Qui savait comment elle finirait? Apparemment, elle possédait un réel talent d'actrice, même si on l'engageait plus souvent pour son apparence physique. Quand ses seins fermes se seraient affaissés et que son sourire se serait usé, quelle forme aurait-elle prise?

Eh bien, elle ne mourrait pas de faim, c'était sûr. Elle venait d'hériter de sa sécurité pour bien des années à venir. J'ai souri de nouveau en haussant les épaules. «Alors, comment vous êtes-vous trouvée impliquée dans le *Faust*?

—Facile: je travaillais avec monsieur Delaney dans un film fait pour la télé, *Tyger Tyger*. Ça devait passer en avril.» Elle a souri en montrant de petites dents blanches émaillées de gomme verte. «En tout cas, David m'a dit qu'il aurait peut-être un autre rôle pour moi si j'étais intéressée, et j'ai dit oui.

— Avant même de savoir quel rôle ? »

Elle a cessé de mâcher sa gomme en acquiesçant d'un air grave. «C'est un grand metteur en scène. Et quand j'ai appris que Jonathan Mask y participerait aussi… Ça a toujours été un de mes grands héros», a-t-elle conclu plus bas. Des paroles hérissées de pointes, et qui lui restaient en travers de la gorge.

«Vous n'avez pas l'air très contente.»

Elle m'a regardée bien en face. «Pourquoi le serais-je ? Il est mort.»

Euh… oui, bien sûr. Il y avait quelque chose de direct et de franc dans la façon dont elle disait ses répliques, mais ce n'était pas quelqu'un de direct et de franc. C'était une actrice, et elle savait comment donner à ses paroles des accents de jeune femme sincère. Sauf qu'elle ne sonnait pas comme une Célia Wu sincère. Célia Wu aurait tremblé davantage, il y aurait eu un trémolo, ses phrases auraient été moins abruptes. Un modeleur dirait que la plupart des gens scintillent quand ils se comportent de façon spontanée ; quand ils font semblant, ils ont l'air enduits d'une pellicule luisante et lisse, comme du vernis. «Allons, Célia. Ça ne correspond pas à la femme qui a mis les espions du porte-parole présidentiel aux trousses de monsieur Mask.»

Elle m'a dévisagée d'un air spéculatif. J'ai été surprise de ne pas percevoir la moindre honte dans ses épaules bien droites ni sur son visage qui se durcissait. «Ah, vous avez découvert ça.» Elle a rejeté ses cheveux en arrière d'une main décidée. «Quels qu'aient été mes sentiments envers Jonathan Mask, il n'était certainement pas un bon exemple à donner aux enfants de notre pays. J'ai fait ce que je pensais être juste.»

La vengeance m'appartient…

« Ça a bien marché, hein ? Je veux dire : vous venez d'hériter d'un bon paquet d'argent. »

Son calme s'est complètement défait ; une expression hantée s'est glissée dans ses yeux. « J'en prends Dieu à témoin, je ne sais pas pourquoi il a fait ça. C'est insensé. Peut-être voulait-il donner l'impression que c'est moi qui l'ai tué. »

Je l'ai observée, incrédule. « Alors il a fait son testament il y a un mois en espérant que vous l'assassineriez ?

— Je ne sais pas pourquoi ce monstre faisait *quoi que ce soit* ! s'est-elle écriée. C'était un hypocrite, et une disgrâce pour le Président. Il ne croyait en rien. Il m'a emmenée chez lui simplement pour se moquer de mes croyances. Des croyances que j'ai apprises de lui. Sa maison est l'atelier du Diable, elle est bourrée de technologie aussi épouvantable ou même pire que les machins de son costume. Il n'a jamais aimé rien ni personne. Si vous voulez vraiment savoir ce que je pense, je pense qu'il m'a fait une blague cruelle en me laissant ses biens. »

Là, elle a hésité, et j'ai pu sentir le mince ver du doute s'insinuer dans ses pensées. Ses yeux s'étaient écarquillés. Nerveuse, et un peu effrayée. Et, oui, excitée. En examinant la possibilité que ce soit bien elle qui l'ait poussé au-delà de ses derniers retranchements. Elle passait beaucoup de temps à penser au péché, Célia Wu ; les attraits en exerçaient sur elle une sombre fascination, comme sur beaucoup des petits enfants de l'ère rédemptionniste. Angela Johnson. Rutger White. Moi. « Vous… vous ne pensez pas qu'il… s'est ôté la vie, n'est-ce pas ? À cause de…? »

J'ai haussé les épaules sans répondre. « Selon vos collègues, vous avez quitté le foyer des acteurs juste avant le début du tournage… » J'ai fait une légère pause pour lui laisser le temps de réagir, avant de conclure : «Avez-vous vu quoi que ce soit d'intéressant ?»

Les sourcils froncés, elle m'a rendu mon regard. «Désolée. Les toilettes des dames ne sont qu'à quelques portes de là, et j'étais pressée… Attendez une minute. Il y avait quelque chose. Juste au moment où je ressortais, j'ai vu Tara courir dans le couloir.

— En quoi cela serait-il inhabituel ?»

Elle m'a regardée comme si c'était évident. «Tara ne court jamais ! Elle est toujours tellement… Et elle avait l'air bizarre.» Sa concentration lui faisait froncer les sourcils. «Elle tenait ses bras vers l'avant, pas sur les côtés comme on pourrait s'y attendre. Presque comme si…» Elle n'a pas terminé, incapable de comprendre.

Presque comme si Tara avait porté quelque chose, ai-je pensé quant à moi. Très, très intéressant.

Mais Célia n'avait manifesté aucune réaction de surprise quand je l'avais questionnée sur son absence du foyer – et pas trace de mensonge en elle. Peut-être était-elle assez bonne actrice pour commencer par me mentir d'une façon que je pourrais déceler, et me mentir ensuite d'une façon que je ne décèlerais pas, mais franchement je ne la croyais pas capable de ce genre de subtilité.

«Parlez-moi de David Delaney.»

Elle a pris un moment pour rassembler ses esprits. «Qu'y a-t-il à en dire ? C'est le meilleur directeur avec qui j'aie jamais travaillé.

— Pourquoi ?»

J'ai pris la bretelle de sortie de Magdalène pour passer sur le pont.

Les sourcils de Célia se sont joliment froncés tandis qu'elle contemplait la rivière. Elle s'est mise à parler en choisissant ses mots avec une lenteur précautionneuse, comme si ses idées étaient de petits animaux qu'une déclaration soudaine aurait fait fuir. « David comprend les gens, dit-elle enfin. C'est ça, je pense. Il a une capacité incroyable de vous faire sentir le personnage, de vous faire vivre le personnage. Il exige que vous y attachiez beaucoup d'importance, que vous vous engagiez entièrement. Ça peut être épuisant, mais quand on se donne, la performance est bien meilleure, vous comprenez ?

— Comment est-il, comme personne ?

— Super. C'est une des raisons pour lesquelles il est tellement bon dans son travail. Différentes personnes ont différents styles, je suppose. Je n'aime pas travailler avec des femmes comme Jean Mack, qui est tout le temps en train de crier, de hurler, de taper du pied sur la scène et de brutaliser ses communicateurs. »

Pardi, que tu n'aimes pas ça, ai-je pensé. Célia Wu n'était pas le genre à bien répondre à la brutalité : assez forte pour en éprouver du ressentiment, mais trop faible pour la combattre ; elle donnerait une performance lamentable dans ces circonstances, probablement. « Je ne trouve pas que les femmes devraient avoir ce genre de responsabilité. Nous n'en avons pas vraiment les moyens, n'est-ce pas ? »

Son expression s'est faite embarrassée, tandis qu'elle jetait un coup d'œil en biais à la chasseuse-tueuse, en comprenant que je n'allais certainement pas acquiescer. Elle s'est hâtée de poursuivre : « David est exactement à l'opposé. Il est toujours très intelligent, très compréhensif, très calme. Il ne vous bouscule jamais, et il ne vous fait jamais honte – mais il demande qu'on donne le maximum, et il insiste jusqu'à ce qu'il l'obtienne. Et malgré tous les hurlements et les piétinements de Jean, elle ne comprend pas les gens à moitié aussi bien que David.»

C'était sincère. Delaney comme Christ. Un autre héros potentiel à adorer pour Célia Wu? Elle était encore en train de grandir, et assez jeune pour ne pas avoir appris à vivre sans le secours d'autrui. Je l'ai enviée de nouveau.

Nous avions atteint l'édifice de la TN et j'ai stationné la voiture. «Tara Allen?

— Elle s'imagine être un homme, a dit Célia d'un ton venimeux.

— Connaissiez-vous sa relation avec Jonathan Mask?

— De façon indirecte. Ils étaient très discrets.» Une amertume acide et verte derrière ce dernier mot. Un détail qui faisait mal.

«Oh-oh.

— Quoi?

— Les médias», ai-je grogné, tandis que toute une batterie d'yeux de verre avides se tournait vers nous.

«Pourquoi sont-ils là?

— Z'ont probablement appris que vous avez hérité du fric, je dirais. Et comme l'a remarqué monsieur Delaney, je crois que vous pourriez vouloir en dépenser un brin pour vous payer un bon avocat.»

Elle a hoché la tête, en se mordant une lèvre, comiquement affligée. Alors que Gering et l'équipe de NBC s'approchaient pour porter le premier coup, je me suis écartée. «Je ne suis pas censée être filmée, aussi ai-je bien peur de devoir vous jeter en pâture aux loups.»

Elle m'a adressé un sourire amusé en se dirigeant vers les portes d'entrée de la TN. «Eh, c'est mon métier, vous vous rappelez?»

Une haie de journalistes s'était formée à l'extérieur des portes vitrées. «Mademoiselle Wu? Mademoiselle Wu… saviez-vous que monsieur Mask vous avait légué toute sa fortune?

— Absolument pas», a-t-elle répondu avec un sourire de perplexité polie. «C'était tout à fait inattendu.

—Connaissiez-vous bien monsieur Mask?» a demandé un employé de la TN à l'air distingué.

Une vague d'amertume l'a submergée, s'est retirée. «Je passais beaucoup de temps avec lui au début du tournage. C'était une légende, le plus grand des acteurs. Plus jeune, je rêvais de le rencontrer.» Elle a caressé le crucifix à son cou. Hum. Mask avait-il profité de cette toquade adolescente? Cela aurait expliqué beaucoup de choses, y compris sa réaction à Tara. Ce n'était pas tout, mais c'était peut-être une pièce du casse-tête. (Pas tellement une feuille, Célia Wu : un brin d'herbe. Cueilli avec un petit bout de racine et mâchouillé par Mask, un gamin dans un jardin estival.) Les yeux de Célia sont revenus au moment présent. «Jonathan Mask a introduit Dieu dans nos maisons et dans nos cœurs et, à cause de cela, sa mémoire durera éternellement.

— Oh, Célia», ai-je murmuré.

Elle avait décidé de suivre la ligne du parti, maintenant qu'il était mort. Pourquoi souiller la réputation de tous les communicateurs, pourquoi défaire le bien que Mask avait pu faire? Oh, Célia, Célia. Jonathan t'avait appris quelque chose après tout, n'est-ce pas? Appris à sourire, à froncer les sourcils, à prendre des poses. Et à agir pour la plus grande gloire de ton Dieu.

«Pardonnez nos offenses, comme nous pardonnons à ceux qui nous ont offensés», ai-je soupiré.

Gering a bondi dans la mêlée en tendant son micro sous le nez de Célia. «Au début, la police a prétendu que la mort de Mask était purement accidentelle. Maintenant, on rouvre l'enquête. Aimeriez-vous commenter cette implication qu'il y a eu acte criminel ?

— Ce que fait la police la regarde. Elle le fait très bien, et je suis sûre qu'elle n'a pas besoin de mon aide.

— Sans aucun doute. Mais – pardonnez-moi, mademoiselle Wu –, s'il y a eu acte criminel, l'argent est un motif aussi ancien qu'honorable, non ? »

Ah. Merci, monsieur Gering, de faire mon travail à ma place. Le salaud avait touché un nerf : j'ai senti une pointe de panique chez Célia. « Vous ne pouvez pas penser que j'ai assassiné Jonathan Mask ! » Elle parlait avec fierté à présent, elle mettait en œuvre tous ses talents de communicatrice afin de recouvrir ses minces épaules d'une noble cape. « Je ne suis pas traître à ma foi, monsieur. J'essaie encore de pardonner au meurtrier de monsieur Mask. Un jour, j'y parviendrai. Je ne risquerais pas mon âme pour défier le principal commandement du Seigneur. Dieu me jugera, Il jugera Jonathan Mask, et son meurtrier – pas vous, ni moi. »

Non loin de là sur le trottoir, j'ai été obligée de rire : *La vengeance m'appartient*, dit le Seigneur.

Et il y eut un soir et il y eut un matin :
et ce fut le quatrième jour.

CHAPITRE 7

Les Reds n'ont pas toujours été ouvertement anti-intellectuels. Au début, ils ont fait la cour à mon père : c'était une figure respectée dans une ville universitaire, après tout. Et, de surcroît, tout ce qui est grec fascine les Reds. Ils aiment les stoïciens, et interprètent les sévères tragédies d'Eschyle et de Sophocle comme des paraboles sur l'implacabilité divine.

Mon père a commencé par les traiter avec une indifférence bienveillante, mais quand leur influence s'est étendue, il s'est inquiété. À l'Université, quand le lobby des anciens élèves rédemptionnistes a fait entrer des fondamentalistes radicaux au Conseil des Gouverneurs, les ennuis ont commencé. Ils ont réduit les budgets de la recherche, particulièrement dans les sciences. Les programmes techniques ont été stabilisés en l'état, les beaux-arts ont vu leur place diminuer. La faculté des Sciences religieuses a été remaniée pour donner un diplôme en Théologie fondamentaliste.

Mon père n'était pas un rat de bibliothèque à l'esprit flou. Il voyait le progrès de la civilisation comme essentiellement lié au progrès technologique. «Sans le travail du bronze par les Mycéniens, il n'y aurait pas eu d'Athéniens dotés du luxe de pouvoir être des stoïciens ! » grognait-il. Il a argumenté dans les comités, il a écrit des lettres à des revues savantes. Enfin, pour essayer d'alléger la tension du débat, il a donné au journal étudiant un article gentiment satirique.

C'est alors que le courrier haineux a commencé. Quelques jours plus tard, une pierre a brisé la fenêtre du salon. Quand je suis passée pour une de mes peu fréquentes visites, il était encore en train de ramasser des morceaux sur le plancher.

J'étais fatiguée, en mauvais état. Je venais de voir le sujet de ma première arrestation importante, Tommy Scott, aller droit en enfer sur un écran de télévision, le corps secoué de sursauts, les pieds donnant des coups dans le vide. J'ai laissé mon père me persuader de ne pas m'occuper des lanceurs de pierre, de laisser à la police le soin de le faire.

À ma visite suivante, il était tard et j'étais dehors, énervée, en maraude dans les rues zébrées de lune, à la recherche de mes souvenirs. Je ne suis pas rentrée avant presque deux heures du matin, en me glissant par l'allée où j'avais tendu des embuscades à tant d'infects gamins de onze ans. J'avais presque traversé la grille quand j'ai entendu un bruissement vers le coin arrière de la maison.

Ma main s'est faite nuage sur le loquet et j'ai retenu mon souffle – oui : un grattement, une étincelle, un soupir étouffé. L'homme était accroupi près du coin, juste sous la fenêtre du bureau, les yeux fixés sur ce qu'il tenait à la main. La brise soufflait dans ma direction, et je pouvais sentir la vapeur d'essence mêlée au parfum du chèvrefeuille.

J'ai soulevé le loquet, j'ai poussé la grille sans bruit, j'ai fait trois pas silencieux dans la cour, en gardant le gros chêne entre le type et moi tandis qu'il essayait une autre allumette. Celle-là s'est allumée et il l'a lancée contre la maison. La rage me faisait trembler les mains dans le noir. J'allais lui montrer ce qu'était l'enfer, à ce salaud moralisateur qui essayait de foutre le feu à mon père.

Le bois s'est embrasé dans un souffle profond. J'ai attendu une demi-seconde, le temps que la grille claque bruyamment sur son loquet. L'incendiaire s'est retourné d'un geste vif en regardant vers le fond de la cour. Ses yeux avaient perdu leur adaptation à l'obscurité, et je ne me trouvais pas là où il regardait. Le temps qu'il me repère, j'étais à trois pas de lui.

Il a bondi, mais je lui ai fait une prise aux genoux quand il a essayé de sauter la barrière. Sa tête s'est enfoncée dans le chèvrefeuille, allant donner contre les maillons de la chaîne, en dessous. Il a poussé un hurlement en portant la main à sa bouche.

«Maudit salaud !» ai-je hurlé en le relevant par le col de sa veste de cuir. Il gémissait, étourdi.

Je l'ai fait pivoter vivement, en lui fauchant les pieds et en le plaquant contre le mur de la maison, le souffle coupé. Je me suis penchée, sans prendre la peine de le frapper davantage : à la façon dont il se tenait la bouche, le salaud avait de toute évidence une foi d'acier mais une mâchoire de verre. La puanteur du cuir brûlé s'est élevée autour de nous ; il l'a sentie à peu près au même moment où il a senti fondre les cheveux sur sa nuque. Il a poussé un autre hurlement quand il a compris que je me servais de lui pour éteindre le feu.

Réveillé par la bagarre, mon père est sorti avec une torche électrique. Le visage de l'incendiaire portait les marques des chaînes, et son souffle était rapide et bref. Il avait une lèvre fendue et retroussée d'un côté, et plusieurs dents cassées. Du sang lui coulait de la bouche et du nez. «Jésus-Christ! a murmuré mon père.

— Œil pour œil, dent pour dent, ai-je dit brutalement. Il t'aurait fait brûler vif.»

L'homme abattu a secoué la tête, ce qui lui a fait émettre une sourde exclamation de douleur. «Non, on allait avertir… seulement un avertissement», a-t-il bégayé. J'ai décidé de lui donner une dose de Dodo pour l'assommer et atténuer la douleur. Il s'est collé contre le mur quand il m'a vu sortir la seringue de ma poche. «Alors, quel effet ça fait, cette fois?» ai-je dit en goûtant sa frayeur tandis qu'il reculait devant l'aiguille, certain qu'elle contenait du Gel ou pis encore. «Vous connaissez bien le pouvoir de la peur, vous autres, hein?

— Je t'en prie, Diane.»

C'était mon père qui implorait.

Qui implorait! Il avait posé une main sur mon avant-bras. Avec un choc, j'ai senti que lui aussi avait peur de moi. «Tu leur ressembles de plus en plus», a-t-il dit. Ce n'était pas une accusation. C'était l'admission d'un échec.

Le souvenir de son visage vieilli, triste et las, me hante encore aujourd'hui.

◆

Après que Célia Wu eut réussi à traverser de force le barrage de journalistes, je suis partie à la recherche de Daniel Vachon. Je l'ai trouvé dans sa loge du plateau 228, un petit machin très différent du grandiose plateau 329. «Dieu vous bénisse», ai-je dit en lui adressant un signe de la main dans son miroir.

«Oh… Salut.» Il s'est retourné pour m'inviter à entrer. «Venez, asseyez-vous, si vous arrivez à vous trouver une place.»

Je me suis assise sur un gros coffre rempli de fixatifs à cheveux et de teintures.

Vachon était retourné à son miroir, où il étudiait les angles de son visage. Je me suis rappelé que le narcissisme faisait partie de son métier. «Alors, si vous êtes de retour dans le coin, il doit y avoir quelque chose de bizarre dans la mort de Jon. A-t-il été assassiné ?» Il a essayé une ligne d'*eye-liner* brun foncé, l'a effacée avec un morceau de papier-mouchoir, après une grimace.

«Peut-être.

— Tss-tss. Humpty Dumpty assis sur un mur, Humpty Dumpty est tombé dur», a-t-il chantonné. Il trouvait très *glamour* de faire partie d'une enquête, et j'étais bien prête à jouer le jeu. Tous les témoins étaient d'accord pour dire qu'il s'était trouvé dans le foyer des acteurs, en train de raconter une histoire théoriquement drôle, quand ils avaient entendu la décharge du condensateur. Ce n'était peut-être pas mon être humain favori, mais ce n'était pas un tueur.

«Parlez-moi de Mask et de Tara», ai-je dit sans préambule.

D'un doigt, Vachon se tenait une paupière fermée pour essayer une autre nuance d'eye-liner, un orange métallique. Ça ne faisait pas grand effet sur sa peau bronzée. «Ils étaient ensemble. Vous le savez, je suppose, ou vous n'auriez pas posé la question. Un drôle de couple. On n'y aurait jamais pensé avant que ça n'arrive.

— Pourquoi pas ?

— Oh, juste leur personnalité à chacun, je suppose. Jon était très froid, un Rédemptionniste cérébral – du moins nous le pensions. Tara n'est rien de tout cela. Elle peut être posée, mais c'est un comportement acquis, pas sa nature», a dit Vachon, en établissant nettement la distinction tandis qu'il dessinait par petites touches une ligne mince au-dessus de son autre œil. Il s'est interrompu pour s'adresser à moi dans le miroir : «Tara est intelligente, vous comprenez bien, mais d'une intelligence concrète. Jon était très…» Il a esquissé un geste vers le plafond. «Évidemment, ils auraient pu être plus proches l'un de l'autre que je ne l'avais imaginé», a-t-il conclu d'un air espiègle, en détournant les yeux pendant qu'il tripotait de la poudre.

«Ce qui veut dire ?

— Oh, pas grand-chose.» Il s'est adossé dans son siège pour contempler l'effet du maquillage. «Simplement que, peut-être, Jon nous roulait dans la farine.» Il s'est retourné pour me regarder bien en face. «Ça ne fait pas très pieux, n'est-ce pas ? Pas très red. Et si j'avais été Tara, je n'aurais pas été peu mécontente. Je veux dire, on supposait qu'elle aurait une bonne part du butin.»

C'était un bon argument, sans aucun doute. L'argent, comme l'avait suggéré Gering, était un motif de meurtre aussi ancien qu'honorable. La vengeance aussi. J'ai haussé les épaules sans me compromettre. Daniel était… rapide. Il possédait le talent des comédiens pour changer de pose d'un instant à l'autre. Mais il était bien plus coriace qu'une Célia – il avait la peau plus épaisse.

«Là. Suis-je assez beau ?» Il s'est adressé une grimace dans le miroir. «Allons, ce qui est assez bon pour Génétech est assez bon pour moi.» Une autre pose de Vachon. La bio-tech était maintenant pratiquement mise à l'index – apparaître dans un dernier blitz publicitaire était calculé pour bien établir son image d'iconoclaste. «Vous devriez parler de Jon avec Tara. Ou Célia, d'ailleurs.

— Je le ferai. Mais maintenant, c'est avec vous que je parle.

— D'accord.» Il s'est installé de nouveau devant le miroir, a pris une expression pensive et s'est mis à déclamer : «Jonathan Mask. Eh bien, commençons par le commencement. C'était une vedette, la plus grande des stars.

— Le méritait-il ?»

Avec un rapide sourire, il a plongé les doigts dans un pot de cold-cream. «Eh, pas d'ego ici. Vous l'avez déjà vu dans *Othello* ou dans *Blue Star* ?» J'ai hoché la tête. «Alors vous n'avez pas besoin que je vous le dise. C'était le meilleur acteur que j'aie jamais vu.» Il s'est interrompu pour effacer le maquillage de ses yeux, en essuyant la paupière avec soin et en laissant une tache couleur terre de Sienne sur le papier-mouchoir blanc, comme une brûlure de baiser. «Certains acteurs, plus on les voit, moins on en pense du bien. On s'habitue à leurs trucs, on commence à pouvoir prédire la façon dont ils vont sortir leurs répliques. On les voit à travers leurs personnages. Vous comprenez ce que je veux dire ?»

J'ai hoché la tête.

«Eh bien, j'ai travaillé deux ou trois fois avec Jon, et je connais presque tout ce qu'il a fait. Avec lui, on ne peut jamais voir autre chose que le personnage. Il n'est jamais prévisible. Complètement transparent. C'est comme voir chaque fois quelqu'un de nouveau. Et c'est pour ça qu'il a tué la Méthode à lui tout seul. Ce n'est pas seulement qu'il ne croyait pas en cette approche du jeu dramatique. S'il n'avait pas été si diablement bon – ou si divinement bon –, ça n'aurait pas eu d'importance. Mais il obtenait les mêmes résultats que ceux pour lesquels les partisans de la Méthode travaillaient avec tant d'acharnement, et à

cause de lui, ils avaient l'air stupide dans leurs efforts.»
Il a secoué la tête, admiratif. «Évidemment, ils sont
toujours là. Même moi, je me sers de la Méthode de
temps en temps – nous ne pouvons pas tous être
Jonathan Mask. Ils ont dû finalement se résoudre à
le traiter de Méthodiste de placard.» Il a souri avec
malice à sa propre blague, et je n'ai pu m'empêcher
de rire aussi. «Mais sérieusement – ils disaient qu'il
"vivait" ses personnages même s'il niait utiliser leur
type d'approche dramatique.

— Et vous, vous pensez quoi?»

Vachon a effacé le reste du fond de teint sur sa
mâchoire bien dessinée. Avec un geste d'une désin-
volture exagérée, il a envoyé la boule de papier-
mouchoir dans la poubelle puis il a pivoté avec son
fauteuil pour me faire face.

«Non, a-t-il dit enfin. Je ne le crois pas. Quand on
vit un personnage, il devient une partie intégrante de
votre personnalité. Je tiens encore mes crayons d'une
façon féminine à cause d'une pièce dans laquelle je
jouais un homosexuel. Un exemple banal, mais vous
savez ce que je veux dire. Jon Mask n'était pas comme
ça. Il ne vivait pas ses personnages. Il les construisait.
Avec une patience incroyable, mais il les construisait.
Quand la pièce était terminée, hop, il démontait le
décor et il n'en restait plus rien. Il n'était jamais…
contaminé… par aucun de ses rôles.»

Il a pris un air de conspirateur: «Il était générale-
ment admis que Jon était modeleur, vous savez. Il
avait coutume de sonder les gens, de se figurer ce qui
les faisait fonctionner. Comme un laser de chirurgien.»
Il a secoué la tête: «Brillant, bien sûr, mais pas vraiment sain, comme approche.»

J'écoutais ces conneries, impavide.

«La plupart de nous, acteurs, sommes un peu ainsi,
vous savez. À notre modeste façon.» Il a fait vire-

volter un bâton de mascara, en guise d'admonestation :
«La tragédie de Jon, c'est qu'il n'en utilisait qu'un
aspect : le côté analytique, le truc genre télépathique,
un peu. Il ne s'est jamais arrêté pour apprécier la joie
d'un lever de soleil ou pour s'imprégner de l'ambiance
poétique d'un grand peintre.» Il s'est examiné une
fois de plus dans le miroir. «Dommage, vraiment.

— Vous n'êtes pas modeleur», ai-je dit avec
dédain.

Il m'a observée avec calme, brusquement dépourvu
de toute affectation. «Non, a-t-il dit, je ne le suis pas.»

Après un moment, il a repris : «Chacun des personnages de Jon était parfait et disparaissait totalement
quand il en avait fini avec le rôle. Excepté Méphistophélès, évidemment, et ce n'était vraiment pas sa faute.

— Il est mort, vous voulez dire.»

Une grimace : «Eh bien, oui. Mais pas seulement.
David le poussait vraiment à ses limites. Les premières
scènes de la pièce – avec seulement Jon et moi – ont
été filmées en dernier. Nous étions très en retard sur
le programme de tournage. Pas de problèmes avec
moi…» – il s'est mis à rire – «… non, on a atteint mes
limites très tôt. Mais David n'arrêtait pas de faire
recommencer Jon. Je ne sais pas s'il était vraiment satisfait, mais comme nous étions pressés par le temps…

— Mask n'était pas bien en Méphistophélès ?

— Oh non, tout le contraire. Mais David voulait lui
faire faire le saut de brillant à immortel, voilà tout.
Et même – ciel ! – il a élevé la voix une ou deux fois.
Il criait «À fond, Jon, à fond, bon Dieu !» On n'a
jamais entendu DD me crier après, moi», a-t-il conclu
avec une sèche ironie.

«Intéressant. Et Tara Allen ?»

Il a eu un geste apaisant. «Peux pas vous en dire
grand-chose. Une bonne technicienne.» Il a réfléchi.

« J'en connais quelques-uns qui ne l'aiment pas trop parce que c'est une femme. » Il a haussé les épaules avec un charmant sourire. « À mon avis, ça ne fait guère de différence. Les femmes sont exactement aussi capables que les hommes dans des postes impliquant des responsabilités. » Une autre grimace : « Sûrement plus capables que je ne le suis. »

J'ai hoché la tête pour accepter le compliment implicite, et me suis surprise à apprécier Vachon malgré moi.

Une idée l'a frappé. « Écoutez, je ne suis pas le type le plus aimé du monde, mais qu'on m'aime ou pas, la plupart des gens n'ont pas besoin de me connaître longtemps pour me connaître bien. Tara est quelqu'un à qui je dis bonjour dans les couloirs depuis presque cinq ans et je ne pourrais pas vous dire si je suis pour elle un ami proche ou une relation lointaine.

— Et pourquoi donc ?

— Qui sait ? Je ne suis pas très doué pour déchiffrer les gens », a-t-il remarqué, candide. « C'est ma plus grande lacune comme acteur.

— Hum. » J'ai décidé que Daniel était bon lorsqu'il était en bonne compagnie ; entouré de nuls, il devait être le plus nul de tous, mais maintenant, seul dans les relents familiers de la salle de maquillage, il n'avait pas l'air d'un trop sale type.

En partie, évidemment, parce qu'il jouait avec mes propres biais. « Vous êtes-vous jamais inquiété de vous faire mettre sur la liste noire par Mask ? »

Il a souri : « Vers la fin de son illustre carrière d'Inquisiteur ? Franchement, mademoiselle Fletcher, je doute d'avoir valu qu'il y perde son temps.

— Monsieur Vachon, vous êtes trop modeste.

— Mes collègues vous diront qu'un excès de modestie n'est vraiment pas l'un de mes problèmes. »

Je me suis mise à rire. «Et votre metteur en scène?

Un sourire : «Lui, alors, c'est un drôle de type. Je me demandais quand vous en arriveriez à David.

— Pourquoi?

— Évident. C'est le patron. Et, mademoiselle Fletcher, ça lui tient à cœur, vraiment.» Sa voix s'est transformée en un murmure exagérément théâtral, et son visage a pris une expression torturée. «Il prend tout vraiment à cœur. Et il nous fait tout prendre à cœur. Nous sommes une grande famille – pas toujours très heureuse, mais, oh-la-la, le cœur gros comme ça!» Il a éclaté de rire. «David exige une intensité totale, une implication totale, et il vous fera travailler à mort pour les obtenir. Ses projets sont toujours épuisants parce qu'il y a toujours cette *énergie* incroyable sur le plateau, cette *intensité*. Les gens tombent amoureux, boivent à s'en rendre idiots, mettent fin à des amitiés anciennes…» Il a fait une grimace amusée. «C'est une blague courante parmi les acteurs : ne jamais participer à un projet de Delaney si on a des problèmes conjugaux.»

Ah. Ça correspondait bien avec le côté crispé et la volatilité que j'avais perçus dans toute l'équipe la première fois que je l'avais rencontrée dans le foyer des acteurs. «À quel point est-il bon?

— David? L'un des meilleurs, pour certains types d'œuvres.

— Par exemple?»

Il a agité une main. «Mmmm… des trucs personnels, pleins d'émotions. La passion, les drames du cœur. Des histoires d'amour, ce genre de choses. Il n'est pas terrible pour l'action et l'aventure. Son travail de caméra est solide, sans grande fantaisie. Ce n'est pas un directeur cérébral du genre de Gale Danniken, par exemple. Ce qui est très bien, si on est un acteur.

C'est ce qu'il aime, travailler avec les acteurs. Il obtient de bonnes performances. Ah…» – il a compté sur ses doigts – «… voilà : je peux penser immédiatement à huit différents acteurs qui ont gagné des prix dans des spectacles montés par Delaney – mais lui n'a jamais rien gagné.

— Pourquoi ?»

Un haussement d'épaules : «C'est un metteur en scène, pas un cinéaste, en réalité. Il aurait été meilleur à l'époque où le cinéma était encore viable. Comprenez-moi : il gagne bien sa vie et un de ces jours il recevra un Oscar ou un Emmy. Mais ce sera peut-être pour l'ensemble de son œuvre plutôt que pour une œuvre distincte, si vous voyez ce que je veux dire.»

J'ai découvert une tache de maquillage rouge sur mes doigts et je les ai essuyés sur ma veste. «C'est quel genre de personne ?

— Bien. Très agréable.

— Une réponse neutre et par trop dépourvue d'information, Daniel. Est-ce un de vos amis ?»

Il a aussitôt secoué la tête : «Non. Ce n'est pas le genre de type à avoir beaucoup d'amis. Il est un peu du style reclus, il a des phases dépressives. Il y a même des rumeurs comme quoi il aurait essayé de se suicider, l'an dernier, mais c'est juste une rumeur.» Un éclat de rire en même temps qu'une grimace : «La vérité, c'est qu'il est trop bien pour quelqu'un comme moi. Je veux dire, si vous voulez trois mots pour le décrire, vous auriez "bien", "talentueux" et encore "bien". Je ne sais pas quoi lui dire. Quand on bavarde après le travail, j'ai toujours l'impression qu'il pense à des choses dont je n'ai même pas idée. Mon problème, je le sais, pas le sien.

— Je connais ce genre de type», ai-je répliqué.

Je l'ai laissé parler d'un ou deux extras, simplement pour noyer le poisson. Je ne voulais pas qu'il compare ses notes avec celles de Célia Wu et en arrive à des conclusions prématurées. Après quelques minutes de plus, il a été temps pour moi de partir. J'avais un autre rendez-vous dans la soirée, avec Delaney lui-même, et je voulais manger un morceau avant. Nous nous sommes rendus jusqu'aux ascenseurs, Vachon et moi. Je lui ai demandé de me parler de Célia.

« Une bonne petite, a-t-il dit, sincère. La mort de Jon l'a durement touchée. Elle l'idolâtrait, le veinard, et puis il est arrivé quelque chose qui lui a ouvert les yeux. Je ne suis pas sûr de ce qu'il a lui fait exactement. Mais pour une raison ou une autre, ça allait à l'encontre de sa morale. Non que Célia soit le genre à trucider quelqu'un », a-t-il ajouté en hâte, « et après tout, lui laisser l'argent… Quelquefois, Jon était un peu trop froid. Ce pouvait être un sacré salaud, pour ce qui était de manipuler autrui. » Un autre haussement d'épaules, avec un sourire. « Mais quand même, sept millions de dollars, ça permet d'acheter beaucoup d'aspirine, je suppose. Elle se débrouillera bien.

— Vous en avez après son argent ? »

Le tressaillement de colère qui a tordu cette belle bouche était d'une satisfaisante spontanéité. Je m'étais ouverte un peu et j'ai dû me concentrer pour ne pas être irritée moi-même.

« Dites donc, vous parlez d'une accusation !

— Une simple question, ai-je murmuré.

— Eh bien, la réponse est non. » Il s'est maîtrisé. Son intonation a changé et il a adopté son rictus d'homme qui a beaucoup bourlingué. « Vous ne pensez sûrement pas qu'un homme digne de ce nom aurait besoin d'argent, en plus, pour s'intéresser à elle ?

— Non », ai-je admis en me rappelant Célia dans son fourreau de soie. « Je suppose que non. »

Vachon a brusquement laissé tomber son sourire de requin pour redevenir l'homme qui avait été assis en face de moi dans la salle de maquillage. « Écoutez, j'aime beaucoup Célia. Elle pense bien et elle est bâtie encore mieux. Mais elle est jeune et très collet monté. Jeunesses reds et tout ça. Mask était son idole. Il lui a fait un truc pas correct et ensuite il s'est fait assassiner, et je voulais aider la petite. Vous comprenez ?

— Je comprends », ai-je dit tandis que l'ascenseur arrivait enfin à notre étage.

« Remarquez, quand même », a lancé Vachon dans sa meilleure imitation d'Ernest Wirthing, « l'addition d'une fortune ne fait rien pour retirer quoi que ce soit aux charmes considérables de la jeune demoiselle… »

◆

Après mon entrevue avec Vachon, je me suis pris un sandwich et j'ai appelé le Central. Aucun des damnés *tasers* que nous avions saisis n'avait tiré dans le costume de Mask. Mais les résultats des tests étaient rentrés. Le fragment de peau découvert sur le parement du costume appartenait à Tara Allen. J'ai remercié le sergent, en lui disant de laisser les résultats dans le dossier de Rolly.

Mon dernier interrogatoire de la soirée était avec David Delaney. J'avais pris des arrangements pour rencontrer Tara Allen le lendemain matin chez Mask. Je voulais voir la maison du grand homme, avide des traces qu'il avait dû y laisser de lui-même.

Des choses que je n'avais pas perçues lorsque j'avais vu la première fois Jonathan Mask mort sur la moquette de sa loge commençaient à émerger. Son talent, j'en avais été consciente. Sa cérébralité, sa capacité de manipuler de sang-froid – ça, c'était nouveau. Et le testament : les références qu'il y faisait à une partie dans un jeu semblaient remarquablement appropriées.

Jonathan Mask avait été un joueur, capable de passer d'un rôle à un autre tout comme Vachon, mais plus vite, en allant plus profond, avec une subtilité et une sophistication supérieures. Possédant chaque personnage comme un démon, se glissant hors de lui lorsque son travail était terminé.

Tandis que je rôdais au soixante et onzième étage en cherchant le plateau 206, j'ai décidé d'obtenir de Tara une copie des *Mémoires ;* les hagiographies des Reds n'allaient pas m'être d'un grand secours.

Le plateau 206 était enchâssé dans le coin nord-ouest de l'édifice de la TN. C'était un plateau circulaire, entouré de sièges : un théâtre en rond. Des parties du décor de *Faust* y avaient déjà été entreposées. J'ai reconnu le bureau (l'air dénudé sans sa plume flamboyante) et une étagère de chêne portant des livres aux titres sinistres.

Delaney ne s'était pas encore pointé, aussi ai-je feuilleté les livres. La seule lumière était une lueur sourde qui filtrait d'une rangée de spots au-dessus de ma tête. Mort dans l'éclat des projecteurs. La technologie microplane utilisée pour le costume de Méphistophélès était celle-là même qui emmagasinait l'énergie des plus de deux cents éclairs qui frappaient la tour de la TN chaque année. Mais c'était l'éclair des hommes, et non celui de Dieu, qui avait tué Jonathan Mask.

Les livres étaient décevants : évidés, ou de simples manuels dotés de nouvelles couvertures – comment se servir de matériel de plongée, ou des livres de photos démodés remplis de vues prises depuis la station spatiale avant son abandon.

Une voix s'est élevée de l'atmosphère obscure qui m'environnait. «Mademoiselle Fletcher ? Dieu vous bénisse. Excusez-moi, je vous prie, je ne vous ai pas entendue arriver. Je descends tout de suite.»

Comme je n'avais jamais regardé plus loin que les lumières, j'avais manqué la cabine de contrôle. Delaney a descendu la courte échelle située sur le côté de la cabine. «Vous marchez à pas de chat», a-t-il observé en traversant pour se rendre sur la scène.

«Nécessité professionnelle. On ne vous donne pas une licence de chasseur si vous n'êtes pas capable de faire des culbutes sur des céréales Rice Krispies sans produire le moindre bruit.»

Delaney restait à distance, m'observant avec curiosité. «Désolé de vous avoir fait attendre. J'étais assez préoccupé par les décisions déplaisantes que j'aurai à prendre. Je vais devoir dire à Len que je ne peux pas l'engager pour mon prochain projet.

— Rien à voir avec mon enquête, j'espère?»

Il a écarté mon soupçon d'un revers de main. «Non, non. Len a une… habitude qui le rend peu fiable, je le crains bien. Je lui ai donné une seconde chance, une troisième et une quatrième, mais…» Il s'est passé une main dans les cheveux. «Inutile de dire que je n'anticipe pas cette rencontre avec plaisir.

— Vous êtes obligé de le faire? Vous ne pourriez pas simplement laisser la TN lui envoyer sa notice de licenciement par le Net, et voilà tout?»

Il m'a adressé un regard désapprobateur. «Mademoiselle Fletcher, si on occupe une position d'autorité, on doit être prêt à prendre les responsabilités des choses difficiles comme des choses faciles.» Il a fait une pause, comme pour chercher une autre façon d'illustrer son argument. «Quand vous allez appréhender quelqu'un, vous ne laissez pas des espions électroniques et un enregistreur caché faire le travail, je suppose?

— Eh bien, les enregistrements ne sont pas des preuves admissibles pour ce gouvernement-ci, mais je comprends votre argument. Je n'y avais pas pensé ainsi.

— Ils ne sont pas admissibles ?» Une pointe de curiosité a jailli en lui, pour s'éteindre ensuite. «En tout cas, c'est une question de responsabilité personnelle. Et maintenant, que puis-je pour vous ?

– Il y a quelques fils qui pendent. J'aimerais élucider la mort de monsieur Mask, comme vous l'avez certainement compris. Par exemple, j'aimerais savoir où vous vous trouviez quand il est mort. On vous a vu de temps à autre, mais…

— Bien sûr. Je suis arrivé et je me suis arrêté à la cabine de contrôle pour quelques préparatifs de dernière minute. Je n'aime pas les courts métrages de promo, et j'ai tendance à procrastiner pour ça, je le crains. Puis je suis allé parler avec Tara et le reste de l'équipe technique, j'ai examiné le décor, j'ai pendu mon manteau dans le bureau du fond, et je suis revenu.

— Combien de temps avant que le messager n'arrive avec la nouvelle ?

— Dix minutes, peut-être. Ou un peu plus. »

J'ai hoché la tête. Son histoire concordait, mais n'éliminait pas la possibilité d'un arrêt à la loge de sa star pendant ses allées et venues. «J'aimerais aussi savoir ce que vous pensez de la victime.

— L'acteur ou l'homme ?

— Les deux, éventuellement. »

Il a opiné du chef, s'est rendu à pas lents à l'étagère, s'est immobilisé puis s'est retourné vers moi. «Est-ce que ça vous dérange si je me promène ? Ça m'aide quelquefois, je trouve, mais ce peut être une habitude ennuyeuse pour autrui… J'ai passé une grande partie de ma jeunesse seul, et je suis souvent tristement déficient en ce qui concerne les grâces sociales.

— Je vous en prie, faites ce que vous désirez. Si ça vous aide à penser, c'est très bien. »

Il a encore hoché la tête et a repris ses déambulations, un long fantôme silencieux qui se mouvait dans la pénombre du bureau de Faust. Dans cette lumière atténuée, entourée de ces sombres livres sur leurs étagères, et sous l'œil du crâne grimaçant qui ornait le bureau de Faust, je pouvais presque me croire dans une salle médiévale maudite, où un grand homme avait vendu son âme, causant sa propre ruine pour avoir commis le Péché d'Orgueil.

« En tant que communicateur, Jonathan Mask n'avait pas son égal, à notre époque en tout cas. En tant qu'individu, il laissait parfois beaucoup à désirer. » Delaney s'est retourné vers moi, le dos contre l'étagère. « Comprenez bien que je parle de son travail d'acteur – pardonne-moi le terme, Jon ! – en tant que metteur en scène, et de sa personnalité en tant qu'être humain. Je n'ai jamais eu de problèmes à travailler avec lui. Et jamais non plus je ne me suis trouvé en conflit avec lui sur un plateau.

— D'accord. »

Il s'est retourné vers l'étagère, en effleurant distraitement les volumes. Il avait les doigts fins et nerveux d'un sculpteur. « Bien entendu, aucune œuvre d'artiste n'est séparable de la personnalité de celui-ci, aussi les deux aspects doivent-ils se chevaucher jusqu'à un certain point dans la discussion.

— Vraiment ? Daniel Vachon m'a confié que monsieur Mask avait une capacité unique pour séparer son art de sa vie.

— Ah oui ? Il a raison, évidemment. Je n'étais pas certain que Daniel en avait conscience. » Il s'est dirigé

vers le bureau et s'est assis dessus. « Mais l'art de
Jonathan et sa vie n'étaient pas mutuellement exclusifs.
Au contraire, c'était la même chose sous deux formes
différentes.

— Comment ça ?

— Jonathan était extrêmement intelligent, et doté
d'une personnalité complexe. Jouer la comédie,
comme vous le savez, j'en suis sûr » – ici, un sourire
ironique – « n'est pas une profession connue pour
produire des intellectuels. Et pourtant, Jonathan Mask
en était un, au sens le plus complet du terme. Il
examinait les systèmes sous-jacents, que ce soit à la
philosophie, à la politique, aux relations humaines, à
n'importe quoi. Et parce que c'était un acteur talentueux, une fois qu'il avait saisi ces systèmes, il était
capable de les extrapoler comme personne d'autre
dans sa profession. Il est vrai qu'il n'a jamais trouvé
très important de comprendre les gens – mais il comprenait les *personnages*, et il comprenait le travail de
l'acteur, et il comprenait les spectateurs, d'une façon
analytique, très puissante. »

Une pause. « Ce que j'essaie de vous indiquer, c'est
que Jonathan était un homme extrêmement cérébral,
doté d'une intelligence de première classe et de certains
talents qui lui permettaient de simuler adroitement.
Il savait comment plaire à un auditoire et même quand
on le connaissait bien, il pouvait être extraordinairement
persuasif. C'était sa compréhension des personnages
et des spectateurs qui lui permettait ses grandes performances. Mais tout cela, il le *comprenait*, il ne le ressentait pas. Quand ce dont il avait besoin pour le rôle
ne servait plus à rien, Jonathan le jetait. »

Quelque chose d'étrange chez Delaney. Lisse, et
distant. Pas une absence de sentiment – certainement
pas. Mais difficile à lire, Delaney. J'avais l'ensemble

de ses actes, le mouvement nerveux de ses doigts, le rythme de ses phrases, mais je n'arrivais pas à en faire la synthèse. Il était… opaque. Ça arrivait, bien sûr ; certaines personnes ont une réserve naturelle qui les rend difficiles à déchiffrer. Delaney semblait plaisant, pourtant, et (en dehors de son décor sinistre) absolument dépourvu d'un caractère menaçant. Il aimait les gens dont il parlait, et il essayait d'être aussi coopératif que possible.

« Comme beaucoup d'intellectuels, Jonathan était plutôt un sceptique.

— Excepté dans ses croyances religieuses. »

Il a froncé les sourcils. « Peut-être. Mais j'ai du mal à le croire. C'était certainement son image de marque, mais il m'a… suggéré à plusieurs reprises que c'était seulement une image. » Il a fait une pause en m'observant avec une expression curieuse. « "Ce Lucifer n'était pas un ange autrefois ?/Oui, Faust, et le plus tendrement aimé de Dieu". »

Oui ! Oh oui, Delaney avait absolument raison. Le grand Communicateur de l'Ère rédemptionniste : un hypocrite, précipité dans sa damnation dans sa loge, les yeux fixés sur l'enfer. Lucifer n'était-il pas autrefois un ange ?

Delaney s'est immobilisé près du bureau en posant une main sur le crâne. « Jonathan était fasciné par les images – quel acteur ne l'est pas ? Il aimait manipuler la sienne. Ce pouvait être… perturbant pour les gens qui le connaissaient.

— Comme Célia Wu.

— Comme Célia Wu, a-t-il acquiescé. Une triste affaire. Jonathan était un homme dur, mademoiselle Fletcher – c'était l'un des effets secondaires de son approche impitoyable du monde. Je crains bien que Célia Wu n'ait été vouée à souffrir à son contact. »

Il y avait de la sympathie dans la voix du directeur, presque un chagrin personnel. Surprenant. Était-ce dans sa nature ou bien avait-il fantasmé d'être l'amant de Célia Wu ? Pour une raison ou une autre, l'idée de ce visage à la beauté exotique caressé par ces longs doigts blancs et sensibles m'a semblé presque obscène.

« Jon était un sceptique. Je crois qu'il a fini par tout voir comme une série de systèmes, tous également arbitraires et sujets à manipulation par quiconque était assez intelligent pour le faire. Il aurait fait un splendide Hamlet, pour cette raison : le Prince est unique dans sa capacité à voir le dessous des choses et à les manipuler – pensez aux pauvres Rozencrantz et Guildenstern et à leur destin funeste ! Les apprentis espions les plus lamentables de toute la littérature… Cette qualité de Jonathan, à la fois pénétrante et distante, puissante et pourtant difficile à cerner, c'était ce que je cherchais quand je lui ai donné le rôle de Méphistophélès.

— Mais vous n'étiez pas satisfait de sa performance. »

Il a froncé les sourcils en recommençant à déambuler. « J'étais frustré. C'est très dur de se trouver en compagnie de Jonathan, et je n'étais pas aussi patient que j'aurais dû l'être. » Il s'est tu, immobile, pensif, pendant tellement longtemps que j'ai pensé avoir été oubliée, absorbé qu'il était par ses propres pensées. « Excusez-moi, a-t-il enfin repris. J'essaie de trouver une façon de dire quelque chose qui se prête mal à la formulation.

— Essayez. »

Il a pris une profonde inspiration. « Cela pourrait ne rien signifier pour vous, mais en ce qui me concerne, Jonathan semblait être une sorte de cristal. Comprenez bien, je ne parle pas de son aspect physique ou de ses passe-temps, ou de n'importe quoi d'autre qui serait aussi directement en rapport avec sa personne. C'est plutôt une tentative de le symboliser tel qu'il m'apparaissait. »

Seigneur Dieu ! J'ai opiné du chef.

« Dur, avec de multiples facettes, et translucide. Pas tout à fait clair, vous comprenez. Il avait certaines passions, bien entendu. Comme de la glace, ou peut-être une pierre précieuse d'un bleu très pâle, et au cœur de cette pierre précieuse, une étoile brillante, formée par les dessins changeants de la lumière, jamais exactement la même selon la facette à travers laquelle on l'observe. La pierre est magnifique mais dure et froide, presque dépourvue de vie. Et l'étoile est formée par ses défauts. J'essayais de libérer la lumière captive sans briser le cristal. J'ai réussi jusqu'à un certain point, mais certainement pas de façon totale. » Il a haussé les épaules en se frottant le front. « Tout ceci n'est probablement pour vous que du bavardage dépourvu de sens », a-t-il dit, en descendant brusquement du bureau pour s'éloigner de moi à grands pas.

« Au contraire. Rien ne pourrait être plus significatif. »

Il y a eu une pause, alors, un moment de compréhension partagée. Je me suis dit que je connaissais désormais les raisons de bien des choses en ce qui concernait David Delaney.

C'était un modeleur, ou du moins un empathe. Ses points forts comme metteur en scène, son enfance solitaire, ses défenses automatiques quand on essayait de le lire, son remarquable souci pour ses acteurs et l'usage révélateur d'images obliques, tout cela avait sa source dans un seul fait essentiel. Étrange, les choix des uns et des autres ! Je chassais des loups, et Mary Ward gardait son troupeau. Bien sûr, la mise en scène pouvait constituer une autre profession parfaite pour un modeleur, si on arrivait à supporter un métier dont l'essence était l'émotion sans laisser cela vous épuiser totalement.

Après une longue attente, j'ai repris : « Y a-t-il selon vous une personne impliquée dans la production de cette pièce qui aurait pu assassiner monsieur Mask ?

— Non, a-t-il aussitôt répliqué. Et oui. Pour d'autres raisons que Jonathan, je partage une de ses lacunes. J'ai de l'information sur les gens, mais je ne les connais pas. Je n'aurais jamais pensé aucun d'entre ceux-ci capable de meurtre, mais les gens peuvent changer, d'une façon terrible et soudaine. Quelque chose se révèle, qui n'avait pas été perçu auparavant, et puis disparaît de nouveau. » Il a haussé les épaules. « Si c'était un meurtre, je prie le Seigneur que ce ne soit pas l'un d'entre nous. Mais je ne sais pas. »

Je ne savais pas non plus, mais j'avais un rendez-vous avec Tara Allen le lendemain, et je n'avais pas l'intention de le manquer. « Un terrible inconvénient pour votre pièce », ai-je remarqué en me désengageant de la conversation.

« Vous pensez ? Je crois regrettablement vraisemblable que la mort de Jonathan fera au contraire de cette pièce ma production la mieux cotée. Si elle est jamais diffusée, bien sûr. » Il a secoué la tête avec lassitude. « L'ère rédemptionniste a commis une terrible erreur en canonisant ses Communicateurs, mademoiselle Fletcher. En vérité, nous sommes surtout des parasites, dans ce métier ! Comme les bactéries intestinales, nous nous sommes rendus indispensables, mais nos interactions avec le public ne tolèrent pas l'examen. »

Une pause. « Je vous ai observée ces deux derniers jours, a-t-il commencé en se détournant pour examiner l'étagère. «Je… j'imagine que votre travail serait beaucoup plus *satisfaisant*. On doit éprouver de la satisfaction, à la fin de la journée, en ayant accompli un acte à la fois utile et juste.

— Ah, si seulement vous saviez…» C'était curieux d'entendre Delaney suivre le même texte qu'AMIE.

Ses doigts tapotaient une riche reliure en cuir. «Oui, a-t-il soupiré. Si seulement.»

J'ai quitté Delaney avec un don précieux : l'image de Jon Mask, étoile captive du cristal ou emmurée dans du verre.

L'étoile du matin (la bien-aimée de Dieu).

Lucifer.

Et maintenant, c'est le passage difficile. Ce à quoi j'essaie de ne pas penser. Une autre sorte de drame, sur une autre sorte de scène.

Dans mon appartement, la télévision est une autre cage de verre, une autre cellule.

Et dans cette cellule, une autre. La cellule dans la prison de notre ville.

C'est la politique de notre gouvernement de faire diffuser chaque exécution par la TN. Les lois des Reds sont dures mais friables et aisément enfreintes : les exécutions glissent devant nos yeux, une ou davantage chaque nuit, toujours après minuit, de façon à ne pas occuper des plages de publicité rentables.

Je regarde toujours les pendaisons des miens.

Delaney avait raison : je ne crois pas possible ni juste de détourner les yeux. La mise à mort est partie prenante de la chasse, son inévitable et ultime moment de passion. J'ai un devoir : mon devoir envers mes morts.

Et je suis donc assise devant l'écran tandis que l'éclat blanc et bleuté en palpite sur ma peau, je regarde tandis qu'on introduit Rutger White dans une petite salle grise et qu'on lui passe un nœud coulant autour du cou.

La plupart sont morts avant même de sentir le chanvre. La peur les a brisés et ils fixent stupidement le sol, contemplant déjà l'enfer de leurs yeux ternis.

Pas Rutger White. Il était plus que calme, il était prêt. Une lumière brûlait furieusement en lui, tendue vers les hauteurs, comme une petite flamme qui monte se faire consumer par un plus grand feu. Son âme marchait à grands pas vers le ciel, laissant son corps sur le X qu'on avait marqué au papier-cache adhésif sur le plancher. L'huissier s'est écarté et White s'est retrouvé seul sur l'écran. Quelque part en dehors du périmètre de la caméra, la main du bourreau a appuyé sur un bouton. Et alors, terrible, Rutger m'a regardée.

Il ne cherchait pas seulement la caméra, il ne souriait pas bravement pour sa famille et ses amis. Il cherchait sa meurtrière. En cet instant, son Dieu était le Dieu d'amour, et nos yeux se sont croisés, et cet amour terrifiant m'a transpercée comme un jet de flamme blanche.

Une brusque chute l'a fait tomber dans les ténèbres.

Six fois auparavant j'avais tué en silence, en regardant ma télé. Cette fois, j'ai crié. Surprise, Queen E est sortie en courant de la pièce, laissant derrière elle un silence plus dur que celui que j'avais brisé.

La caméra suivait White qui se balançait doucement, qui se balançait, en tournant sur lui-même jusqu'à me présenter son dos.

Comme une caméra est stupide ! Elle ne peut vous montrer l'âme d'un être humain. Le corps gigote et s'immobilise. C'est tout ce que sait la caméra. Pas d'éclair lumineux quand quelqu'un meurt, pas de filet de vapeur éthérée.

Mais moi, je savais. J'avais ressenti le choc dans mon sang, comme un deuil dans la famille. White était mort, et je l'avais assassiné.

J'ai éteint la télé et je suis allée dans la salle de bains. J'ai pris une paire de ciseaux et me suis tenue un moment devant le miroir. Puis, avec des gestes lents et méthodiques, j'ai massacré mes cheveux en me les coupant presque au ras du crâne, laissant tomber boucle après boucle morte dans l'évier blanc et froid, sous mon reflet efflanqué.

Mea culpa, Seigneur. Je me repens.

CHAPITRE 8

Les murs de la demeure de Mask étaient faits de verre dépoli. Dépourvue de lumière sans son maître, la façade vide et sombre ressemblait à un écran de télé mort.

Et pourtant, une fois à l'intérieur, j'ai eu immédiatement l'impression que nous étions trois. Tara se trouvait là, évidemment, en pantalon de coton et chemise d'homme blanche. Mais la chasse se levait de nouveau en moi, fiévreuse, je pouvais sentir aussi la présence de Jonathan Mask, tel un démon évoqué par une conjuration et prisonnier de ces murs vitreux.

Les fraîches tuiles hexagonales de céramique, les miroirs, la moquette d'un blanc froid, l'ameublement minimaliste et coûteux, chaque ligne et chaque forme économe conduisaient Mask comme de l'électricité : même mort il scintillait autour de nous, les dernières secondes de lumière qui s'attardent dans une télévision après qu'on l'a fermée. «Je suis le fantôme de Notre Père», avait-il dit, mais la figure qui émanait de sa demeure était celle d'un ange déchu : le jeu mouvant de la lumière, un noble front au-dessus d'yeux pleins de malice, aussi durs que des diamants, palpitants d'un feu glacial.

«Désolée pour la température. Il aimait la tenir basse pendant la journée et, évidemment, personne n'est venu ici pour la monter.» Tara a écarté une boucle brune qui avait échappé au ruban rouge retenant ses cheveux. Ses doigts étaient bronzés, puissants et fermes. Si Tara avait décidé de tuer quelqu'un, elle le ferait proprement.

Elle m'étudiait. «Heureusement que vous ne deviez pas paraître dans les prises de vue. Si j'étais vous, je changerais de coiffeur.»

Ma longue frange avait disparu, et ma queue de cheval aussi. J'avais passé la matinée à éviter les miroirs. «C'est ce qu'on fait, pas l'air qu'on a», ai-je grogné en sachant que je ressemblais à une détenue. «Ça vous dérange si je jette un coup d'œil?

— Allez-y.»

La pièce du devant était vaste et propre. Au centre, faisant également office de table de verre, se trouvait un grand hologramme abstrait, des lignes qui se recoupaient en formant des dessins impossibles, évoquant Escher. Un jeu d'échecs y était posé, une partie à moitié entamée. Une télé à écran plat était pendue au mur est. En dessous se trouvait une chaîne stéréo – à huit haut-parleurs montés dans chaque coin de la pièce, au sol et au plafond. Tout au fond de la pièce, un bar lambrissé de cèdre, avec réfrigérateur et four à micro-ondes. La moquette était blanche, la plupart des meubles gris charbon. Une pièce ressemblant à un dessin à la ligne, scrupuleusement exécuté. La seule trace d'humanité, c'étaient les chaussures de Tara, dont elle s'était débarrassée devant le divan, comme une provocation délibérée : le désordre en tant qu'acte de principe.

«Très joli», ai-je dit.

Que suis-je en train de vous montrer ? a murmuré Jonathan Mask tel un démon à mon oreille. *Pouvez-*

*vous voir mes empreintes ou ai-je bien effacé chaque
surface ? Vivre dans une aussi élégante désolation,
était-ce sérieux de ma part ou une plaisanterie ?*

Tara a haussé les épaules. « Trop propre pour moi.
Je lui disais que ça ressemblait à un décor. Mais il
l'aimait ainsi. Là-bas, il y a la cuisine et le garde-
manger. Par ici, on va à la salle de projection et à la
chambre d'ami. »

Elle s'est dirigée vers la cuisine. « Je vais voir s'il
y a quelque chose qui reste à manger. Ce serait idiot
de le laisser se gâter. »

Jésus ! Ne laissez surtout pas ma présence vous
déranger dans votre deuil, madame.

La cuisine, toute décorée de céramique blanche,
était une extravagance de gadgets modernes, qui ga-
rantissait de transformer n'importe quel cuisinier en
gourmet, en électricien ou les deux. Tara fouillait dans
le frigo. « Vous pensez sans doute que je suis sans
cœur. » Elle a sorti la tête du frigo pour me regarder
par-dessus son épaule. « Croyez-moi, je suis très peinée
de la mort de Jon. » Elle s'est retournée vers le frigo.
« Il y a deux bouteilles de coca. Vous en voulez ? »

— Non, merci. »

Elle était dure, cette directrice technique. Et prag-
matique. Tous ceux qui m'avaient parlé d'elle l'avaient
dit. En bleus et en bruns – des couleurs foncées, mais
pratiques. Je me suis rappelé que c'était la seule personne à avoir vraiment éprouvé du chagrin devant la
mort de Mask. Il s'attardait encore en elle, dur et
froid comme de la glace (comme un démon aussi,
possédant les régions vulnérables de son âme).
« Pouvez-vous me dire ce que vous faisiez juste avant
la découverte du cadavre ?

— Je vérifiais de l'équipement, j'ajustais des lumières, je bottais le cul de Len parce qu'il était en
retard.

— Vous n'avez donc aucun moyen de prouver que vous n'êtes pas allée dans la loge de la vedette ? »

Elle a haussé les épaules, regard clair et plein de défi. « Non. » Elle a finalement décidé de ne pas prendre de coca. « Jon a écrit beaucoup de critiques. Vous le savez, je suppose », a-t-elle dit en quittant la cuisine. « C'est pour cette raison qu'il avait une salle de projection. Ou du moins c'est ce qu'il disait. Il aimait beaucoup se regarder, si vous voulez savoir la vérité. Il avait un ego – à quoi d'autre pourrait-on s'attendre ? Je ne vous dis rien que je ne lui aie dit en pleine face, d'accord ? Je ne parle pas dans le dos des gens.

— Au contraire de… ? »

Elle a agité la main d'un air dédaigneux : « Les acteurs ! »

La pièce dans laquelle elle m'a précédée était une crypte obscure aux murs masqués de draperies blanches. « C'est là qu'il a enregistré son testament, n'est-ce pas ? »

Elle a acquiescé. Les lumières au plafond étaient éteintes, et seule une série de taches vaguement lumineuses éclairait la salle. En entrant, je me suis rendu compte que chaque tache était un hologramme différent de Jonathan Mask, vibrant encore d'une vie pétrifiée : Iago, Jackson, Dallas Godwin, Tallahassee, Job… et une douzaine d'autres dont je ne connaissais pas les noms.

Ma cathédrale, a-t-il murmuré en s'attardant sur le blasphème. *Ces personnages sont comme des saints dans leur niche.*

« *De malheureux esprits que Lucifer entraîna dans sa chute, qui conspirent avec lui contre Dieu, et qui sont, comme lui, damnés à jamais.* »

« Des holos publicitaires », a dit Tara, noyant le murmure malfaisant à mon oreille. « Il en avait un pour chaque production importante à laquelle il avait participé, sauf deux, la première et la troisième. Et *Faust*, évidemment. »

Nous sommes sorties en silence, comme si nous nous enfuyions d'un lieu saint.

La chambre d'ami était d'une normalité apaisante, rassurante. Ç'aurait pu être la mienne, même si elle aurait dans ce cas été plus en désordre. Un tableau en blanc et noir de Don Quichotte était accroché à un mur, dans un cadre de verre transparent. (« Défie-toi de cet ennemi, le Chevalier aux Miroirs »…)

La chambre à coucher principale se trouvait au deuxième étage, avec au-dessus de la coiffeuse une reproduction de *Ceci n'est pas une pipe* de Magritte, ses bleus et ses blancs éclatants reflétés dans le ciel qu'on pouvait distinguer à travers le mur de verre translucide. Le lit n'était pas fait, un négligé qui ne cadrait pas avec le reste. J'ai dit : « Parlez-moi de monsieur Mask et de Célia Wu.

— C'était stupide de la part de Jon. Je le lui ai dit. Nous nous sommes disputés à ce propos. Elle est très jeune et très idéaliste. Et une dévote rédemptionniste, vous le saviez ? » J'ai acquiescé. « Ou, enfin, elle l'était. Elle croyait que Jon était Dieu, ou du moins son Porte-Parole sur terre. Elle le voyait à la télé depuis qu'elle était toute petite, prêchant l'évangile des Reds. La première fois que je l'ai rencontrée sur le plateau, elle débordait de joie. Elle a dit à Jon que c'était son exemple qui l'avait convaincue d'avoir une carrière de "communicatrice" tout en conservant sa foi. »

Tara m'a jeté un coup d'œil chagrin. « Mademoiselle Fletcher, Jon ne manifestait pas toujours beaucoup de bonté. Vous savez comment il traitait les acteurs qui s'opposaient à lui. Et même s'il n'était pas délibérément malfaisant, il ne prévoyait pas toujours les dommages que ses actes pouvaient causer à autrui. Il fallait être endurci pour vivre en sa compagnie. »

Elle m'a fait traverser le corridor pour aller dans le bureau, une pièce pleine d'ordinateurs, de visionneurs de DVD, d'enregistreurs de toute sorte, d'imprimantes et de périphériques divers. « Il l'aimait bien. Elle n'était pas brillante, mais elle était honnête, et les gens honnêtes le fascinaient. Un jour, il l'a invitée à la maison. Il a bavardé avec elle, comment c'était chez elle, sa famille, il l'a mise à son aise, et ensuite il l'a amenée ici. » Elle a jeté un regard entendu aux murs-miroirs, aux ordinateurs, à l'imprimante laser… « Vous pouvez en imaginer l'effet sur une bonne petite Red. »

Oh oui, je pouvais l'imaginer. Un choc terrible pour quelqu'un comme Célia. Comme découvrir que son père est un vendeur de drogues. Et peut-être avait-elle déjà couché avec lui, à ce moment-là.

« Cet idiot de Jon s'est mis en mode Bertrand Russell – ironique, sceptique, spirituel. Elle est restée assise là, immobile comme une poupée chinoise. C'est seulement quand elle s'est excusée pour aller pleurer dans la salle de bains qu'il a compris ce qui se passait. Célia était anéantie. Son super-héros était un hypocrite de la tête aux pieds. Elle ne s'est pas présentée à la répétition le jour suivant. David a dû se rendre chez elle et discuter avec elle pendant six heures pour la persuader de revenir jouer dans la pièce. Une semaine plus tard, l'Inquisition s'est pointée et Jon a cessé d'être sollicité comme porte-parole pour le gouvernement. Pas une grande perte, si vous voulez mon avis. La salle de bains et les armoires sont là », a-t-elle ajouté en pointant un doigt. Sa tristesse ne l'avait pas quittée.

« À la façon dont vous en parlez, Mask n'était pas un type très aimable. Pourquoi restiez-vous avec lui ?

— Quoi ? » Elle a semblé déconcertée. « Oh. Nous n'étions pas amants. Je suis plus intelligente que ça.

Jon l'a suggéré une fois ou deux, mais il savait que ce serait une erreur, je pense. Moi, je le savais, en tout cas. »

Pour des péchés qu'hélas je n'ai jamais commis.

« Tout le monde m'a dit que vous étiez ensemble. »

Une grimace : « Bien sûr. Nous passions beaucoup de temps ensemble, et qu'est-ce que des acteurs pourraient imaginer d'autre ? Je doute que David vous ait dit ça, pourtant, ou l'équipe de plateau. Ils me connaissent mieux que ça.

— Je prends note. Pourquoi étiez-vous amis ?

— N'avez-vous donc rien appris ? a-t-elle dit, irritée. C'était l'homme le plus intelligent, le plus fascinant que j'aie jamais rencontré. Il était d'excellente compagnie, quand il vous faisait confiance. Bien sûr, c'était un sceptique, mais il y a bien des raisons d'être sceptique dans notre monde. On ne pouvait pas passer trop de temps avec lui, il vous épuisait. Mais il était en scène aussi longtemps qu'on pouvait le supporter, et toujours en forme. Un homme extraordinaire, Jonathan Mask, pas du tout comme l'image qu'il projetait. Nous n'en verrons plus, des comme lui. »

Choquée, j'ai vu qu'elle pleurait. Des larmes qu'elle refusait d'admettre roulaient sur ses joues.

Il est plus difficile de voir pleurer les forts que les faibles. Embarrassée, je me suis détournée pour faire semblant d'examiner l'ordinateur. C'était une vraie beauté, une machine dernier cri. J'ai contemplé les touches sans les voir, un ensemble de pyramides tronquées gravées de symboles secrets, tout en sentant la pression monter derrière mes yeux. Tara : une pyramide à la base carrée, puissante et bien équilibrée, mais entretenant la possibilité de transformations inattendues – implicites dans les larges triangles de ses côtés. Mask l'avait charmée, elle aussi.

C'étaient là les mystères du cœur.

«Jon aimait avoir le meilleur», a-t-elle remarqué.
Je ne me suis pas retournée : je pouvais encore sentir
son chagrin et je ne voulais pas lui faire honte. «Les
machines de communication sont de première classe
– marché noir. Vous voudrez tout saisir, je suppose.
Il a écrit un tas de critiques pour le Réseau et pour
Com-Pact, alors il voulait que les transferts soient
propres et nets. Il y a de bons logiciels de graphisme
aussi. J'ai conçu les décors du *Faust* avec. C'est pour
ça que je crois qu'il a été assassiné.

— Je vous demande pardon?

— Je n'ai rien dit avant – nous étions tous sous le
choc. Mais plus j'y pense, plus je suis convaincue que
Jon n'aurait jamais commis une erreur fatale avec ses
machins électroniques. Il connaissait ça. De toute
évidence, vous pensez la même chose, ou vous ne
seriez pas ici.»

Je lui ai rendu son regard assuré. «Tara, laissons
faire les conneries.»

Ça l'a prise à contre-pied. J'ai poursuivi mon
attaque : «Il y avait des fragments de votre peau sur
le costume de Mask. Vous avez menti en disant ne pas
l'avoir vu dans les quinze minutes ayant précédé
l'appel.»

Malgré son calme extérieur, j'ai enfin pu sentir
craquer le contrôle qu'elle exerçait sur elle-même.
Son visage a pris une expression hantée, et j'ai perçu
un élan de désespoir. «Qui plus est, on vous a vue
courir dans le couloir après la décharge du condensateur.» J'ai pris un risque calculé. «Vous avez bel
et bien vu Jon. Vous l'avez laissé mort dans sa loge,
n'est-ce pas, Tara? Vous avez menti quand nous
sommes arrivés, au début…

— Non. Oui.» Elle avait des larmes dans les yeux.
Elle s'est pris un moment la tête entre les mains puis

m'a fixée de nouveau, pâle et farouche. «Est-ce qu'il vous est venu à l'idée que vous pourriez faire plus de bien que de mal, à déterrer vos os? Avez-vous jamais pris le temps d'y penser?»

Ses épaules se sont affaissées et elle a allumé l'écran de l'ordi. Il était encombré d'éloges funèbres récupérés dans les médias par un agent fureteur. D'un geste automatique, elle les a sauvegardés, et elle est passée dans un répertoire au niveau supérieur. En trente secondes, nous étions à la fin des *Mémoires* de Mask, où le mot «Rappels» occupait le haut de l'écran.

«Lisez», a-t-elle dit avec amertume. Et avec fierté.

En lisant les mots inscrits devant moi, j'ai cru entendre la voix de Méphistophélès : brillante, damnée, étincelant d'un esprit aussi amer que de la bile.

Ainsi en arrivons-nous enfin à la fin. J'ai épuisé toutes mes raisons d'écrire. À un moment donné dans mon existence (la première fois que j'ai vu une pièce de théâtre, ou dans la grange où officiait notre ministre, ou à un autre moment crucial), j'ai traversé un pont qui, comme ma demeure, ne permet de voir que d'un côté. C'est le pont de la foi.

L'histoire de la Genèse est bien ancienne, mais encore instructive. En mangeant le fruit de la connaissance, l'être humain a perdu son immortalité. Mais il y a d'autres pertes implicites dans cette perte première. Avec l'acquisition de connaissances accrues, on devient plus familiarisé avec les systèmes en compétition, et moins capable de croire en la suprématie d'un seul. À mesure que le temps passe, cela doit finir par éroder même notre foi en Dieu et dans le Paradis qui nous est promis en récompense.

En revenant sans cesse manger le fruit de l'arbre, nous perdons enfin même l'espoir de l'immortalité qui avait fortifié nos ancêtres.

J'ai essayé d'être honnête tout au long de cet ouvrage, en expliquant les raisons pour lesquelles je me suis fait le champion du Rédemptionnisme (certaines sont fondées sur la valeur de l'ordre dans une société donnée et nombre d'autres dépendent, je l'admets, uniquement de l'opportunisme). J'ai également essayé d'être honnête en expliquant comment ces principes me sont devenus étrangers. Je crois être honnête à présent en appelant cette perte une felix culpa: une heureuse faute.

Mais d'un autre côté, je ne sais pas. Je ne peux pas plus être certain de ma propre honnêteté que je ne puis l'être de quoi que ce soit d'autre. Cela ne me mène pas aux inutiles philosophies solipsistes, mais plutôt à une acceptation définitive de ce que j'ai proposé tout du long. Le message, l'image que nous donnons de nous-mêmes (ou que nous nous donnons à nous-mêmes), c'est tout ce qu'il y a. Pas d'âme, pas de «personnage» non plus; toute la réalité consiste uniquement en cette image.

Quelle est l'implication ultime, dans ce cas? S'il y en a une, peut-être est-ce la suivante: ce Dieu, tel que postulé par les théologiens, est omniscient. Et donc il doit avoir su, avant le premier fiat lux, qu'Adam mangerait le fruit de l'arbre. Et donc su que l'homme créé à son image en viendrait à douter.

Je crois que c'était le but divin dans la création (si Dieu en avait un, ou même s'Il existe, ce qui semble peu probable). Dieu, dont la prescience est parfaite et qui connaît toutes choses, doit, dernier creuset du paradoxe, posséder le doute le plus parfait et le plus universel. C'est Lui qui crée l'univers d'une pensée et le dissout d'une question. Quand Il nous a créés, ces deux principes de création et de destruction (appelons-les amour et raison, si on veut) ont été le fondement de notre nature.

C'est la force de leur conflit qui nous maintient en vie, tout comme elle maintient l'univers en mouvement. Nous existons dans le flux de leur combinaison. Malheur à qui perd entièrement l'un ou l'autre, car il n'est plus un être humain.

Il est alors un mot sans contenu, un âne qui brait dans le désert.

J'ai une dernière question pour vos (imaginaires) spéculations : qu'est-ce que Dieu, qui était tout et savait tout, ultime créateur et destructeur, a vraiment fait en ce fameux septième jour dont on ne parle nulle part ?

Alors que j'arrivais à la fin du texte, Tara a dit «Oh, Jon», comme une mère dont l'enfant a fait une sottise.

J'avais la gorge nouée de larmes. J'ignorais si c'étaient celles de Tara ou les miennes. Oh, il était humain après tout, et j'avais eu tort d'en douter. Même Jonathan Mask pouvait ne pas être le prophète, l'escroc, le saint et le destructeur qu'il proclamait être.

L'emmenant plus haut, le diable lui montra en un instant tous les royaumes de l'univers et lui dit : «Je te donnerai tout ce pouvoir et la gloire de ces royaumes, car elle m'a été livrée, et je la donne à qui je veux. Toi donc, si tu te prosternes devant moi, elle t'appartiendra tout entière.» Et Jonathan Mask dit : «Éloigne-toi de moi, Satan.»

Éloigne-toi de moi, Satan. Le prix du péché, c'est la mort. Mask avait payé le prix fort pour son succès, en vérité. Et à la fin, il avait tenté le Seigneur son Dieu.

Et qui sont comme lui, damnés à jamais.

◆

Cela faisait des jours que j'avais mis toute ma volonté à démasquer Jonathan Mask. Mais les modeleurs apprennent en parcourant le labyrinthe, en se glissant dans les motifs qu'ils perçoivent autour d'eux. Grâce à cette constante conjuration, un Jonathan Mask avait commencé de prendre forme en moi, un murmure de damnation. Paniquée, j'ai reculé, en souhaitant le voir disparaître, en essayant d'exorciser le démon que j'avais invoqué.

Des motifs obscurs s'édifiaient autour de moi. Il vaut mieux ne pas voir certaines choses. Combien de temps avant que je ne me blesse le pied contre une pierre ?

Après cette enquête, de longues vacances. N'importe quoi pour faire changement. Peut-être une autre sorte de travail. Madame Ward a-t-elle besoin d'une disciple ? plaisantais-je intérieurement. Mais j'étais incapable d'abandonner la chasse si près du but ; je pouvais sentir l'odeur du sang.

« J'ai entendu le bruit, a commencé Tara d'une voix lente. Mais j'allais ranger une caméra à l'Équipement. J'ai pensé aller vérifier en revenant. Ce n'était pas loin, peut-être une minute et demie, deux tout au plus. Quand je suis arrivée, j'ai vu tout de suite qu'il s'était suicidé. Je le craignais depuis des semaines, des mois, en réalité, mais il s'était beaucoup aggravé depuis l'incident avec Célia. J'avais essayé de l'aider, mais il s'était tout simplement… éloigné. Il travaillait de plus en plus longtemps avec Daniel. Cette pièce l'obsédait. »

Elle a eu la gorge trop serrée pendant un instant, mais a réprimé son sanglot par un acte de volonté et m'a regardée bien en face : « Vous voyez pourquoi je ne voulais pas qu'on le trouve comme ça ? Je ne voulais pas qu'on le crucifie alors qu'on ne connaissait pas toute l'histoire, alors qu'il ne pourrait plus se défendre. » Son visage s'est adouci. Assise devant l'ordinateur, elle s'est mise à distraitement appuyer sur la barre d'espacement. Espace espace espace. « Si stupide que cela puisse paraître, j'avais peur pour toutes les autres Célias, vous comprenez ? Le sui… le suicide, c'est le péché impardonnable, n'est-ce pas ? Le péché contre le Saint Esprit. Le péché de désespoir. » Elle s'est empourprée de colère, comme si elle me défiait de la contredire. « Je n'aimais pas beaucoup le mouvement rédemptionniste, mais je ne voulais pas que ce soit ça qu'il laisse derrière lui : une épidémie de suicides dans tout le pays et des ministres hypocrites et intéressés qui feraient des sermons contre lui. »

Mon Dieu ! Tara Allen ne savait pas.

Elle a pris conscience du mouvement de ses mains, les a ôtées avec précaution du clavier. « Je me suis assurée qu'il était bien mort, et je lui ai pris le *taser*. Je savais que je n'avais pas beaucoup de temps avant qu'on l'appelle, alors j'ai couru dehors et j'ai jeté le *taser* dans la boîte à accessoires, dans la salle des costumes. »

Merde ! L'arme du crime avait été là quand Rolly m'avait informée sur l'affaire. Ç'aurait été drôle si ce n'avait pas été aussi exaspérant. « Il y est encore ? »

Mon espoir est mort quand elle a secoué la tête : « Non. Le jour suivant, il n'y avait plus de flics, alors je l'ai repris pendant ma pause-repas et je suis allée le jeter dans la rivière.

Avant que je ne renvoie un agent à la TN cette nuit-là.

Merde.

Elle s'est levée pour me faire face. « Mais quelle importance ? Je vous en prie. » Elle a posé une main sur mon épaule. Presque une supplication, du moins pour elle. « Laissez tomber. Ce serait tellement mieux. » Ses doigts se sont raidis quand j'ai secoué la tête.

« Je suis désolée. Il y a quelque chose que vous ignorez. Nous avons très efficacement saisi le *taser* que possédait monsieur Mask, voyez-vous. » Ses yeux se sont écarquillés quand elle en a saisi l'implication. « Ou bien il s'est tiré avec un *taser* appartenant à une tierce personne, ou bien…

— Mon Dieu, a-t-elle murmuré. Un coup monté. Pour faire comme si… Doux Jésus. »

C'était bien joué. Je la croyais sincère, mais je ne pouvais être sûre. « Madame Allen, auriez-vous une idée, quelque chose à me dire, à propos de vos collègues de travail, qui ne serait pas de notoriété publique ? N'importe quoi d'inhabituel pendant les six ou sept derniers mois ? »

Elle a commencé à secouer la tête, s'est interrompue.

« Quoi ?

— Je… je préférerais ne pas en parler. Juste des machins personnels. » Elle fronçait les sourcils, indécise. Elle ne voulait pas trahir la confiance d'autrui.

« Écoutez, Tara. On me dit beaucoup de choses. C'est mon boulot de ne pas en parler sauf quand on en a besoin comme preuve. Mais je découvre souvent un meurtrier, comme la personne qui a assassiné Jon… » – ai-je précisé, la manipulant sans pitié – «… grâce à des indices qui ne concernent pas l'assassin lui-même et ne sont jamais introduits en cour. Ça m'aide à planter le décor. »

Elle a hoché la tête avec lenteur. « Ce n'est pas vraiment important pour l'affaire, mais vous avez dit que vous vouliez connaître des détails inhabituels. Eh bien… » Une grande inspiration avant de plonger : « Il y avait des rumeurs comme quoi David était suicidaire. Vous en avez entendu parler, je suppose. C'est en partie pourquoi, quand j'ai vu Jon, j'ai supposé… Bon, il y a un mois, je travaillais tard. Je suis allée dans le bureau de David pour fermer, et j'ai trouvé un revolver sur son bureau. Quand je l'ai pris pour le rapporter dans la salle des accessoires, j'ai su tout de suite qu'il était trop lourd pour être un faux. C'était un .32. J'ai vérifié le chargeur, il y avait une seule balle. » Elle a répondu à ma question avant que je ne la pose : « Pas une balle et cinq cartouches vides. Il n'avait pas tiré cinq coups. Il avait mis seulement une balle.

— Roulette russe.

— J'ai pensé que oui, peut-être, compte tenu des rumeurs. Je ne l'ai pas mentionné. Il n'était pas vraiment sérieux. »

Elle le pensait, bien sûr, parce que David était toujours vivant. Si madame Allen devait se suicider, une deuxième tentative ne serait pas nécessaire.

« Merci, lui ai-je dit. Je sais comme c'est déplaisant de raconter ce genre de choses à une étrangère. » Et elle n'était pas très heureuse de l'avoir fait, non plus. Je suis passée rapidement à ma dernière série de questions. « Tara, connaissiez-vous les stipulations du testament de monsieur Mask ? »

Elle avait à peu près retrouvé ses esprits. Nous sommes retournées dans la cuisine. Nous ne désirions ni l'une ni l'autre rester dans le bureau, et Tara avait envie du coca, maintenant. « On en a parlé », a-t-elle dit par-dessus son épaule.

« Et quel était votre sentiment à ce propos ?

— J'ai régulièrement du travail. Célia vit d'un engagement à l'autre. Ça me semblait plein de bon sens, comme n'importe quelle autre action de Jon.

— Il voulait donc simplement être équitable ? »

Elle a souri : je n'avais pas très bien déguisé mon accent d'incrédulité. Après une pause, elle a dit : « Vous savez comment on peut s'attacher à une personne simplement parce qu'on la connaît depuis toujours ?

C'est ce que Jon ressentait, je crois, à l'égard de l'image que Célia avait de lui. Cette image n'avait jamais été vraie, mais il avait passé beaucoup de temps avec elle. Il voulait s'assurer, je pense, qu'elle continuerait d'exister après sa mort. C'est pourquoi je ne voulais pas que ce Jonathan Mask-là soit jeté aux poubelles, alors que j'avais une chance de le protéger. Même si c'était stupide. J'aurais dû savoir que j'aurais mieux fait de ne pas raconter de conneries. Je ne referai pas cette erreur. » Elle a pris une lampée de coca. L'épais cul de verre de la bouteille avait laissé des petits cercles humides sur le bois de merisier de la table. « Et je crois aussi que c'était une pénitence. Sa façon d'offrir quelque chose à l'innocence. Jon aimait l'intégrité, et la foi. Parce qu'il ne possédait ni l'une ni l'autre. »

Elle a fini la bouteille et l'a reposée sur le comptoir. Elle me dévisageait avec une sincérité douloureuse.

« Je ne… je ne vous dis rien que je ne lui aie dit. Si quelqu'un l'a assassiné, j'espère que vous attraperez ce salaud, et j'espère que vous le ferez pendre, Fletcher. Et j'espère que je vous y aiderai. »

Et Mask m'a dit *Je les aimais*. Cette déclaration m'a choquée. *Je les aimais. Comment cela s'accorde-t-il avec votre arrogante analyse, Diane ? Suis-je Méphistophélès ou Faust, le tentateur ou le damné ?*

Je me suis rappelé la vidéo de son testament et j'ai compris pour la première fois que Mask n'avait pas joué la comédie. Ses gestes maladroits, tellement en contradiction avec ses paroles, avaient la qualité rugueuse et sans grâce d'un homme qui se débattait avec une vérité déplaisante : une échappée de souffrance derrière un regard à la froideur de glace, une toux de rire nerveux.

N'étais-je pas autrefois le bien-aimé de Dieu ?

Tiré de «Une doublure d'Euclide», dans *Le monde entier est un théâtre : commentaires sur la logique et la méthode de l'acteur*, par Jonathan Mask, avec permission de l'auteur.

[...] Ce qu'un acteur doit comprendre, ce n'est pas seulement l'auteur et le metteur en scène mais aussi les spectateurs : tous participent à la construction du personnage. L'échec de la Méthode, c'est sa réticence à reconnaître cet important principe : elle met l'accent sur la *compréhension* du personnage plutôt que sur la *communication* de cette compréhension.

Il y a plusieurs corollaires importants à cet axiome de co-création. Les deux principaux sont les suivants :

1) Toute caractérisation qui contredit fortement les instincts de l'auditoire est condamnée à l'échec, et elle le mérite. C'est le principe «Donnez-leur ce qu'ils désirent».

2) Toute interprétation qui manque à se communiquer à l'auditoire est également un échec. C'est l'illusion du «solipsisme scénique».

La directive implicite dans ces théorèmes est bien entendu radicale, puisqu'elle contredit nos croyances quant au caractère et à la moralité quotidiens. Cependant, tout comédien intelligent doit admettre cette inéluctable conclusion : *La compréhension d'un personnage n'est en réalité importante que dans la mesure où elle aide à la communication du personnage.* Le fond, c'est la forme. Le médium est le message.

En d'autres termes, le *sentiment* ne compte pas. L'apparence, voilà ce qui compte.

Nous ne sommes pas, quoi que j'aie pu dire pour consommation publique, engagés dans la défense d'une cause supérieure. Nous ne servons pas le Christ quand nous jouons, mes amis : nous servons Rome.

Nous sommes le pain et les jeux. C'est notre travail de distraire la populace. Nous sommes les gratteurs de violon dans une Rome en flammes, et nos cendres danseront au-dessus du brasier funèbre de notre temps.

Ici se termine la leçon.

Et il y eut un soir et il y eut un matin :
et ce fut le cinquième jour.

CHAPITRE 9

J'ai pensé à plusieurs reprises, cet après-midi-là, à quel point je serais heureuse de voir cette affaire réglée. Ça me dégoûtait de m'attarder ainsi autour du cadavre de Mask en récupérant tout ce qui pourrissait autour. Des cadavres : trop, bien trop de morts.

Queen E, qui dérivait du côté du salon, m'a contemplée d'un impassible regard de reproche félin. Elle ne comprenait pas pourquoi je lisais alors que j'aurais dû être en train de chasser. Peut-être pouvait-elle encore sentir le templar sur mes doigts et mes cheveux. Elle avait la vie facile, elle, elle allait là où son nez lui disait d'aller, sans s'inquiéter du chemin de la passion parcouru par ses victimes.

Ma chasse à moi était tout autre. Je suivais les pas du meurtrier, j'essayais de trouver mon chemin jusqu'au centre du labyrinthe qui renfermait Jonathan Mask.

Je n'avais plus maintenant que trois suspects potentiels : Célia, David et Tara.

Célia tiendrait le *taser* loin de son corps, à bout de bras : trop d'années de propagande red pour que ça ne lui répugne pas de toucher ce genre de gadget technologique, même si elle s'apprêtait à enfreindre l'Ultime Commandement. Mask avait saccagé sa foi, et il devrait en payer le prix.

En la voyant armée, il comprendrait instantanément la situation et retirerait son masque, conscient du fait qu'il serait plus difficile pour elle de lui tirer dessus si elle devait voir son visage.

Mais alors, il se mettrait à parler.

Oui, ce serait ça. Il ne pourrait pas comprendre à quel point elle haïssait ses paroles, ses mensonges. Il sourirait ; et elle tirerait.

Ensuite, elle ferait ce qu'elle avait coutume de faire pour se calmer : elle irait dans les toilettes des dames pour pleurer un peu. Vérifier son maquillage. Se préparer à jouer la comédie.

Mais pouvais-je vraiment y croire, à ce scénario ? Célia n'était pas Rutger White. Pouvait-elle enfreindre le plus terrible des commandements divins ? Une telle haine, assurément, laisserait en elle une cicatrice plus profonde. La marque de Caïn est tangible en tous ceux qui se croient damnés.

Et puis, il y avait la difficulté supplémentaire d'acquérir un *taser* ; plus facile si on en possédait déjà un. Les *tasers* civils ne faisaient que paralyser. Célia, en bonne rédemptionniste ayant renoncé à la technologie et à ses pompes, comprendrait-elle que le *taser* tuerait Jon Mask en surchargeant le condensateur ?

David le saurait, bien entendu. Il portait lui-même parfois un *taser* et, quoique n'étant pas un génie de la technique, il comprendrait certainement, j'en étais sûre, ce qui pouvait se passer.

Il serait très, très calme. Il entrerait dans la loge d'un pas ferme mais sans faire de bruit – comme un directeur qui en a le droit. Irrité de cette interruption, Mask ne dirait rien et se détournerait.

Pour Delaney, le problème serait de viser correctement et d'appuyer sur la détente. Son univers devrait se trouver annihilé par un ouragan de feu blanc, comme au cœur d'une étoile. Comment pourrait-il supporter l'agonie de Mask, sinon, et le choc de sa mort ? Non, la loge s'effacerait devant les yeux de Delaney dans un brouillard de statique en fusion.

L'alibi de Delaney n'était pas très solide, mais il n'avait pas non plus de motif. Je ne pouvais croire que quelques points de plus dans les cotes d'écoute pousseraient un tel homme au meurtre. Et puis, c'était un empathe : même avec toutes les barrières qu'il aurait pu édifier, comment serait-il arrivé à supporter la torture du dernier moment de Mask ?

Tara Allen connaîtrait l'effet d'une décharge de *taser* sur le costume de Jon. Elle dirait quelque chose – « Je t'avais dit que je te tuerais si ça en venait là. Pas de conneries. » (Si ça en venait à quoi ? Des filles ? De l'argent ? Une rancœur intime que je ne pouvais toujours pas déceler ?) Mask se tournerait vers elle et essaierait de faire face, d'en appeler à leur amitié. Elle, qui serait entrée si calmement, s'apercevrait qu'il serait bien plus dur de le tuer qu'elle ne l'avait imaginé. Le *taser* tremblerait dans sa main, et Mask aurait un moment de frénétique espoir.

Elle tirerait convulsivement, avant que sa soudaine faiblesse ne puisse l'emporter sur sa haine.

Mais où était-elle, la haine ? Je savais que Tara était entrée dans la loge de Mask avant l'arrivée du messager. Mais c'était la seule personne vraiment touchée par la mort de Mask. Elle savait qu'elle n'hériterait pas sa fortune. Je ne pouvais croire qu'elle ait tué Mask pour ne pas la lui avoir léguée. Ses larmes de la matinée pouvaient-elles vraiment avoir été une comédie, et l'histoire de suicide un habile camouflage ?

Je tournais en rond.

Et je me retrouvais au début, avec Jonathan Mask. Lui seul pouvait me confier le nom de son assassin.

Aussi me suis-je assise pour lire deux cent cinquante pages de brillante pseudo-philosophie, en essayant de comprendre le plus grand acteur de notre époque. Qu'avait donc dit de lui Delaney ? Une pierre précieuse comme une étoile : splendide et dure, avec une lumière captive en son centre. Une bonne image, que les *Mémoires* ne faisaient que renforcer.

Exaspérée, j'ai reposé les feuillets imprimés et j'ai donné à manger à Queen E, dégoûtée par l'odeur familière de mort, les morceaux de nourriture humides et collants. J'ai jeté la boîte de conserve dans le compacteur et j'ai parcouru ma petite cuisine d'un regard morose. Dans le congélateur, un tas de surgelés. Je n'étais pas allée faire des courses depuis une semaine.

Le téléphone a sonné. «Ouais ? » ai-je dit en prenant le récepteur et en voyant à l'écran le visage de Rolly.

«Dieu vous bénisse, Fletcher, c'est simplement… Jésus, qu'est-il arrivé à vos cheveux ? » Il me regardait fixement, bouche béante.

J'ai rougi, mortifiée. Quelle laideur ! Et quelle stupidité ! Une gamine de quatorze ans essayant de se rendre intéressante en choquant ses parents. «Eh, vous n'aimez pas ma nouvelle tête ? Le style lesbo est à la mode, maintenant, Rolly. Toutes vos secrétaires vont bientôt avoir cette tête-là.

— Dieu nous garde, a-t-il dit, acide. Hum, dites donc, j'ai pensé que vous aimeriez le savoir : vous aviez raison en ce qui concerne la cause du décès ; le lab a trouvé les points de pression du taser. Dans la partie médiane du costume. »

Un sourire fatigué plissait son visage. Rolly bénéficiait du fait qu'il était à la traîne : il pensait encore que nous allions quelque part.

«Splendide, ai-je dit avec lassitude.

— Vous n'en semblez pas très heureuse.

— Je savais qu'on les trouverait. »

Il portait une cravate plus laide que d'habitude, un machin écossais filiforme qui se tortillait de travers sur son costume bleu marine.

« Ouais, bon. Écoutez, Fletcher. On va l'attraper, ce type, hein ? Pas besoin que ce soit cette nuit. » Il s'est arrêté, indécis, en me dévisageant. Je lui ai rendu son regard, en me sentant misérable et hideuse. « Reposez-vous un peu », a-t-il dit avec gentillesse.

« Z'êtes en train de me dire de laisser tomber l'affaire ?

— Écoutez, je viens de parler au téléphone avec le nouveau porte-parole du Président, a-t-il dit avec irritation. Les médias sont en train de creuser l'affaire. Le gouvernement veut que tout soit éclairci *maintenant.* Ils ont filé l'affaire Dobin à quelqu'un d'autre et m'ont menacé du fouet du Pharaon, oui ? Si je bousille ce truc, je peux m'attendre à rédiger des contraventions pour le reste de mes jours. Alors, quand je vous dis de vous reposer, c'est parce que vous êtes ma meilleure chance d'effectuer une arrestation dans cette affaire. Si vous êtes brûlée, vous ne servez à rien pour personne. » Il a poussé un soupir. « On a travaillé souvent ensemble. Je vous *connais* », a-t-il ajouté, gentiment. « Je parierais ma chemise que vous résoudrez cette affaire dans les vingt-quatre heures. Je reconnais les signes. Je sais aussi qu'en même temps vous ferez une idiotie. Vous vous rappelez l'enlèvement du petit Broster ? Si l'un de ces types avait su que vous n'aviez plus de munitions, il vous aurait transformée en fromage suisse, Diane. »

J'ai été obligée de rire, embarrassée.

C'était la première fois que Rolly m'avait jamais appelée par mon prénom.

Il a hoché la tête, ayant établi son argument. « Je sais ce que ça vous fait, quand vous êtes proche de résoudre une affaire. Vous prenez cet air mauvais, un air sauvage, comme un faucon affamé ou quelque chose dans ce genre-là.» Il a conclu avec un grognement : «Ou un aigle chauve, en l'occurrence.

— Merci bien, gros malin. Écoutez, vous avez raison. Je suis en train de piétiner. Je vais faire relâche pour la nuit et penser à autre chose.

— Bonne idée.» Il s'est détourné comme si quelqu'un l'avait appelé, en faisant taire d'un geste un subalterne quelconque avant de mettre fin à notre conversation. «Je vous contacterai demain, Fletcher. Dieu soit avec vous.

— Ouais. Au revoir.» J'ai raccroché. Après un moment de réflexion, j'ai appelé un numéro qu'on m'avait donné seulement deux nuits plus tôt, avec l'impression d'être idiote, tandis que j'écoutais la sonnerie, une fois, deux fois, trois…

«Allô?» a dit une voix surprise mais joviale.

«Bonjour… Jim?»

◆

«Holà!» a-t-il dit, quand il m'a accueillie à la porte. Un sourire a lentement gagné son visage. «On peut toucher?

— Non, on ne peut pas.

— Ooooh, la brosse qui bosse, a-t-il gloussé en me caressant le crâne. Princesse Hérisson, je vous en prie, entrez dans mon château.»

Un soudain élan de gratitude m'a envahie. «Andouille, ai-je grommelé en lui donnant une tape sur la main et en rougissant. Où est la bouffe?»

◆

Après avoir mangé, nous avons discuté dans son salon. Il était assis en tailleur à deux pas de moi. Je m'étais appuyée sur un coude afin de nous faciliter la conversation et je le regardais me regarder. Flattée de son intérêt. Étonnée de la tristesse qui coulait en lui comme une source souterraine.

Seigneur, c'était bon d'être avec un ami ! Depuis si longtemps, je ne fréquentais que des flics, des criminels, des gens désespérés. Je me suis étirée comme un chat, en sentant la moquette contre ma peau. J'avais laissé mon univers devenir une série de casse-tête dans lesquels les indices étaient des êtres humains. Quelle terrible erreur.

«Tu sais, a dit Jim, tu devrais prendre ton boulot un peu moins au sérieux. Tu as flanqué une sacrée frousse à Rod et à Bob, l'autre nuit.

— Moi ? Ce n'était pas moi qui leur brandissais un pistolet dans la figure. C'est plutôt de ces malfrats gelés au Gel qu'ils auraient dû avoir peur.» Je m'étais empourprée. J'avais peur, moi, peur que la chasseuse en moi ait effrayé Jim. Et il aurait dû l'être, effrayé : j'étais bel et bien une chasseuse. J'étais celle qui, d'un seul coup de pied, et en y prenant plaisir, avait brisé la rotule de Rick. Il m'était difficile d'admettre devant Jim que je pouvais être ainsi. «Je suis désolée de t'avoir engueulé. J'étais… dans un mode un peu particulier.

— Prends moi, par exemple, a-t-il dit. Je travaille à Postnet. Est-ce qu'on me voit trier du courrier après cinq heures ? mémoriser des codes postaux ? collectionner des timbres ?. Non. Il faut apprendre à ne pas emporter son travail à la maison, Diane.

— Ce n'est pas mon travail, c'est ma vie, ai-je dit, abrupte. Il n'y a pas de place pour de l'hésitation, tu vois. Si on réfléchit trop longtemps, on est mort. Et il faut être systématique. On ne peut pas se permettre de ne pas l'être. Une fois que j'ai lancé le programme de chasse, comme lorsque j'ai neutralisé Jiminy et Rick, ça prend beaucoup d'effort pour l'arrêter. Il y a un motif à suivre jusqu'au bout.

— Peut-être devrais-tu envisager une autre sorte de boulot, a-t-il suggéré. Demi offensif au football, par exemple. Ou conseillère psychologique pour jeunes Reds, quelque chose de ce genre. Eh, il y a peut-être même un emploi disponible à Postnet !

— Je ne peux pas occuper un emploi régulier, Jim. J'ai une vocation. »

Ses fins sourcils se sont arqués : « Comme c'est joliment red de ta part. »

(« Heureux sont ceux qui ne sont pas appelés, mademoiselle Fletcher. » C'est ce qu'avait dit Rutger White.) « On ne peut pas s'en tirer tout le temps avec des blagues, Jim. À un moment donné, il faut se compromettre, ou alors on essaie simplement d'éviter ses responsabilités dans la vie. »

Je me suis sentie rentrer sous terre aussitôt après avoir parlé : je n'aurais jamais dû dire cela, je l'ai su tout de suite en percevant la pointe de chagrin qui le taraudait. Stupide, stupide et cruel de ma part d'insister ainsi sur son manque de vocation. Les gens à la dérive savent bien qu'ils sont perdus.

Mais Jim n'a pas répliqué avec colère. Après une longue pause, il a simplement dit d'une voix douce : « Dieu aime aussi les vilaines chauves, tu sais. »

J'ai frissonné en reculant devant cette gentillesse, comme si de l'eau limpide et tiède avait été versée sur une profonde blessure intérieure. « Tu penses ? » ai-je dit enfin.

Il a hoché la tête avec lenteur : « Dieu est un type bien. »

J'étais endolorie. J'étais reconnaissante. Je voulais être plus proche de lui. «J'ai remarqué, la dernière fois que j'étais ici, il semblait y avoir quelque chose qui n'allait pas, juste avant qu'on aille au dépanneur. Rod a fait une espèce de blague, et tu as paru dérangé?»

Il m'a jeté un coup d'œil. Une souffrance ancienne se tordait en lui. J'ai fermé les yeux en essayant d'imaginer autour de moi un cercle de lumière blanche, pour bloquer sa peine.

Une partie de moi ne voulait pas le faire, mais ça m'était si automatique de me défendre que j'ai dû faire un effort pour baisser ma garde, pour laisser un peu de cette peine me pénétrer de nouveau. Je voulais la partager. Je voulais établir un contact.

Il avait détourné les yeux. Ma soudaine distance avait ajouté à son chagrin. J'imaginais quel genre de déclaration abrupte il avait dû voir dans mon regard fermé, la froideur de mon visage. «Zut, je suis désolée», ai-je dit, impuissante, en me forçant à lui prendre la main. Après tant d'années d'isolement, c'était comme d'ordonner à mes doigts de toucher un fil électrique dénudé. Intense, le contact, et amer, mais j'étais contente de le sentir, brut, vivant.

Il a fini par dire : «Je me suis marié jeune. Elle m'a quitté pour suivre un évangéliste du Nevada.» Il s'est mis à rire à travers son chagrin. «Peux-tu imaginer ça? Se faire larguer pour un prêcheur. Et du Nevada, en plus! Apparemment, la Bible ne se gendarme pas tellement si on quitte son mari, pour autant qu'on ne couche pas avec quelqu'un d'autre.

— Je suis navrée.» Je me suis assise et j'ai pris sa main plus fermement, laissant le courant douloureux me traverser à mon tour. Après tout, j'étais une experte en souffrance. J'avais eu beaucoup d'entraînement.

«De vieilles histoires.» Il n'avait pas lâché ma main. «Crois-moi, c'était pour le mieux. Nous n'aurions jamais été un couple réussi : elle mettait la radio sur les postes de muzak et croyait fermement que Propreté est fille de Sainteté. »

J'ai jeté un coup d'œil autour de la pièce. « Et alors ? » ai-je demandé d'un ton innocent.

« Ouais. » Il m'a souri en retour : patients yeux bruns, si doués pour le sourire. « Quelquefois, je me demande si elle est heureuse.

— Ah oui ? » Je me fichais éperdument de cette bonne femme, sauf qu'elle l'avait fait souffrir et servait ainsi à nous rapprocher davantage. Rien ne nourrit mieux un nouvel amour qu'une ancienne peine de cœur.

« Ce prêcheur était un homme dur. Elle était prise dans la Rédemption, une nouvelle naissance, tout ça. Je crois qu'elle a été séduite par ces idées. Comme tu le disais, les abstractions peuvent vous mener la vie dure. Ça va un moment, mais ce n'est pas une façon de vivre. Elle n'était pas très forte », a-t-il ajouté en me serrant la main d'un air absent.

« Ni très intelligente. Une opinion subjective, bien entendu. »

Il me regardait d'un air sérieux. « C'était foncièrement une bonne personne, voilà ce qui compte. Dieu donne à chacun le droit de se tromper, comme disait mon papa », a-t-il ajouté en prenant soudain une voix comiquement traînante. « Madame Ward aussi, d'ailleurs. Et elle sait sûrement de quoi elle cause. »

J'ai secoué la tête : « Si on laisse les gens vous marcher dessus, ils ne se gêneront pas. » Seigneur, et les modeleurs l'apprennent à la dure. Combien de fois essaie-t-on d'aider autrui, d'atténuer sa peine, pour s'apercevoir en fin de compte qu'autrui s'est servi de vous ?

Dieu soit loué pour Mary Ward. C'était réconfortant, très réconfortant, de savoir que d'autres modeleurs menaient des existences heureuses et productives. Delaney, aussi. La grisaille, les jours de souffrance n'avaient pas nécessairement à l'emporter.

Bon sang, je n'étais pas si mal en point que ça. Je travaillais trop, voilà tout, dans une profession bien faite pour mettre à mal votre foi en la vie.

Jim a haussé les épaules : « Personne n'est en faute. Nous étions tous les deux jeunes et stupides. » Il a repris après une pause : « Dans quelques années, je serai vieux et stupide. Mais d'un autre côté, elle vit au Nevada, alors je suppose qu'on est quittes. » Il a eu un sourire amusé.

Je n'avais pas embrassé un homme depuis quatre ans. Ça faisait probablement aussi longtemps que Jim n'avait pas été embrassé. Nous avons tous deux été plutôt surpris.

Je me suis penchée pour l'embrasser de nouveau, plus posément, cette fois-ci. Avec précaution, il a levé une main pour caresser mes cheveux hérissés. « Hmmm. Comme je le disais, il y a un bail que je n'ai pas fait ce genre de chose.

— La pratique, la pratique, il n'y a que la pratique », ai-je répliqué en vibrant de plaisir.

Une demi-heure plus tard, les anciens talents étaient revenus d'agréable manière et avec eux d'anciennes sensations oubliées depuis longtemps. La pression de lèvres sur mon cou, tièdes et douces comme des papillons de nuit. Le bruissement lisse du coton. La main qui passe lentement le long de mon flanc, une longue caresse chaude. De la chaleur humaine. Le chatouillis d'une moustache contre ma joue, qui me fait glousser, et nous rions ensemble.

La liberté des simples sensations, aussi aiguës que celles de la chasse, mais pour une fois c'est l'amour qui m'ouvre, sans les durs contours, sans le désespoir secret.

Et pourtant, et pourtant, le vieux cerveau observe, avec sa petite voix désapprobatrice. Le péché de fornication. Mais je ne suis pas obligée de l'écouter. Dans le jeu ivre de la sensation, je peux à peine l'entendre. Qu'est-ce que le péché a à voir là-dedans ? C'est de l'amour, et l'amour n'est pas un péché aux yeux de Dieu.

Nous sommes étendus tous les deux sur le plancher du salon, la lumière se glisse jusqu'à nous depuis la cuisine, avec de la musique à l'arrière-plan, que nous n'écoutons pas. Il n'y a pas grand-chose qui sente aussi bon que des cheveux fraîchement lavés. Je retrace le dessin de ses mains après qu'elles sont parties, vivant de nouveau la caresse par le souvenir. Une main effleure mon sein. Une pointe soudain de crainte. La main passe, je suis rassurée. Excitée, j'attends que la main revienne. Concentrée dans un baiser, dans l'entrelacement de nos membres, dans un long étirement. Bruissement de tissu, contact, cessation du contact.

Il me regarde. Je lui rends son regard, yeux agrandis, en toute simplicité.

Est-ce une question ? La réponse est oui. Ses doigts : fins, bruns, les ongles roses et très bombés. Il s'appuie maladroitement sur un coude, avec une petite grimace. Nous rions. Avec un sérieux soudain il m'embrasse. Il se recule. Le sang vibre sous ma peau à chaque caresse, écarlate et chaud et vivant. Les doigts suivent la ligne de ma joue, glissent vers ma gorge, dessinant la tendresse. Il défait le premier bouton de ma chemise. Nerveusement, je caresse son dos en essayant de me dire que c'est bien, que c'est permis. Il défait le deuxième bouton, le troisième. Il attend. Avec lenteur, de ses doigts invisibles, il écarte les deux pans de coton, il ouvre. Je m'ouvre. Excitée, je le regarde faire, et ses doigts arrêtés au bord de mon soutien-gorge, qui suivent aussi cette ligne-là, en s'arrêtant pour embrasser la chair nouvellement dévoilée. Translucides, ses baisers me traversent : la sensation de sa main sur mon flanc me transperce comme une révélation.

Je me mets à rire en sentant la force de la vie en moi. Ses lèvres sur mes seins, ma jambe contre la sienne, la chaleur de nos corps m'ouvre, comme le danger. Mais cette fois je suis la proie aussi bien que le prédateur. C'est meilleur, tellement meilleur que la peur et la haine. J'attire son visage contre le mien. Je l'embrasse farouchement. Et encore. Et encore.

CHAPITRE 10

Jim somnolait sans bruit près de moi quand je me suis réveillée. La seule lumière provenait d'une bougie posée sur la table de la cuisine, un reste de tentative de souper romantique. Elle avait brûlé jusqu'à sa base et, comme je la regardais, la lumière s'est mise à trembler en projetant des ombres sur le comptoir. La flamme palpitait comme un battement de cœur en train de s'éteindre.

Je me suis glissée hors du lit pour aller dans la salle de bains, où je me suis aspergé le visage d'eau froide. J'avais besoin de m'assurer que j'étais éveillée. Je me suis regardée dans le miroir, en m'émerveillant des changements survenus depuis que j'étais allée enquêter sur le meurtrier d'Angela Johnson. Les cheveux coupés n'importe comment, une estafilade fraîche sur une joue, le visage émacié, les yeux creusés. Tout ça en cinq jours, ai-je pensé tout en contemplant cette femme dans le miroir avec une fascination horrifiée. Mon Dieu, que suis-je devenue?

L'appartement était plongé dans la pénombre quand je suis revenue. La bougie avait fini de brûler. Je pouvais encore sentir la cire chaude.

Je dois rester près de Faust sa vie durant, et il
devra payer de son âme mes services.

Mask est assis dans son fauteuil, en train de posséder le démon. On frappe à la porte. Irrité, il parle
sèchement à l'intrus. Peut-être reconnaît-il la voix ou
le pas ; il s'excuse ensuite pour sa mauvaise humeur.
Le meurtrier n'a pas beaucoup de temps. Il montre le
taser. Mask, déconcerté, ne dit rien. On lui ordonne de
ne rien dire. Maintenant, oui, maintenant, ses yeux
s'agrandissent sous le visage sarcastique de Méphistophélès, il comprend qu'il est en danger. Il cherche
maladroitement les fermoirs, arrache le masque. Trop
tard. La décharge l'atteint de plein fouet. Le condensateur saute. L'assassin ressort, sachant que le crime ne
peut être élucidé. Cinq minutes plus tard, le messager
découvre l'ange red abattu.

La force de la révélation est comme un choc électrique. Je reste paralysée, en attendant que le *flash* se
dissipe. Parfois, un motif vous frappe avec une intensité qui ne peut être déniée, et on sait qu'on a raison,
on sait qu'on ne peut pas se tromper.

Tout collait. *Tout collait*. C'était comme si avoir
passé la nuit avec Jim, à penser à l'amitié, au sexe,
au contact de son corps, avait libéré mon esprit de
ses ornières, et maintenant je pouvais voir l'assassin
de Mask aussi clairement que s'il avait été le sujet d'un
casse-tête enfin assemblé. Ralentis, Diane, ralentis.
Les idées nocturnes peuvent trop ressembler à des
rêves. Si ça tient toujours au matin, alors…

J'ai ri de moi, avec colère. J'avais été aveugle,
comme seuls peuvent l'être les modeleurs. Si je n'en
avais pas été une, si je n'avais pas eu ces présup-
posés, j'aurais élucidé le meurtre de Mask depuis
longtemps.

Mes yeux s'étaient ajustés à l'obscurité. Alors que je ramassais mes vêtements, Jim s'est retourné en marmonnant quelque chose.

«Je dois m'en aller, ai-je murmuré. Je serai de retour demain pour célébrer. J'ai élucidé l'affaire !

— Chouette, a-t-il dit d'une voix ensommeillée. Mmmm. »

Je me suis penchée pour l'embrasser rapidement sur une joue. Il a murmuré encore autre chose pendant que je me redressais en boutonnant ma chemise. J'ai dû retrouver ma veste à tâtons. La fenêtre ne laissait pas pénétrer la lune dans la niche du couloir. Je suis restée à la porte un moment, en savourant la chaleur de l'appartement. Derrière moi, Jim était retombé dans son sommeil en souriant. J'ai souri en retour. En me rappelant le poids de son corps, ses caresses paresseuses.

La Loi ne me payait pas pour me livrer à la fornication, cependant, mais pour châtier les pécheurs. Et puis, je me sentais agitée, joyeuse, sûre et puissante comme un instrument dans la main de Dieu. J'ai zippé ma veste et je suis partie.

Dehors, l'air était férocement illuminé par la lune, imprégné de l'odeur de la nuit. Des étoiles glacées brûlaient au-dessus de ma tête et chacun de mes pas crépitait de précision. J'ai marché vers ma voiture, mais, arrivée au centre du Cours Jéricho, je me suis retournée. La porte de l'appartement de Rutger White était ouverte quand je l'ai essayée. C'était un immeuble à l'ancienne mode, et les verrous magnétiques avaient été une proie facile pour les faussaires.

J'ai allumé la lumière de l'entrée et j'ai jeté un coup d'œil. Privées de leur principe ordonnateur, les lignes de l'appartement de White avaient déjà commencé de se défaire. Des vandales avaient dépouillé la place de tous ses objets de valeur. Ce qu'on n'avait pas pris, on l'avait démoli : des assiettes et des tasses en miettes jonchaient le plancher de la cuisine. Dans le salon, le lit avait disparu, mais la chaise en plastique au dossier haut était toujours là. Dans un accès d'économie, les cambrioleurs étaient même partis avec les lampes de la salle de bains.

L'appartement de White était en train de perdre les dernières traces de sa personnalité. Et pourtant, cette progression vers le vide parfait semblait logique : sans occupant, sans habitant, intact, jusqu'à ce qu'enfin les éléments en soient tous moulus en une fine poudre blanche. Quelle fin aurait pu être plus appropriée ? Le temps ferait aux possessions de White ce que Dieu lui avait fait.

Peut-être investi d'un pouvoir surnaturel par la superstition, le crucifix n'avait pas été touché. Le Fils de l'Homme qui périt parce qu'il est aussi le Fils de Dieu, le Fils de Dieu qui subit la passion de son agonie mortelle. Un paradoxe aux pieds ensanglantés, suspendu dans un appartement vide. Un jeu de la passion en un seul acte.

Comme Rutger White en train de se balancer doucement, mort.

En plein milieu de mon exultation, j'ai soudain été pétrifiée d'appréhension. Je suis restée immobile dans le silence blanc, en n'éprouvant plus qu'une peur aveugle, insensée. Tout en moi me criait de courir, de fuir, de me cacher. Mais je restais là, le souffle court, le cœur battant, pâle et froide comme de la pierre dans l'appartement de White. Comme je me sentais proche du diacre en cet instant ! Oh, j'avais entendu l'appel de la justice, oui. On ne devrait pas répondre à certains appels. Pour l'amour de mon âme, je n'aurais pas dû regarder dans le miroir que me tendaient mes conclusions. Je n'aurais jamais, jamais dû quitter Jim. Il ne fallait pas que je dépasse cet ultime tournant. Je n'osais affronter le monstre qui attendait au cœur du labyrinthe.

Mais les dés étaient jetés. On doit suivre le motif jusqu'au bout.

Lentement je me suis maîtrisée, lentement la panique a reflué. Je n'avais plus à m'attarder qu'un seul jour sur la tombe de Jonathan Mask, et ensuite, je serais libre. Un ultime devoir à accomplir. Après tout, je ne pouvais décevoir Vachon, n'est-ce pas ? ai-je plaisanté intérieurement. J'ai obligé mes poumons à respirer, de lentes et profondes aspirations. J'étais très bien. Je le serais. Très bien.

◆

Queen E était parfaitement réveillée quand je suis rentrée chez moi et m'a accueillie avec de rares démonstrations d'affection, en s'entortillant dans mes jambes comme un écheveau de velours noir. J'avais retrouvé mes esprits dans l'air propre de la nuit. «Devine !» J'ai ébouriffé sa collerette de fourrure, puis lui ai donné une soucoupe de lait, blanc et froid, pour qu'elle puisse célébrer avec moi l'arrestation de l'assassin de Mask. Je me suis fait une tasse de thé et j'ai regardé le soleil se lever.

Avec un petit claquement, la cuillère que je tordais s'est cassée en deux. «Merde !» Mais en regardant les deux moitiés, exaspérée, j'en suis venue à penser que c'était un présage aussi bon qu'un autre en ce qui concernait la conclusion de cette affaire. Je me suis mise à rire et j'ai jeté les morceaux. L'argent que j'allais gagner avec cette arrestation achèterait davantage que quelques cuillères.

D'excellente humeur, j'ai regardé l'émission du matin à la TN, avec l'horloge de leur plateau qui rampait lentement vers la pause-prière de huit heures. C'est alors que j'ai appelé.

«Allô?

— Dieu vous bénisse», ai-je dit, presque avec sincérité.

Il y a eu une pause puis un soupir agité. «Alors, vous savez.»

J'ai hoché la tête.

«J'espérais simplement travailler encore un peu avant. Oh, et puis, bon. Est-ce que ce soir ça irait? Je promets de vous suivre sans problème. Ça fait des jours que j'attends.

— Désolée d'avoir été si lente.

— Oh, ce n'est pas grave.»

Nous avons ri. «Très bien, alors. À 19 h 30, au même endroit?

— C'est ça. Au revoir. Et… Dieu soit avec vous.»

L'écran du téléphone s'est éteint en palpitant.

Ensuite, j'ai pensé appeler Jim, mais je courais trop le risque de le réveiller. Aussi ai-je caressé Queen E, me suis-je déshabillée et me suis-je glissée dans mon lit avec l'intention, pour la première fois depuis des jours, de dormir du sommeil paisible du juste.

*Et il y eut un soir et il y eut un matin :
et ce fut le sixième jour.*

CHAPITRE 11

Tout est à peu près identique sur le plateau numéro 206, sauf le puissant projecteur qui étale un rond de lumière au milieu de la scène, comme une pleine lune dans un cercle de nuit. Cette fois, je me sens électrisée, l'adrénaline de la chasse. Et cette fois, l'assassin de Mask m'attend.

Il y a quelques accessoires de plus, y compris une chaise. Delaney est assis au bureau, en train d'annoter un script avec la fabuleuse plume, une silhouette indistincte dissimulée derrière le cône de lumière. La salle est tranquille, mais sous sa peau la tension électrique joue comme les muscles d'un type en train de se battre au couteau. J'ai les mains dans les poches, les doigts souples et sensibles. Je marche aussi silencieusement qu'un chat, mais quand j'atteins la première rangée de fauteuils, je sais qu'il m'a perçue, tout comme je l'ai perçu.

Mes perceptions sont si intenses que son image m'apparaît écarlate et filiforme, comme si je le voyais en infrarouges. Le son d'un ascenseur qui passe gronde comme un présage au travers de la salle obscure.

Avec une fermeté inattendue, Delaney pousse sa chaise à l'écart du bureau et se retourne. Pantalon, mocassins raisonnables, un cardigan rouge qui pose une tache de couleur. «Dieu vous bénisse.

— Moriarty, je présume.

— Je vous attendais, Holmes.»

Ses paroles sont englouties par l'éblouissant silence du rideau de lumière. Nous restons immobiles, un tableau. «Alors, nous y voilà», dit-il enfin. Et l'excitation me contracte le ventre comme si je tombais brusquement. «Puis-je vous demander comment vous avez compris que j'avais tué Jonathan Mask?»

J'acquiesce en revoyant le cadavre convulsé, écarlate, cinglé par le feu. Le souvenir court en moi comme une fièvre, une rougeur de faiblesse. «Célia n'en avait pas le courage, Tara ne voulait pas le voir mort, je ne pensais pas que vous me mentiez mais si quiconque pouvait me rouler, ce devait être vous.» J'ai laissé échapper un rire amer. «Aveugle comme une modeleuse. Je savais que nous pouvons nous engourdir et devenir des chasseurs de sensations fortes. J'aurais dû voir que ça vous était arrivé. La roulette russe, ce n'est pas façon de se suicider si tout ce qu'on désire c'est mourir : la beauté de la chose réside dans le risque, dans le poids de la peur. Un normal sachant ce que je savais des modeleurs vous aurait soupçonné tout de suite. Mais dès que j'ai su que vous étiez un empathe, j'ai refusé de croire que vous pouviez l'avoir tué. Après tout, qu'est-ce que ça aurait dit de moi?»

Delaney hoche la tête.

«Ensuite, j'ai pensé à la façon dont vous m'avez laissée comprendre que vous étiez un modeleur. Trop public. Trop souligné. Vous vouliez que je le sache. Pourquoi? Parce qu'alors je vous croirais incapable de meurtre.»

Il soupire. «Oui, c'est exact. Je suis un directeur, pas un acteur.»

Je peux sentir les picotements de la tension le long de mes bras, comme la pointe d'une aiguille pour une accro. Un directeur. Comme c'est approprié ! Qu'avait dit Vachon ? Chaque production de Delaney crépite de tension, les amis se disputent, des liaisons commencent, des mariages s'écroulent. Et derrière tout cela, avec un mot gentil, un regard amical, le directeur, qui suscite toutes ces performances. J'ai la chair de poule, je suis révulsée en me rappelant qu'il l'a fait sous mes yeux : « Célia, peut-être devrais-tu envisager de prendre un avocat avant de dire quoi que ce soit d'autre. » Oh, quelle malfaisance : harceler la bête et vivre de ses réactions.

« Autre chose. Vous étiez au courant du mode de vie électronique de Mask. Quand un des acteurs a dit que son clavier fonctionnait mal, vous avez tout de suite supposé qu'il l'avait arrangé lui-même. Et pourtant, plus tard, vous avez suggéré que sa mort avait été un accident, en insistant qu'il avait commis une erreur de novice.

— Oui, bien sûr… une imprudence de ma part. »

(Pourquoi ce spasme d'excitation en lui ? Pourquoi cette étrange expression, cette douceur dans laquelle passe un fil vacillant d'hilarité ?)

« Je détestais Mask sans l'avoir jamais rencontré. Je détestais même lire ses livres. Je savais que vous deviez éprouver la même chose. Mais c'est là que j'ai commis mon erreur à moi : je me suis laissée croire qu'il était le Diable, alors qu'en réalité c'était vous tout du long.

— Oh non, madame Fletcher. Je ne suis pas un démon, je vous l'assure ! »

Les caméras aveugles nous fixent de leurs yeux morts. Delaney enfonce ses mains dans ses poches et sort du cercle de lumière d'un pas nonchalant, pour s'avancer sur le bord de la scène. « Je suis Dieu. »

Langues dansantes d'écarlate et de bleu : du feu liquide, mais seulement entraperçu, au bord de la sensation, encore opaque pour moi. Même chargés comme nous le sommes tous deux, nous nous défendons, nous gardons le contrôle, nous ne nous permettons pas d'être emportés. Je le cherche comme une aveugle dans une salle hérissée de pièges.

«Les directeurs et les dieux sont placés sur cette terre pour nous permettre de nous transcender, madame Fletcher. Jonathan Mask était un défi pour ma vocation. Le problème, avec Jon, c'était que, en tant qu'acteur, il ne se commettait jamais vraiment, si vous comprenez ce que je veux dire. En général, ça n'avait pas d'importance, ses simulations étaient brillantes, propres à satisfaire plus que toutes autres une époque comme celle où nous vivons.» Sa voix est vibrante, son accent didactique. Il se tient bien droit, en fixant l'obscurité depuis le bord de la scène, comme si la salle était remplie de débutants. «Cependant, elles ne me satisfaisaient pas, moi.»

Il se met à rire, un petit rire trop conscient de soi. C'est peut-être l'homme le plus sain d'esprit que j'aie jamais rencontré. Après mon coup de téléphone, j'avais anticipé… pas un écroulement, non, mais une rapide acceptation. De la résignation. Pourquoi tant d'assurance ? Cela contrarie mes attentes. «Si vous avez interrogé les autres, vous leur aurez posé des questions sur moi. Et je soupçonne qu'ils vous auront dit alors que je suis un directeur aux capacités limitées, mais que ma force réside dans le travail avec les acteurs.

— Oui.»

Il hoche la tête avec satisfaction. «Je suis bon là-dedans parce que je demande de l'honnêteté dans l'émotion, madame Fletcher, et je sais en quoi elle consiste pour chacun. Travailler avec Jonathan me dérangeait toujours. Je ne pouvais pas l'atteindre. Il ne me résistait pas, pas consciemment. Il est revenu travailler avec moi de sa propre initiative à plusieurs reprises. Il savait qu'il était un imposteur, on peut le voir dans tout ce qu'il faisait. Il désirait désespérément la sincérité qui lui manquait. Il voulait quelqu'un qui l'oblige à croire. Il était unidimensionnel, et il le savait, et il savait aussi que c'était tout ce qui l'empêchait d'être un grand acteur. Ai-je raison ?»

Je pense de nouveau aux *Mémoires*, à l'idée de Mask selon laquelle l'amour et la raison mènent l'univers, à la certitude, implicite dans toutes ses œuvres, que l'un d'eux lui avait fait défaut.

«Il poussait entièrement d'un seul côté», poursuit Delaney en saisissant mon admission implicite. «Et si cela lui donnait une énorme puissance, c'était une seule et unique ligne. Quand il foncerait plus loin, dans ce qui lui manquait, alors seulement il créerait une performance qui transcenderait l'ordinaire. Tout comme on a besoin de plusieurs lignes pour créer une forme tridimensionnelle, on doit travailler plusieurs angles pour sculpter une figure en relief. Sinon, on a du dessin au trait, rien de plus.»

Une pause. «Jonathan essayait de plus en plus intensément à mesure que les années passaient. Face à la perspective de finalement passer sa vie dans la solitude, il a commencé à comprendre à quel point il s'était terriblement pris à son propre piège. Il avait *besoin* de moi pour échapper à lui-même. Une sorte de désespoir pénétrait ses rôles. Il aurait pu être un Méphistophélès génial, inoubliable.» Il soupire et son discours se perd dans le léger bourdonnement électrique du projecteur, le silence des ombres aux durs contours. De sombres pans de pensée émanent de lui, alourdissant l'atmosphère, émoussant mon intuition. Confusion, quelque chose de fiévreux – quelque chose qui ne va pas. La chaleur du projecteur est étouffante, c'est difficile de respirer. Je veux en finir. «Et le meurtre?

— Hm. Le… meurtre.» Il trébuche sur le mot, comme s'il parlait une autre langue. Un haussement d'épaule. «Qu'y a-t-il à raconter? Je suis arrivé tôt le matin et je suis allé directement à la cabine de contrôle. Comme l'heure du tournage approchait, je voulais aller chercher mon manteau, prendre une tasse de café à la salle des costumes et m'assurer que Tara et les cameramen étaient prêts. Dans les coulisses, il n'y avait personne. J'ai vu la porte des toilettes pour femmes se refermer au moment où je tournais dans le couloir. C'était une chaîne d'événements fortuits. J'ai commencé à ôter mon manteau, j'ai senti le poids du *taser* dans ma poche, j'ai vu l'étoile sur la porte de la loge de Jon. Le motif est tombé en place comme une mosaïque : d'abord, des écailles aléatoires de couleur, et soudain, une image sertie dans la pierre. J'ai compris que je pouvais lui faire très peur. Le forcer à éprouver un sentiment réel.»

Delaney s'avance encore d'un pas et se retourne vers le fond de la scène, dos aux fauteuils vides.

Le meurtrier ouvre la porte, côté cour, et entre. Jonathan se retourne pour protester mais ne dit rien. Même en cet instant, il sait déjà ce qui s'en vient.

Il dit «Bonjour, David». C'est inhabituel, il utilise rarement les prénoms. Le meurtrier porte des gants. Sa victime l'observe, fascinée, tandis qu'il tire le *taser* de sa poche.

Tous mes nerfs frissonnent tandis que Delaney lève la main, mais il ne tient que du vent.

Il dit : «Je vais te tuer, Jonathan. Le costume sera mis en surcharge. Personne ne saura jamais qui l'a fait. Excepté moi !»

Mask essaie de le calmer en lui parlant d'une voix douce et sans faire de mouvements brusques. En même temps, il essaie avec lenteur de se défaire du costume. Il s'en tire très bien, mais il est pénétré de terreur.

«Une terreur qui vous rendrait malade, Diane, si vous étiez dans l'assistance…»

Quand Jonathan enlève le masque infernal et révèle son propre visage, son dernier lambeau de courage l'abandonne. Il pleure. Le meurtrier lui dit qu'il tirera s'il fait le moindre bruit, et abaisse le *taser*.

Mask tremble et sanglote toujours. Il a eu son épiphanie, il s'est traversé lui-même pour éprouver enfin une émotion réelle – une peur brute et nue. Il remercie son assassin.

Et là, il se met à parler : «Je ne veux jamais rejouer cette scène», dit-il avec un rire tremblant. Il se recristallise déjà. Ça n'a pas été suffisant. Déjà cette pellicule de verre sur ses yeux, qui redeviennent durs, étincelants. Il analyse sa terreur. «Non, non», dit amèrement le meurtrier en sachant qu'il a échoué, «il faut aller jusqu'au bout.» Mask se met à rire, puis s'interrompt. Il dit qu'il ne veut plus le faire. Le directeur lui réplique que c'est trop tard.

Delaney se retourne enfin pour me faire face et hausse les épaules, en parlant soudain sans fioritures : «C'est alors que j'ai tiré.»

Les yeux du démon sont pleins de gratitude, il joint les mains avec reconnaissance. Il prend une inspiration tremblante. Imposant dans son armure de chrome et d'écarlate, il hausse de massives épaules, se met à rire. La flamme intérieure hésite, se reprend, se stabilise.

Puis, l'ultime compréhension. Il commence à supplier. Ses mains courent sur le costume comme des araignées en folie. Trop lentement. Il arrache seulement le masque. Pris au piège de sa démoniaque grandeur quand l'arc d'un insoutenable éclat le frappe en pleine poitrine. Un jeu d'incandescence, un moment d'agonie terrifiée, sa dernière passion, la seule. Ses bras se lèvent, le choc projette son corps vers l'arrière, convulsé, puis s'effondre en une croix fumante et sans vie.

◆

Les épaules de Delaney s'affaissent. « J'ai laissé le *taser* dans sa main, pour suggérer un suicide. C'était aussi vrai que n'importe quoi d'autre. »

Oh, Seigneur, je le hais. Tuer un homme à mains nues pour sentir le chant de sa mort dans vos veines.

J'essaie de me libérer de l'histoire qu'il vient de raconter. Sous sa résignation, il y a quelque chose d'autre, que je n'attendais pas. Comme si… J'étais tellement sûre qu'il me suivrait sans faire de tracas ! Je pouvais sentir qu'il cherchait la chute. Mais maintenant, cette assurance étrange, troublante. Cette intonation moqueuse, cet auto-dénigrement, cette douceur découragée et, encore plus loin en dessous, l'excitation, le sentiment de la victoire.

J'ai raison d'avoir peur.

Du calme. Les machinations de Rutger White ne l'ont pas sauvé. Celles de Delaney ne le sauveront pas non plus.

« L'autre raison pour laquelle je haïssais Jonathan – quoique "haine" soit un terme inadéquat –, c'était parce que j'étais en voie de devenir comme lui. Ça ne vous est peut-être jamais arrivé, mais je me sentais devenir comme anesthésié.» Cette fois, il parle simplement, s'adresse directement à moi. «Les sentiments et les sensations s'asséchaient, le flux et le mouvement des choses. Ça s'en allait, ça se perdait.»

Je murmure : «Je sais.

— Ah, j'étais sûr que vous aviez senti venir la grisaille, madame Fletcher. J'ai touché les parties de vous qui étaient mortes ! »

Je vous hais.

«Attention. Je sais exactement ce que vous ressentez à mon égard, Diane.»

Mon prénom sur sa langue, c'est obscène.

«C'était ça, la tentation. Pouvais-je le faire ? Rester là jusqu'à la fin, complètement ouvert ? » Il frissonne. «Je ne le pensais pas, jusqu'à ce que ce soit vraiment fini. Je suis retourné à la cabine et je suis resté assis là jusqu'à ce qu'on vienne me chercher. Le temps que la police arrive, la réaction était intervenue et j'étais aussi émotionnellement plat que jamais.»

Il a posé la main sur ses yeux. Quand il me regarde, son visage est déchiré entre une terrible souffrance et la joie, l'expression d'un saint au moment du martyre. «Mais au moment crucial, à l'instant où mon doigt se serrait sur la détente et où Jon est passé de l'autre côté de tous ses jeux en regardant la mort en face… Il me regardait. Il était moi.» Delaney parle avec douceur, avec une ferveur religieuse. «Je me suis tué moi-même, madame Fletcher. J'ai posé le pied dans la contrée inexplorée dont, la borne franchie, nul voyageur ne revient.»

Il faut que je projette : froideur, implacabilité. Il ne doit absolument pas douter que je vais l'arrêter. C'est un empathe aussi, je dois en jouer avec lui, lui faire percevoir la certitude de son arrestation.

« Levez les mains, je vous prie », dis-je en sautant sur la scène et en le fouillant. Je le tâte sans rien trouver. Il y a en lui un tressaillement d'excitation qui me déséquilibre comme si une trappe venait soudain de s'ouvrir sous mes pieds.

Il secoue la tête. « Je me demande. Avez-vous amené de l'aide ? » Je dissimule presque instantanément ma consternation, mais pour un autre empathe, ce n'est pas assez rapide. Il sourit. « Eh bien, dit-il, enjoué, personne d'autre n'a entendu mon éloquente confession. Même si vous aviez un enregistreur, ce ne serait pas admissible en cour. Bref, vous n'avez pas assez de preuves irréfutables pour m'arrêter. Et ce devraient vraiment être des preuves massives. »

La trappe s'est dévoilée, et je comprends qu'il a raison. Le gouvernement ne veut pas savoir, ne voudra pas savoir. La chute d'un autre bon Red, un autre scandale.

Contrairement au cas White, je n'ai pas de témoignage pour m'épauler. Je n'avais pas anticipé de résistance. J'ai la nausée, une sensation de vertige, mais je ne me laisserai pas abattre. Je n'ai pas établi ma réputation en succombant à la panique. « Je n'ai pas besoin de témoins, David. On trouvera des microparticules du costume de Jon sur les pointes de votre taser. Écoutez, quel intérêt de faire quelque chose de stupide maintenant ? Vous pourrez peut-être vous en tirer en plaidant la folie. »

Il me dévisage, déconcerté par ma stupidité. « Je ne veux pas m'en tirer, Diane. Vous le savez bien. »

Oui, mais j'essaierais n'importe quoi pour qu'il n'offre pas de résistance. « Bon. Si vous voulez mourir, rendez-vous et laissez le bourreau faire son office. De cette façon, vos fins et celles de la justice seront toutes deux servies. »

Il fronce les sourcils. « Je ne crois pas. Je doute que les bourreaux ressentent assez fortement les meurtres qu'ils commettent. »

Je sens en moi le fil brutal de la panique. Comment puis-je mettre fin à son jeu ? Chaque moment est un autre pas dans le labyrinthe, vers le monstre, au centre. Je ne peux laisser paraître ma panique. Je dois le convaincre.

« Vous avez peut-être raison, dit-il avec un soupir, quoique mon *taser* ait inexplicablement disparu. Je sais que vous ne l'avez pas, Diane. Quiconque l'a pris a eu bien trop de temps pour en disposer avant que vous n'ayez pensé à tous les saisir. »

Un autre pas dans le labyrinthe.

« Même moi, j'ai eu le temps d'aller en acheter un autre d'occasion. Un coup de chance : c'est seulement après que vous nous avez rencontrés que j'ai compris à quel point il était imprudent d'avoir laissé cette arme sur place. Un problème typique : mon sens de l'esthétique l'a emporté sur les soucis plus pratiques ! »

Ses longs doigts esquissent un geste dégoûté. « Non, je ne pense pas que la prison fera l'affaire, vraiment. L'attente serait insupportable. » Comme un coup de poignard, une soudaine flamme rouge, le feu qui traverse subitement le bleu de son image convulsée, tout en angles obliques et en lignes éclatées qui se cabrent d'anticipation désespérée. « L'attente, c'est le pire. »

Il sourit, mais ses yeux pâles ont un regard farouche. « Saviez-vous qu'on peut bel et bien mourir d'ennui ? »

Et s'il veut me tuer avec lui ? m'entraîner dans sa chute ? Pourrait-il y avoir une bombe dans un des livres, dans les projecteurs ?

« Et, madame Fletcher, vous êtes dans l'erreur, je crois, si vous supposez que mes fins comme celles de la justice seraient bien servies par une confession. »

Je parcours du regard la salle obscure, en me demandant si la mort m'attend dans une soudaine explosion de lumière. Le danger m'ouvre malgré moi. Je sens la vie qui se tord en moi comme un ruisseau luttant contre la glace du printemps.

◆

Seuls dans leur duel au sommet de la cité. *Et le Démon l'emporta sur la plus haute tour de Jérusalem.* La journée est chaude et claire, mais les yeux du Christ sont froids. « ... de peur que tu ne heurtes du pied quelque pierre », est en train de dire son compagnon. Les paroles de Notre-Seigneur en rouge. Et les mains écarlates du Démon, calcinées, empuanties par un tourment insupportable et sans âge. Tous les deux exilés du Ciel, seigneurs de la terre, celui qui lie et celui qui délie, l'alpha et l'oméga. *Le plus tendrement aimé de Dieu.*

Delaney se tient sur la scène tel Méphistophélès, avec une fière amertume, une sarcastique tristesse. « Vous allez devoir attendre une autre occasion, je le crains. Ça m'est égal maintenant, murmure-t-il. Je ne peux plus rien ressentir, Diane. Il n'y a plus grand-chose dans cette vie pour me ressusciter, et même là, c'est seulement pour quelques secondes. J'ai affronté le risque. Je le ferai de nouveau. »

Il s'interrompt, juste assez longtemps pour me laisser comprendre les implications de ses paroles : si je le perds, ne serait-ce que pour un instant... La peur s'enroule autour de mon cœur, se contracte. Bon Dieu de merde, il veut recommencer ! Oserai-je attendre qu'il fasse le premier mouvement ? Quelles sont

mes chances de retrouver sa piste ? Puis-je le sur-
veiller vingt-quatre heures sur vingt-quatre pour être
sûre qu'il ne réussira pas à assassiner un innocent ?
Célia ? Tara ? Un technicien sans visage, un piéton
dans un accident de voiture ? Je n'aurais jamais cru
cela de lui. Même maintenant, je ne suis pas certaine
qu'il n'y a pas une autre raison sous-jacente. Il est
plus transparent, à présent, le mouvement de ses
couleurs déborde la protection du cercle de lumière.

Je dis : « Vous êtes un salaud. Un damné salaud. »

Et en moi une voix murmure :

*Où donc dois-je m'enfuir ? Vers Dieu ? Mais il me
précipitera en Enfer !*

« Une autre raison pour laquelle je voulais Mask,
poursuit Delaney, c'est qu'il comprenait très bien
Faust. C'était un puissant hypocrite dans le régime
rédemptionniste. Croyez-moi, Diane, les damnés ont
un excellent sens du péché. »

Encore une pause. Ses mains, qu'il a laissées
tomber à ses côtés, tremblent, se détachant dans l'éclat
éblouissant du projecteur. « Ce que je savais, et ce
que Jonathan comprenait, c'est que cette pièce parle de
la capacité grandiose qu'a l'être humain de pécher.

« *Il s'éleva au-delà de ses forces, porté par ses
ailes de cire, et les cieux, qui les firent fondre, cons-
pirèrent à sa chute.*

» La condamnation implicite dans ce "conspi-
rèrent", Diane ! Faust est Lucifer, il se tient à l'écart
de son prochain non parce qu'il a tout perdu, mais
parce que seul il a osé parier, contre tout espoir, contre
toute raison, contre l'Omnipotence, sur la force de sa
seule volonté ».

Il est en train de l'emporter. Je prends conscience
du *taser* dans ma main à travers son regard, alors
qu'il le voit et sourit. Notre peur commune se cabre
en moi. « Il n'y a pas de raison, dit-il. Si vous voulez

que je vienne témoigner, que je dénie m'être confessé et sois libéré pour manque de preuve, je n'ai certainement pas besoin d'y être forcé. »

Mensonge. Mensonge que ces paroles, elles ont un autre motif. Il me défie en me rappelant la situation. Peut-être pourrais-je juste l'étourdir : détention préventive, un délai pour rassembler des preuves…?

Pendant un moment, le doute me paralyse. Je vois maintenant comment il m'a mise en scène. La cruelle plaisanterie : « Votre profession doit être tellement satisfaisante »…

Me dirige-t-il encore, maintenant, alors que c'est la fin ? Je dois le savoir. Je dois penser, mais c'est dur, trop dur. Trop de sensations m'aveuglent de leur intensité. Leur blessante perfection me transperce.

Je n'ai jamais perçu avec autant d'acuité les petites crêtes assurant la traction sur le curseur du *taser*. Je regarde Delaney bien en face, je sens le jeu complexe de la chair, des muscles, de l'os, nécessaire pour faire glisser le pouce le long du curseur et libérer le petit triangle.

Toutes choses tendent vers la perfection de leurs desseins. La peur se dresse en moi comme un amant, insistante, exigeante, me livrant béante au silence, à la lumière blanche, aux ténèbres environnantes.

Enfin, trop tard, je franchis le dernier tournant du labyrinthe et je vois le motif qui en occupe le centre.

Le piège de Delaney est parachevé, ses lignes perpendiculaires me clouent dans le paradoxe. La Méduse a pétrifié son cœur, et maintenant il essaie de m'en faire autant. De me couper du monde, de me tuer intérieurement. Je voudrais pouvoir penser, mais le jeu des formes est si éclatant… Mon cœur en est ébloui, aveuglé. Complètement différent d'Angela Johnson, et pourtant tellement semblable : tant de façons différentes de mourir à cause de l'amour. Je suis devenue une chasseuse pour que mes frères et sœurs humains puissent être libres. Et maintenant je dois donner ma vie pour eux : c'est ce qui m'est demandé, ce sacrifice ultime. Oui. Mask et Méphistophélès : filés tous deux du même paradoxe, de sa force intolérable.

Nous ne parlons ni l'un ni l'autre. Mes mains tremblent. La nausée me submerge ventre et poitrine, mon souffle est rapide et bref. Nos défenses s'écroulent, la peur se précipite dans la brèche, la peur et l'excitation joyeuse, en moi, comme une marée. Doit-on toujours en arriver à la peur ? « Jusqu'au bout », murmure Delaney, en forçant les mots à sortir de sa bouche. L'excitation me remplit, m'emporte. Le motif est sans merci, il transcende les individus. Il exige cette fin, et aucune autre (Oui !). Delaney et moi, nous sommes seuls, nous nous complétons l'un l'autre, l'alpha et l'oméga.

On ne peut permettre à un meurtrier d'être libre.

Oh, Dieu, je suis écœurée à en mourir des motifs. Un modeleur se recrée en prenant la forme de ce qu'il cherche. Tommy Scott, Patience Hardy, Rutger White, Jonathan Mask, David Delaney. Tous ces desseins qui tendent vers leur dessin parfait.

La peur me transperce, vive comme un coup de fouet tandis que je lève le *taser* d'un geste sans heurt, que j'en aligne le museau sur la poitrine de Delaney, que je laisse les langues rouges lovées autour de nous se déchaîner sans interruption. (Oh, Dieu, oui – la joie pure de la sensation, de l'émotion, concentrée dans cette unique visée, ce coup unique, quand tout est consommé.)

En cet instant où je convoque sa mort d'un doigt qui se resserre, Delaney sourit. Une vague d'exultation explose en un million de fragments douloureux. Son corps crépite, arc-bouté vers la lumière comme s'il se tendait vers le cœur du soleil, reste suspendu là un instant d'éternité, couronné de feu, vêtu de flamme, puis retombe, la longue chute au centre de la scène, les membres écartelés sur la croix parfaite du *taser*.

Et demeure immobile, sur la scène maintenant obscure.

Je m'effondre par terre en vomissant, avec des sanglots, le visage inondé de larmes. Je me balance d'avant en arrière, seule dans les ténèbres du studio.

◆

À la fin, j'étais Delaney.

Il s'est passé un moment impossible à décrire.

Je ne pouvais imaginer une prière, jusqu'à ce qu'enfin j'en trouve une et la répète, une incantation à en perdre le souffle, en abandonnant le cadavre de Delaney au silence final de la scène déserte.

◆

Notre Père qui êtes aux cieux

Que votre nom soit béni

Que votre royaume arrive

Que votre volonté soit faite sur la terre comme au ciel

Donnez-nous aujourd'hui notre pain de chaque jour

Et pardonnez-nous nos offenses comme nous pardonnons à ceux qui nous ont offensés

Car votre royaume vous appartient, et la puissance et la gloire, dans les siècles des siècles

Amen.

CHAPITRE 12

Rolly est venu me chercher juste avant sept heures le lendemain matin. Je lui avais laissé un message au Central. Je voulais lui donner le crédit de mon arrestation. Et puis, je voulais qu'il confie Queen E à Jim.

Le temps qu'il arrive, ma peur s'était émoussée, et l'épuisement engourdi de la grisaille lui avait succédé, s'enfonçant profondément en moi, me glaçant le sang, enveloppant mon cœur de son suaire. Je serais condamnée pour meurtre. Les moments que j'ai passés avec Rolly, alors que j'essayais de lui expliquer le moins brutalement possible, étaient d'un comique abominable. Sa cravate était gris uni et trop serrée ; elle lui rentrait dans les plis du cou.

Aucune des preuves que j'avais contre Delaney n'était de la sorte massivement factuelle requise par la Loi : un couteau avec des empreintes, un témoin oculaire, une poignée de cheveux dans la main du cadavre. Comme Rolly me l'avait dit plusieurs fois, une intuition ne suffit pas aux yeux de la loi.

J'ai fait ce que ma vocation exigeait de moi, ce qui devait être fait. J'ai pensé que mes raisons étaient bonnes, assez bonnes pour justifier que je meure pour elles. Un meurtrier – comme moi – ne peut rester libre. La société ne peut le permettre. Et, sachant cela, je devais faire ce qui était juste, quelles qu'en soient les conséquences. La Loi n'est qu'une béquille pour la conscience. C'était la leçon que Rutger White avait essayé de m'apprendre.

Ne vous y trompez pas : je suis plus sûre que jamais qu'il devait être pendu.

Non – c'est un mensonge. Les incertitudes demeurent. Je me méfie d'une logique, quelle qu'elle soit, qui aurait eu l'approbation du diacre.

Mais à dire vrai, après que le choc se fut apaisé, j'ai découvert que j'étais résignée à mourir. Le monde se recouvrait d'une pellicule opaque. Après cet instant de transcendance, cette passion transpercée de lumière, la grisaille était revenue, plus vite encore. Delaney m'avait donné sa forme, m'avait mise en scène, avait fait de moi son instrument. Quand je l'ai tué, j'ai tué mon Dieu.

« Il n'y a rien en quoi la déduction soit plus nécessaire que la religion. » Eh bien, j'avais fait mes déductions. Qu'aurait dit Mask ? J'étais celle qui chassait sans sagesse, mais avec bien trop d'habileté.

Sans Dieu, il n'y a pas de foi. Sans foi, il n'y a rien.

Pas de motifs, pas de mystères pour moi, désormais. Je ne parcourrai plus le labyrinthe. Comme Samson aveugle dans ses chaînes, j'ai fait s'écrouler les piliers sur ma tête.

J'ai moins peur, maintenant. La mort ne peut être aussi terrible la deuxième fois.

On m'emmène bientôt à l'ancienne prison, dans l'ouest de la ville. Je ne peux pas me plaindre : ce n'est pas luxueux, mais je ne voudrais pas voir mes impôts dépensés pour des criminels. Les planchers sont anciens, et une fois par semaine on les enduit de cire. Il y a dans le plan des lieux une symétrie sans merci : chaque cellule fait exactement trois mètres de côté ; les blocs de cellules forment quatre larges carrés qui forment eux-mêmes un édifice parfaitement cubique. L'odeur lasse du béton me dégoûte, me décourage. Queen E me manque.

Le moment approche. Mon procès s'est déroulé dans l'éclat aveuglant de milliers de projecteurs. Par suite de la condamnation sur la foi de mes propres preuves, je serai pendue par le cou jusqu'à ce que mort s'ensuive à la Télévision nationale. Il n'y aura pas d'appel. Je suis heureuse d'avoir pu terminer ce texte avant la fin, mais maintenant, j'en arrive à l'ultime paragraphe avec réticence. Aujourd'hui, c'est dimanche, et c'est le dernier jour. Jim a demandé à venir me rendre visite, mais j'ai refusé. Maintenant je comprends ce que mon père voyait, il y a toutes ces années, alors que je me tenais penchée sur l'incendiaire dans sa cour arrière. Il y a deux chemins : celui de Jim, et l'autre, celui que j'ai choisi.

Alors j'ai dit à Jim de ne pas venir. Il vaut mieux qu'on m'oublie.

Et... Et je ne pourrais pas supporter de ressentir de nouveau quoi que ce soit. Avec Jim, j'ai retrouvé de moi une partie presque oubliée, qui n'avait pas à voir avec la peur mais avec le contact, avec l'amour, avec la vie. Ce n'est pas sa faute à lui si c'était trop peu et trop tard. Je me sens bien dans la grisaille, à présent : personne ne peut supporter de filer deux fois son propre suaire.

Et les ombres de ceux que j'ai tués, m'observent-elles depuis le ciel, rachetées par la grâce du Dieu de Mary Ward ? Ou, telles les victimes de Troie, viendront-elles une dernière fois du fond des enfers réclamer à grands cris leur part, à l'odeur de mon sang ?

Cette cellule est tellement dénudée, bon Dieu ! Même Rutger White aurait voulu une plante en pot ou un morceau de la Vraie Croix comme décoration. C'est un petit cube dont la géométrie est gâchée par la toilette. Et la dernière pièce, la salle d'exécution, ne contiendra une irrégularité que lorsque la trappe s'ouvrira. On m'attachera une ceinture alourdie de plomb, je pense, pour assurer la fin prescrite. Je tomberai dans un petit carré de ténèbres, sous une unique ampoule de lumière blanche.

Comme la lumière est peut-être différente, ailleurs ! Si je ferme les yeux, j'imagine aisément d'autres lieux, d'autres chemins. Une femme, son regard à l'expression douce où brille l'amour de sa paroisse, assise dans son bureau, dans une petite chapelle, au centre-ville. Avec un soupir, elle allume un cierge à la mémoire des aînés qui ont disparu et à l'espoir de ceux qui viendront. Mon espoir l'accompagne. La chaude langue de lumière scintille discrètement, un petit point sur lequel se concentrer dans la lumière du jour diffusée par les hautes fenêtres.

Mary Ward, priez pour moi.

Je dois rester dans ma cellule. Comme à travers une vitre qui s'obscurcit, je peux voir aussi (je verrai pour encore une journée) le cubicule obscur du bureau de Faust. Son seul éclairage lui vient d'une unique bougie rouge arrivée à son dernier souffle, fondue presque au ras de la table, emprisonnant son chandelier d'un écheveau sanglant. À la table, la silhouette est immobile. Sa tête est courbée. Son temps n'est pas encore arrivé, mais Faust est déjà hanté par l'horreur. La durée se referme sur lui, mais il ne peut ni se débattre ni s'enfuir. Seulement attendre.

La bougie halète plus douloureusement. Faust amorce une prière, mais avant qu'il ne puisse la finir, la nuit s'abat. La mèche luit encore un instant dans les ténèbres, et puis s'éteint.

Oh Dieu, mon Dieu – le pire, c'est l'attente.

SEAN STEWART...

... est né en 1965 et il a partagé son enfance entre Lubbock (Texas), l'été, et Edmonton, l'hiver. *Le Jeu de la passion*, son premier roman, est paru en 1992 chez Beach Holme et il lui a mérité l'année suivante le Arthur-Ellis du « Meilleur premier roman policier » et le Aurora du « Meilleur roman de science-fiction », deux importants prix canadiens. Depuis, Sean Stewart a publié six autres romans, qui touchent avec bonheur la fantasy ou le réalisme magique. Son plus récent ouvrage, *Galveston* (Ace, 2000), a remporté le Sunburst Award et le prestigieux World Fantasy Award. En compagnie de son épouse et de ses deux filles, Sean Stewart habite depuis quelque temps le nord de la Californie.

LE JEU DE LA PASSION
est le soixantè-seizième titre publié
par Les Éditions Alire inc.

Il a été achevé d'imprimer
en août 2003 sur les presses de

IMPRIMÉ AU CANADA